AS GÊMEAS DO GELO

S.K. TREMAYNE

AS GÊMEAS DO GELO

1ª edição

BERTRAND BRASIL
Rio de Janeiro | 2016

Título original: *The Ice Twins*

Capa: DuatDesign

Imagens de capa: Menina © Getty Images Brasil/svetikd; Grama © antpkr/Shutterstock.com; Farol © Targn Pleiades/Shutterstock.com; Lago © Marcin Sylwia Ciesielski/Shutterstock.com; Nuvens © Pictureguy/Shutterstock.com

Texto revisado segundo o novo
Acordo Ortográfco da Língua Portuguesa

2016
Impresso no Brasil
Printed in Brazil

Cip-brasil. Catalogação na publicação
Sindicato Nacional Dos Editores De Livros, Rj

	Tremayne, S. K.
	As gêmeas do gelo / S. K. Tremayne; tradução de Verônica
T725g	Radulescu. – 1ª ed. – Rio de Janeiro: Bertrand Brasil, 2016.
	Tradução de: The ice twins
	ISBN 978-85-28-62052-8
	1. Ficção inglesa. I. Radulescu, Verônica. II. Título.
	CDD: 823
15-28164	CDU: 821.111-3

Todos os direitos reservados pela:
EDITORA BERTRAND BRASIL LTDA.
Rua Argentina, 171 – 2º andar – São Cristóvão
20921-380 – Rio de Janeiro – RJ
Tel.: (0xx21) 2585-2076 – Fax: (0xx21) 2585-2084

Atendimento e venda direta ao leitor:
mdireto@record.com.br ou (0xx21) 2585-2002

Nota do autor

Agradeço a Joel Franklyn e Dede MacGillivray, Gus MacLean, Ben Timberlake e, particularmente, a Angel Sedgwick pela contribuição na pesquisa para este livro.

Quem conhece as Hébridas Interiores, rapidamente notará a forte semelhança entre "Eilean Torran" e a verdadeira Eilean Sionnach, ao longo de Isleornsay, em Skye. Não se trata de uma coincidência: o livro foi inspirado, em parte, por uma vida de visitas que fiz à bela ilha de maré, ficando na casa de campo caiada sob o farol.

No entanto, todos os acontecimentos e personagens aqui descritos são totalmente fictícios.

Em se tratando do editorial, agradeço a Jane Johnson, Helen Atsma, Kate Stephenson e Eugenie Furniss: sem o incentivo de vocês e os seus sábios conselhos, este livro não existiria.

Finalmente, tenho uma dívida de gratidão com Hywel Davies e Elizabeth Doherty por plantarem a primeira semente, que cresceu e se tornou uma grande ideia: gêmeas.

Para as minhas filhas

E
S
W

1

Nossas cadeiras estão posicionadas, precisamente, a dois metros de distância. E ambas diante da grande mesa, como se fôssemos um casal em terapia conjugal, algo que conheço muito bem. Soberanas, havia duas imponentes janelas sem cortinas naquela sala, com vidraças em estilo guilhotina do século XVIII: retratos gêmeos do céu escuro e cinza de Londres.

— Poderia acender a luz? — pede meu marido ao jovem advogado, Andrew Walker, que levanta os olhos dos seus papéis, talvez com certa irritação.

— É claro, perdão!

Andrew se inclina até o interruptor, logo atrás dele, e duas altas luminárias inundam a sala com uma generosa luz amarela, fazendo aquelas impressionantes janelas escurecerem.

Agora eu consigo ver meu reflexo no vidro: equilibrada, tranquila, meus joelhos juntos. Quem é essa mulher?

Já não é mais a mesma. Os olhos continuam azuis, como sempre, embora mais tristes. O rosto, ligeiramente arredondado e pálido, mais abatido do que de costume. Ainda é loira e razoavelmente bonita, mas tinha perdido o viço e o resplendor; uma mulher de 33 anos, cujos trejeitos de menina se esvaneceram.

E quanto às roupas?

Calças jeans que estavam na moda há um ano. Botas que estavam na moda há um ano. Um suéter de caxemira lilás de qualidade, mas velho: cheio de bolinhas devido às diversas lavagens. Fiquei abalada diante da imagem refletida. Eu deveria ter me vestido melhor. Mas por que eu deveria ter me vestido melhor? Tínhamos apenas vindo falar com um advogado. E mudar as nossas vidas, totalmente.

Os ruídos do trânsito, lá fora, emanavam como a profunda e perturbadora respiração de um companheiro sonhando. Será que eu sentiria falta do trânsito de Londres? O ruído constante e habitual: como os aplicativos de celular que ajudam a dormir, recriando os incessantes sons do sangue correndo no útero, os batimentos cardíacos da mãe, sempre por perto.

Minhas gêmeas devem ter ouvido aquele barulho enquanto conviviam dentro de mim. Lembro-me de vê-las na segunda ultrassonografia. Pareciam dois símbolos heráldicos de um brasão, idênticas e totalmente opostas. O unicórnio e o unicórnio.

Testemunho. Executor. Legítimo. Confirmado...

Andrew Walker nos trata como se estivéssemos em uma sala de aula, onde ele é um professor meio decepcionado com seus alunos.

Legado. Falecido. Herdeiro. Filhos Sobreviventes.

Meu marido, Angus, suspira, contendo sua impaciência; conheço aquele suspiro. Ele está aborrecido, provavelmente irritado. Eu o compreendo, mas também compreendo o advogado. Não deve ser fácil para Walker. Enfrentar um pai irado, beligerante, e uma mãe ainda de luto para tratar de uma herança problemática: devemos ser complicados. Talvez todo aquele cuidado, sua fala lenta e precisa, seja uma evasiva, uma forma de lidar com casos difíceis. Talvez seja o equivalente legal à terminologia médica. *Hematomas duodenais e avulsão serosa, conduzindo à peritonite infantil fatal.*

Uma voz cortante o interrompe.

— Já sabemos de tudo isso!

Será que Angus tinha bebido? O tom de sua voz parecia beirar a raiva. Angus vivia irritado desde o acontecido. E andava bebendo muito. Mas parecia lúcido hoje, além de, presumidamente, sóbrio.

— Gostaríamos de terminar isso antes da próxima estação, entende?

— Sr. Moorcroft, como já expliquei, Peter Kenwood está de férias. Podemos esperar que ele volte, se preferir...

Angus balança a cabeça.

— Não! Queremos acabar com isso agora!

— Então eu tenho que ler os documentos de novo e repetir as questões pertinentes. Assim me darei por satisfeito. Além disso, Peter acha que...

Eu apenas observo.

O advogado hesita, e suas palavras seguintes são mais firmes, mais cautelosamente selecionadas:

— ...como o senhor já sabe, sr. Moorcroft, Peter se considera um amigo de longa data da família. Não apenas um consultor jurídico. Ele conhece todas as circunstâncias. Ele conhecia muito bem a sua falecida avó, a sra. Carnan. Foi por isso que ele pediu que eu me certificasse, mais uma vez, se os senhores têm plena consciência a respeito de onde estão se metendo.

— Sabemos o que estamos fazendo.

— Como vocês sabem, a ilha é praticamente inabitável.

Andrew Walker encolhe os ombros, desconfortável, como se tal dilapidação fosse, de algum modo, culpa de sua empresa e ele fizesse questão de evitar uma ação judicial.

— A casa do farol ficou exposta às intempéries e ninguém mora lá há anos. Mas de acordo com o testamento não existe a possibilidade de demolir e reconstruir tudo de novo — continuou.

— Aham, sei de tudo isso. Fui um monte de vezes lá quando criança. Eu nadava nas piscinas naturais.

— Mas o senhor está realmente ciente a respeito dos desafios, sr. Moorcroft? É um grande empreendimento. Existem questões relativas à acessibilidade, com o alagamento causado pelas marés, e é claro que existem vários e importantes problemas com encanamento, aquecimento e a parte elétrica em geral. Além do mais, não há dinheiro no testamento, nada que possa ajudar...

— Já estamos a par disso tudo.

Uma pausa e Walker olha para mim, depois para Angus, de novo.

— Soube que estão vendendo sua casa em Londres?

Angus olha fixamente para o advogado. O queixo inclinado. Desafiador.

— Desculpe, não entendi. O que isso tem a ver?

O advogado balança a cabeça.

— Peter está preocupado. Porque... bem... devido à sua recente e trágica perda... ele... ele quer ter certeza absoluta.

Angus olha para mim. Encolho os ombros, insegura. Então, ele se inclina para a frente.

— Certo! Que seja! Sim. Estamos vendendo a casa em Camden.

— E esta venda significa que irá conseguir capital suficiente para fazer reformas em Ell... — tenta dizer Andrew Walker, franzindo a testa ao ler —, não consigo pronunciar... Ell...?

— Eilean Torran. É gaélico escocês. Significa Ilha do Trovão, Ilha Torran.

— Ah! Certo. Ilha Torran. Então, desta forma, o senhor espera adquirir fundos suficientes, provenientes da venda de sua casa atual, para reformar a casa do farol em Torran?

Sinto que preciso dizer algo. Com certeza, devo dizer alguma coisa. Angus está fazendo tudo sozinho. No entanto, meu silêncio é confortável, um casulo, eu estava envolta na omissão. Como sempre. Eu sou assim. Sempre fui tranquila, ou reservada; o que tinha exasperado Angus durante anos. *O que você está pensando? Fale! Por que nossa conversa sempre tem que ser um monólogo?* E, quando ele diz isso, eu apenas dou de ombros e me viro; afinal, às vezes, não dizer nada diz tudo.

E cá estou eu, novamente em silêncio. Ouvindo o meu marido.

— Nós já hipotecamos a casa de Camden duas vezes. Perdi meu emprego, estamos batalhando. Mas, sim, espero conseguirmos algum dinheiro.

— O senhor tem um comprador?

— Pronto para assinar o cheque — ironiza Angus, obviamente reprimindo a raiva, mas continua — Então... minha avó deixou a ilha para mim e para o meu irmão em seu testamento, certo?

— Certo.

— E meu irmão, muito generosamente, renunciou à herança, certo? Minha mãe está numa casa de repouso, certo? Logo, a ilha pertence a mim, à minha esposa e à minha filha, não é?

Filha, no singular.

— É verdade...

— Então, é isso! Entendeu? Queremos seguir com nossas vidas, queremos nos mudar. Sim, sabemos das condições. Sim, sabemos que a casa está em péssimo estado, caindo aos pedaços. Mas vamos dar um jeito nisso. Na verdade, precisamos lidar com isso — Angus se recosta na cadeira novamente. — Afinal, já passamos pelo pior.

Olho, muito atentamente, para o meu marido.

Se eu o visse agora, pela primeira vez, ele ainda seria muito atraente. Um homem alto, elegante, em torno dos 30 anos, com uma adorável barba de três dias por fazer. Olhos escuros, másculo, viril.

Angus estava com a barba por fazer quando nos conhecemos, e eu gostei; aquela barba evidenciava a linha do seu maxilar. Um dos poucos homens que já conheci que poderia facilmente ser chamado de bonito, sentado naquele amplo e barulhento bar de tapas em Covent Garden.

Ele estava rindo, com um grupo de amigos, em uma mesa grande, todos em torno de vinte e poucos anos. Eu e minhas amigas estávamos na mesa ao lado. Éramos um pouco mais jovens, mas igualmente alegres. Todo mundo bebendo bastante vinho Rioja.

E então aconteceu. Um dos rapazes brincou com alguém da nossa mesa e foi retribuído com uma provocação. Logo, juntamos as mesas, mudamos de lugares e nos misturamos, rindo e brincando, enquanto nos apresentávamos: esta é Zoe, este é Sacha, este é Alex, Imogen, Meredith...

E este é Angus Moorcroft, e esta é Sarah Milverton. Ele é da Escócia e tem 26 anos. Ela é metade inglesa, metade americana e tem 23 anos. Agora, passem o resto de suas vidas juntos.

O barulho do trânsito, na hora do *rush*, aumenta cada vez mais do lado de fora. Sou arrancada do meu devaneio. Andrew Walker faz Angus assinar mais alguns documentos. E, claro, eu conhecia aquela rotina: tínhamos assinado tantos documentos no último ano. Toda a papelada do desastre.

Angus está debruçado sobre a mesa, escrevendo seu nome. Sua mão parece muito grande para a caneta. Olhando para outra direção, vejo uma foto da antiga Ponte de Londres na parede amarela. Quero relembrar um pouco mais e me distrair. Quero pensar em nós, Angus e eu: nossa primeira noite.

Eu me lembro de tudo, tão vividamente. Desde a música — salsa mexicana — até as taps medíocres: *patatas bravas* de um vermelho berrante e aspargos brancos avinagrados. Lembro-me de como os outros foram indo embora — para pegar o último metrô, para ir dormir — como se todos sentissem que precisávamos ficar sozinhos, que aquilo era mais importante do que os flertes de mais uma sexta-feira.

Com que facilidade as coisas acontecem. Como seria a minha vida agora se tivéssemos sentado em uma mesa diferente, ido a um bar diferente? Mas escolhemos aquele bar, aquela noite e aquela mesa, e quase à meia-noite eu estava sentada, sozinha, bem ao lado desse cara alto: Angus Moorcroft. Ele me contou que era arquiteto. Contou que era escocês e solteiro. E, então, contou uma piada inteligente — mas apenas um minuto depois me dei conta de que era uma piada. E quando ri percebi que ele estava olhando para mim: profundamente intrigado.

Foi quando também o observei. Seus olhos tinham uma tonalidade escura, um marrom solene; seu cabelo era ondulado e grosso, totalmente negro; seus dentes eram brancos e contrastavam com os lábios vermelhos e a barba escura por fazer, e eu sabia a resposta. *Sim*.

Duas horas depois, aconteceu nosso primeiro beijo embriagado, sob a aprovação da lua, num recanto da praça de Covent Garden. O brilho das gotas de chuva caindo sobre os paralelepípedos quando nos abraçamos; a suavidade do frio noturno. Dormimos juntos na mesma noite.

Quase um ano depois nos casamos e, após quase dois anos de casamento, tivemos as meninas: gêmeas idênticas. E agora só resta uma delas.

A dor aumenta dentro de mim e preciso levar a mão à boca para conter o tremor. Quando isso passará? Talvez nunca? É como uma ferida de guerra; como estilhaços no interior da carne, trilhando seu caminho para a superfície, ao longo dos anos.

Talvez, por isso, eu tenha que falar. Para acabar com a dor: para acalmar meus pensamentos. Eu permaneci sentada, aqui, durante meia hora, submissa e muda, como uma dona de casa puritana. Sempre deixo a parte da comunicação com Angus, capaz de proporcionar aquilo que falta em mim. Mas, por ora, meu silêncio basta.

— Se reformarmos a ilha, ela pode valer um milhão.

Os dois homens se viram em minha direção. Abruptamente. *Ela fala!*

— Só aquela vista — afirmo — já vale um milhão. Aquela vista do Estreito de Sleat. Na direção de Knoydart.

Fui muito cuidadosa para pronunciar corretamente *Sleat*. Fiz uma pesquisa meticulosa; uma busca sem fim, procurando por imagens e histórias.

— Ah, a senhora já conheceu o lugar, senhora Moorcroft? — questiona Andrew, sorrindo educadamente.

Meu rosto cora, mas não dou importância.

— Não. Mas já vi fotos, li alguns livros; trata-se de uma das vistas mais famosas da Escócia, e teremos nossa própria ilha.

— De fato. Sim. Contudo...

— Havia uma casa, no vilarejo de Ornsay, no continente, a uns 800 metros de Torran — olhei a anotação que fiz em meu celular, embora me lembrasse bem dos fatos —, que foi vendida por setecentos e cinquenta mil em 15 de janeiro deste ano. Uma casa de quatro quartos com um belo jardim e um pequeno *deck*. Um lugar muito agradável, não exatamente uma mansão. Mas tinha uma vista espetacular do Sound, e é por isso que as pessoas pagam. *Setecentos e cinquenta mil.*

— Sim, e se fizermos a reforma teremos cinco quartos. A casa é grande o suficiente, e o lugar todo possui um acre. Pode valer um milhão tranquilamente — junta-se Angus à argumentação, olhando para mim, acenando com a cabeça, em sinal de encorajamento.

— Muito bem, está certo, sr. Moorcroft. Ela mal vale cinquenta mil agora, mas, sim, creio que há potencial.

O advogado está sorrindo de forma dissimulada. Minha curiosidade aguça: por que ele está tão evidentemente relutante diante do fato de nos mudarmos para Torran? O que ele sabe? Qual é o verdadeiro envolvimento de Peter Kenwood nisso tudo? Será que eles mesmos querem fazer alguma proposta? Aquilo faz sentido: Kenwood conhece Torran há anos, conhecia a avó de Angus. Ele deveria estar plenamente informado sobre o verdadeiro valor da casa.

Seria esse o plano? Se fosse, seria algo bem simples, bastaria esperar a avó de Angus morrer. Depois era só atacar os netos, especialmente o casal ainda de luto e indeciso, extremamente chocado com a morte da filha, sofrendo com o consequente problema financeiro. Oferecer- lhes cem mil, o dobro do necessário, ser generoso e complacente, e sorrir calorosamente ainda que com tristeza.

Deve ser difícil, mas podemos ajudar a diminuir esse fardo. Assinem aqui...

Depois disso, a conquista. Enviar um ônibus cheio de construtores poloneses até Skye, investir duzentos mil e esperar um ano, até que o trabalho esteja concluído.

Esta bela propriedade, localizada em sua própria ilha, na famosa Sound of Sleat, está à venda por 1 milhão e 250 mil libras ou alguma oferta próxima a isso...

Era esse o plano deles? Andrew Walker está olhando para mim e eu sinto uma pontada de culpa. Provavelmente, estou sendo muito injusta com Kenwood e seus associados. Mas, independentemente de sua motivação, eu não desistirei daquela ilha de jeito nenhum: é a minha única saída, a chance de escapar do sofrimento e das lembranças — e das dívidas e das dúvidas.

Sonhei muito com isso. Olhando as imagens reluzentes na tela do meu *laptop*, às três da manhã, na cozinha. Enquanto Kirstie dorme em seu quarto e Angus na cama, dopado pelo uísque. Olhando para a beleza cristalina. Eilean Torran. Em Sound of Sleat. Imersa na beleza do arquipélago das Hébridas Interiores, naquela bela propriedade, em sua própria ilha.

— Está certo, então. Preciso apenas de mais algumas assinaturas — conclui Andrew Walker.

— E terminamos?

Houve uma pausa significativa.

— Sim.

Quinze minutos depois, Angus e eu saíamos do escritório de paredes amarelas, passando pelo corredor pintado de vermelho e mergulhando na úmida noite de outubro, em Bedford Square, Bloomsbury.

Os documentos estão na mochila de Angus. Estava acabado; tudo concluído. Vejo um mundo novo; meu humor melhora consideravelmente.

Ônibus vermelhos imensos transitam pela Gower Street, dois andares de rostos pálidos olhando pelas janelas.

Angus coloca a mão em meu braço.

— Parabéns!

— Pelo quê?

— Pela sua intervenção. Na hora exata! Achei que precisaria discutir com ele.

— Eu também.

Olhamos um para o outro. Expressivamente e tristes.

— Mas conseguimos! Certo?

Angus sorri.

— Conseguimos, querida: realmente conseguimos — afirma ele, enquanto vira a gola do casaco para se proteger da chuva —, mas Sarah... preciso perguntar só mais uma vez: você tem certeza absoluta?

Fiz uma careta, o que pareceu ser a razão de sua pressa em continuar falando.

— Eu sei, eu sei. Ok. Mas você ainda acha que é a coisa certa? Você realmente quer — complementa ele, gesticulando e apontando para a fila de luzes amarelas dos táxis de Londres, brilhando na garoa —, você realmente, realmente quer deixar tudo isso para trás? Abrir mão de tudo? Skye é tão tranquila!

— Quando alguém se cansa de Londres — afirmo, resoluta —, está cansado da chuva.

Angus ri. E chega mais perto. Seus olhos castanhos buscam os meus, ansiosamente, talvez seus lábios buscassem a minha boca. Acaricio gentilmente seu rosto e o beijo na bochecha, com sua barba por fazer, enquanto sinto o seu cheiro — que não é de uísque. Ele cheira a Angus. Sabonete e masculinidade. Limpo e viril, o homem que eu amava. Amo. Sempre amarei.

Talvez façamos sexo esta noite, pela primeira vez em semanas. Talvez estejamos superando. Será possível superar algo *assim*?

Andamos de mãos dadas pela rua. Angus segura minha mão com firmeza. Foi o que ele mais fez neste último ano: segurar minha mão enquanto eu estava deitada na cama, chorando sem parar e sem palavras, noite após noite; segurando a minha mão desde o início até o final do terrível funeral de Lydia, desde o *Eu sou a ressurreição e a vida* até o *Estejam convosco.*

Amém.

— Metrô ou ônibus?

— Metrô, é mais rápido. Quero dar a boa notícia à Kirstie.

— Espero que ela a considere assim.

Olho para ele.

Não.

Não posso dar margem a incertezas. Se eu parar e me perguntar, as dúvidas surgirão e seremos reféns para sempre.

— Claro que sim, Angus, ela vai amar a notícia! Teremos nosso próprio farol, ar fresco, cervos, golfinhos... — respondo, as palavras fluindo pela minha boca rapidamente.

— Sim, mas lembre-se de que você viu imagens da ilha no verão, no sol. Não é sempre assim. Os invernos são escuros.

— Então, no inverno nós iremos... qual é mesmo a palavra? ...iremos nos armar e nos defender. Será uma aventura!

Estamos perto do metrô. A torrente escura de passageiros desaparece, pouco a pouco, escadas abaixo: uma torrente engolida pelo submundo de Londres. Viro, por um instante, e olho para a cerração da New Oxford Street. Os nevoeiros do outono de Bloomsbury são uma espécie de fantasma ou uma nítida lembrança dos pântanos medievais de Bloomsbury. Li isso em algum lugar.

Eu leio muito.

— Vamos!

Dessa vez, sou eu que seguro a mão de Angus e, com nossos dedos entrelaçados, entramos no metrô e suportamos três paradas junto com a multidão da hora do rush; depois nos esprememos no elevador da estação de Mornington Crescent e, ao chegarmos à superfície, estamos praticamente correndo.

— Ei — questiona Angus, rindo —, estamos participando de algum evento olímpico?

— Quero contar logo à nossa filha!

Quero muito dar uma boa notícia à minha filha sobrevivente, ao menos uma vez, uma notícia agradável: algo feliz e esperançoso. Hoje faz 14 meses que sua irmã gêmea, Lydia, morreu — eu odeio a forma como eu consigo mensurar a data com exatidão, tão facilmente —, e ela passou por mais de um ano de angústia que eu não conseguia compreender: a perda de sua irmã gêmea idêntica, sua segunda alma. Ela está trancafiada em seu próprio isolamento abissal: por 14 meses. Mas, agora, eu posso libertá-la.

O ar fresco, as montanhas, os lagos marinhos. E uma vista panorâmica pelas águas até Knoydart.

Com pressa, sigo em direção à grande casa branca que nós nunca deveríamos ter comprado, na qual não podemos mais nos dar ao luxo de morar.

Imogen está parada junto à porta. A casa cheira a comida de crianças, roupa lavada e café fresco, e brilhava. Vou sentir falta daquele lugar. Talvez.

— Immy, obrigada por cuidar dela.

— Ah, por favor. Não me agradeça! E então? Conte-me tudo! Conseguiram?

— Sim, conseguimos! Vamos nos mudar!

Imogen aplaude em deleite: minha amiga inteligente, de cabelo escuro, elegante, que sempre esteve ao meu lado, desde os tempos da faculdade; ela se curva e me abraça, mas eu a afasto, sorrindo.

— Preciso contar a ela, pois ela ainda não sabe de nada!

Imogen sorri.

— Ela está no quarto com o *Banana*.

— O quê?

— Lendo aquele livro, *O Diário de um Banana*!

Passando pelo corredor, subo as escadas e paro diante da porta cujo aviso dizia: "Quarto da Kirstie. Não entre sem bater", escrito em letras desajeitadamente cortadas, feitas de papel brilhante. Bato, conforme solicitado.

Então ouço um fraco *mmm-mmm*. É a versão da minha filha para *Entre*!

Abro a porta e lá está a minha filhinha, de 7 anos de idade, sentada no chão, com as pernas cruzadas, usando seu uniforme escolar — calças pretas e camisa polo branca — com o pequeno nariz sardento bem perto de um livro: a imagem da inocência, mas também da solidão. O amor e a tristeza pulsam dentro de mim. Eu quero muito ajudá-la, torná-la inteira novamente, da melhor forma possível.

— Kirstie...

Ela não responde. Continua lendo. Às vezes ela faz isso. Jogando um jogo, "nnnnnnNÃO vou falar", que tinha se tornado mais frequente neste último ano.

— Kirstie. É a mamãe. Kirstie-eeee.

Ela ergue a cabeça com aqueles olhos que herdou de mim, só que ainda mais azuis. O azul das Hébridas. Seu cabelo loiro, quase branco.

— Mamãe!

— Tenho novidades, Kirstie! Uma boa notícia. Uma notícia maravilhosa!

Sento no chão, ao lado dela, cercada por pequenos brinquedos — os pinguins, o leopardo de pelúcia e a boneca com apenas um braço — e conto tudo a ela. Rapidamente. Que vamos nos mudar para um lugar especial, um lugar novo, um lugar bonito e adorável, onde podemos recomeçar: a nossa própria ilha.

Durante todo esse tempo, Kirstie não tira os olhos de mim. Mal piscando. Absorvendo tudo. Sem dizer nada, ali parada, como se estivesse em transe, retribuindo o meu próprio silêncio. Ela balança a cabeça e sorri levemente. Confusa, talvez. O quarto está silencioso. Eu não tenho mais o que dizer.

— E, então, o que acha? Vamos nos mudar para a nossa própria ilha?! Não é legal?

Kirstie acena com a cabeça suavemente. Olha para o livro e o fecha, olha para mim, de novo, e diz:

— Mamãe, por que você continua me chamando de Kirstie?

Não respondi. O silêncio impera. Então falo:

— O quê? Não entendi, querida.

— Por que você continua me chamando de Kirstie, mamãe? Kirstie está morta. Quem morreu foi a *Kirstie*. Eu sou Lydia.

2

Olho para Kirstie, atônita. Tentando sorrir. Tentando não demonstrar minha profunda ansiedade.

Certamente, há alguma tristeza latente ressurgindo ali, na cabecinha em desenvolvimento de Kirstie; alguma confusão exclusiva de gêmeos que perdem um irmão, e eu estou habituada com o fato das minhas filhas — da minha filha — serem diferentes.

Desde a primeira vez que a minha mãe veio dirigindo de Devon, em pleno inverno, até o nosso pequeno apartamento em Holloway —, desde o instante em que minha mãe olhou para as gêmeas, juntinhas em seu berço, os dois minúsculos bebês idênticos, uma sugando o dedão da outra —, desde o momento em que minha mãe ficou deslumbrada, maravilhada, abrindo um sorriso vertiginoso, com os olhos arregalados em uma admiração sincera, eu soube que ter filhos gêmeos era algo ainda mais impressionante se comparado ao milagre de ser mãe. No caso de gêmeos — principalmente idênticos — você dá à luz celebridades genéticas. Pessoas que impressionam pelo simples fato de existirem.

Fascinante... e muito diferente.

Meu pai tinha até lhes dado um apelido: As Gêmeas do Gelo. Porque elas nasceram no dia mais frio do ano, tinham olhos de um azul-gelo e os cabelos loiros quase brancos, como a neve. O apelido parecia um pouco melancólico, tanto que nunca o adotei inteiramente. Contudo, eu não podia negar que, em alguns aspectos, o nome fazia sentido. Ele refletia sua aura de mistério.

E as gêmeas conseguiam mesmo ser muito especiais: elas já tinham até um nome especial compartilhado entre elas.

Nesse caso, essa lancinante e calma declaração de Kirstie — Mamãe, eu sou a Lydia, quem morreu foi a *Kirstie* — pode ser apenas mais um exemplo das características dos gêmeos, apenas mais um sintoma de sua singularidade. Mas, mesmo assim, fico lutando contra o pânico e a vontade de chorar. Porque ela está me fazendo lembrar de Lydia. E porque estou preocupada com Kirstie.

Que terrível engano está assombrando seus pensamentos, para fazê-la dizer tais palavras terríveis? *Mamãe, eu sou a Lydia, quem morreu foi a Kirstie. Por que você continua me chamando de Kirstie?*

— Querida — digo com pretensa e deliberada calma —, está na hora de ir para a cama.

Ela me fita com aquele olhar azul plácido, idêntico ao de sua irmã. Falta-lhe um dente de leite de cima, e um outro de baixo está mole. Aquilo era novidade. Até a morte de Lydia, as gêmeas tinham sorrisos perfeitos: ambas estavam atrasadas na queda dos dentes.

— Mas o capítulo só tem mais três páginas, sabia? — afirmou Kirstie, erguendo o livro um pouco.

— É mesmo?

— Sim, olha, ele termina aqui, mamãe!

— Ok, então acho que podemos ler mais três páginas, até o final do capítulo. Por que você não lê para mim?

Kirstie acena com a cabeça e se vira para o livro; ela começa a ler em voz alta.

— Tive que me cobrir com papel higiênico, assim não fiquei com hipo... hi... po...

— Hi-po-ter... — falo, chegando mais perto e apontando para a palavra, querendo ajudá-la.

— Não, mamãe — ela ri, suavemente—, não precisa. Eu sei. Eu sei dizer.

— Ok.

Kirstie fecha os olhos, o que ela sempre faz quando se esforça para pensar e, então, abre-os de novo.

— Assim não fiquei com hi-po-ter-mi-a.

Ela conseguiu. Uma palavra bem difícil. Mas aquilo não me surpreende. Houve uma rápida melhora em sua leitura recentemente. O que significa que...?

Meu pensamento voa longe.

No quarto silencioso ouve-se apenas Kirstie lendo. Presumo que Angus esteja lá embaixo com Imogen, na cozinha; talvez estejam abrindo uma garrafa de vinho para comemorar a notícia. E por que não? Foram muitos dias ruins, com notícias ruins, nesses 14 meses.

— E assim trans-cor-re-ram, du-ran-te um bom tem-po, as minhas férias de ve-rão...

Enquanto Kirstie lê, abraço seus pequenos ombros e beijo seus cabelos loiros macios. Durante esse momento de carinho, sinto algo irregular debaixo de mim, cutucando a minha coxa. Tentando não perturbar a leitura de Kirstie, tentando não pensar no que ela tinha dito, estico uma das mãos para checar a respeito.

É um brinquedo: uma miniatura de dragão, de plástico, que tínhamos comprado no Zoológico de Londres. Mas o compramos para Lydia. Ela, em particular, gostava muito de dragões e jacarés, todos os répteis e monstros assustadores. Kirstie gostava — gosta — mais de leões e leopardos, os mamíferos mais fofinhos, macios e bonitos. Era uma das coisas que as diferenciavam.

— Quan-do fui à escola hoje... todos es-ta-vam muito estranhos.

Examino o dragão de plástico, virando-o em minha mão. Por que ele está ali, no chão? Angus e eu tínhamos cuidadosamente embalado todos os brinquedos de Lydia nos meses depois do acontecido. Não suportaríamos jogá-los fora; o que seria muito definitivo, muito grosseiro. Então, colocamos tudo — brinquedos e roupas, tudo relacionado apenas à Lydia — no sótão: tudo psicologicamente enterrado naquele espaço acima de nós.

— O pro-ble-ma com o Toque do Queijo é que você o pegou... a-té que você o passe para al-guém...

Lydia adorava o dragão de plástico. Lembro bem da tarde em que nós o compramos. Lembro que Lydia saltitava pelas ruas do Regent's Park, balançando o dragão no ar, sonhando com o seu próprio dragão de estimação, fazendo todo mundo rir. A lembrança me enche de tristeza; então, discretamente, coloco o dragãozinho no bolso da calça e me acalmo, ouvindo Kirstie por mais alguns minutos, até que terminasse o capítulo. Relutantemente, ela fecha o livro e olha para mim, inocente, esperando.

— Certo, querida. Agora é hora de dormir!

— Mas, mamãe...

— Mas, mamãe, coisa nenhuma! Vamos lá, Kirstie!

Uma pausa. É a primeira vez que falo seu nome desde que ela disse aquilo. Kirstie olha para mim, perplexa, com a testa franzida. Será que ela vai dizer aquelas palavras terríveis de novo?

Mamãe, eu sou a Lydia, quem morreu foi a Kirstie. Por que você continua me chamando de Kirstie?

Minha filha sacode a cabeça, como se eu estivesse cometendo um erro muito básico. Em seguida, concorda.

— Ok, nós vamos para a cama.

Nós? Nós? O que ela quer dizer com *nós*? O silêncio, a ansiedade instigante continua a me perseguir, mas eu me recuso a ficar preocupada. Eu estou preocupada. Mas estou preocupada à toa.

Nós?

— Está bem. Boa noite, querida.

Tudo isso irá desaparecer amanhã. Com certeza. Kirstie só precisa de uma boa noite de sono e toda a confusão irá desaparecer, juntamente com os seus sonhos, quando ela acordasse pela manhã.

— Está bem, mamãe. Nós já sabemos colocar nossos pijamas!

Sorri e mantive minhas palavras neutras. Se eu der valor àquela confusão, posso piorar as coisas.

— Tudo bem, mas precisamos ser rápidas. Já é tarde e amanhã tem aula!

Kirstie balança a cabeça, com tristeza, olhando para mim.

Aula.

Aula.

Outro tormento.

Eu sei — tudo muito doloroso e cheio de culpa — que ela não gosta muito da escola. Não mais. Ela adorava quando a irmã estava na mesma sala. Naquela época, as Gêmeas do Gelo eram as Irmãs Travessura. Todas as manhãs, eu as levava, no banco de trás do meu carro, em seus uniformes monocromáticos e, enquanto eu dirigia pela Kentish Town até os portões de St. Luke, eu as observava pelo espelho, sussurrando e sinalizando uma para a outra, apontando para as pessoas pela janela, com seus ataques de riso e piadas, piadas de gêmeas, que eu nunca entendi muito bem.

Sempre que fazíamos isso, a cada manhã, eu sentia orgulho e amor e, às vezes, ficava perplexa, porque as gêmeas viviam em um mundo só delas. Falando a sua própria língua.

Era difícil não me sentir um pouco excluída, uma pessoa menos importante em suas vidas do que aquela pessoa idêntica com a qual elas passavam cada minuto de cada dia. No entanto, eu as adorava. Eu as venerava.

E, agora, tudo havia acabado: agora Kirstie vai para a escola sozinha, e faz isso em silêncio. No banco de trás do meu carro. Sem dizer nada. Encarando o mundo de modo mais triste, como se estivesse em uma forma de transe. Ela ainda tem amigos na escola, mas eles não substituem Lydia. Nada, nunca chegará nem perto de substituir Lydia. Então, talvez isso seja outra boa razão para sair de Londres: uma nova escola, novos amigos, um parquinho infantil que não fosse assombrado pelo fantasma da irmã gêmea, sorrindo e fazendo mímicas.

— Você escovou os dentes?

— "Immyjen" escovou, depois do chá.

— Está bem, então! Vamos para a cama. Quer que eu te cubra?

— Não. Mmm. Sim...

Ela parou de dizer *nós*. Será que aquela confusão boba, mas perturbadora, passou? Ela sobe na cama e deita o rostinho no travesseiro e, ao fazer isso, parece tão pequena, como um bebezinho novamente.

Os olhos de Kirstie estão tremulando, e ela segura o leopardo junto ao peito — e eu me curvo para ligar o abajur.

Do mesmo jeito que eu costumava fazer, quase todas as noites, há seis anos.

Desde o início, as gêmeas morriam de medo da escuridão total. Isso as aterrorizava, causando gritos bizarros. Depois de um ano, mais ou menos, percebemos o porquê: na escuridão, elas não podiam se ver. Por essa razão, Angus e eu, religiosamente, sempre tomamos o cuidado de deixar alguma luz acesa para as meninas, sempre tínhamos um abajur ou uma lanterna por perto. Mesmo quando as gêmeas já tinham, cada uma, o seu próprio quarto, ainda queriam luz à noite, como se pudessem se ver através das paredes, desde que tivessem luz suficiente.

É claro que eu me perguntava se, com o tempo, essa fobia diminuiria — ainda mais agora que uma das gêmeas tinha morrido e nunca mais poderia ser vista. Mas aquilo persistia. Como uma doença que já deveria ter sarado.

O abajur estava iluminando o suficiente.

Coloco-o sobre o criado mudo e, ao me virar para sair, Kirstie abre os olhos, fitando-me. Um olhar acusador. Com raiva? Não. Não com raiva. Mas um olhar indefinido.

— O quê? O que foi? Querida, você precisa dormir.

— Mas, mamãe.

— O que foi?

— Beany!

O cachorro. Sawney Bean. O nosso spaniel. Kirstie amava o cão.

— Beany vai para a Escócia com a gente?

— Ah, querida, não seja boba! É claro que vai! Nós jamais o deixaríamos! Claro que ele vai conosco!

Kirstie balança a cabeça, mais calma. Então, seus olhos se fecham e ela agarra o leopardo, bem apertado. Não pude resistir a beijá-la novamente. Agora eu faço isso o tempo todo, mais ainda do que antes. Angus costumava ser o pai carinhoso, que abraçava e beijava enquanto eu tratava de organizar as coisas, fazendo o papel da mãe prática: demonstrando amor ao alimentá-las e cuidando de suas roupas. Mas agora eu beijo minha filha sobrevivente como se fosse uma superstição fervorosa, uma forma de evitar danos futuros.

As sardas de Kirstie em sua pele pálida parecem pó de canela sobre o leite. Quando a beijo, sinto seu hálito de pasta de dente; talvez do milho que ela comeu no jantar. Ela tem cheiro de Kirstie. Mas isso significa que ela tem cheiro de Lydia. Elas sempre tiveram o mesmo cheiro, não importava o que fizessem.

Um terceiro beijo garante que ela esteja em segurança. Sussurro um boa-noite. Cuidadosamente, saio do quarto, deixando a luz acesa, mas, quando fecho a porta, calmamente, outro pensamento vem me incomodar: o cachorro.

Beany.

O que é? Alguma coisa em relação ao cão me preocupa, deixando-me nervosa, mas eu não sei ao certo o que é. Ou por quê.

Sozinha no corredor do lado de fora do quarto tento refletir. Concentrando-me.

Compramos Beany há três anos: um springer spaniel incrível. Numa época em que podíamos comprar um filhote de cachorro com pedigree.

Foi ideia de Angus: um cão para o nosso primeiro jardim, que combinava com a nossa localização, perto do Regent's Park. Nós demos o nome de Sawney Bean, como o canibal escocês, porque ele comia tudo, especialmente as cadeiras. Angus amava Beany, as gêmeas amavam Beany — e eu amava a forma como todos eles interagiam. Eu também adorava, de uma forma um tanto superficial, aquela imagem: duas menininhas idênticas, loiras e lindas brincando no Jardim de Rosas da Rainha Mary — com um alegre e saltitante cachorro spaniel marrom.

Turistas costumavam parar e tirar fotografias. Eu era, praticamente, uma coadjuvante. *Oh, ela é a mãe daquelas gêmeas adoráveis. Com aquele cão lindo. Sabe?*

Encostada à parede, fecho meus olhos para pensar com mais clareza. Ouço ruídos ao longe, da cozinha no térreo, talheres fazendo barulho sobre a mesa, ou talvez um abridor de garrafas sendo guardado em uma gaveta.

O que há de errado com Beany? Definitivamente, algo de perturbador no conceito cachorro está me inquietando — mas eu não consigo desvendar o quê, não consigo delinear através das tramas das lembranças e da tristeza.

No andar de baixo, a porta da frente bate, fechando-se. O ruído quebra o encanto.

— Sarah Moorcroft — digo, abrindo meus olhos —, controle-se!

Eu preciso descer, falar com Immy, tomar uma taça de vinho e, depois, ir para a cama. Amanhã, Kirstie — *Kirstie* — irá para a escola, com sua mochila vermelha e seu suéter de lã preto. Aquele com o nome *Kirstie Moorcroft* escrito na etiqueta.

Na cozinha, encontro Imogen sentada junto ao balcão. Ela sorri, embriagada, uma leve mancha do tanino do vinho tinto em seus dentes quase brancos.

— Gus deu uma saída.

— Sério?

— Sim! Ele teve um pequeno ataque de pânico por causa do estoque de bebida. Vocês só tinham — explica ela, virando-se para a prateleira de vinhos perto da geladeira —, seis garrafas. Então, ele foi ao Sainsbury comprar mais. Levou o Beany junto.

Eu ri, educadamente, e puxo um banquinho para sentar.

— Ah! Isso é a cara do Angus.

Enchi meia taça de vinho tinto para mim, da garrafa aberta que estava sobre o balcão, olhando para o rótulo, um Merlot chileno barato. Costumava ser o requintado Barossa Shiraz. Mas isso já não importa.

— Ele ainda está bebendo um pouco demais, né? Ah, você sabe, um pouco em excesso? — pergunta Imogen, olhando para mim.

— É um bom jeito de se expressar, Immy, "um pouco demais, um pouco em excesso". Ele perdeu o emprego porque ficou tão bêbado que bateu no chefe.

Imogen balança a cabeça.

— Pois é. Desculpe, não consigo evitar o uso de eufemismos. Herança do meu trabalho — explica, balançando a cabeça novamente e sorrindo —, mas aposto que o chefe era um idiota, não é?

— É verdade, o chefe dele era totalmente desagradável, mas ainda assim não é coisa que se faça. Quebrar o nariz do arquiteto mais rico de Londres!

— Ah, sim... claro... — concorda Imogen, sorrindo maliciosamente —, mas, veja pelo lado bom, isso não é tão ruim. Quer dizer, pelo menos, é capaz de brigar como um homem. Lembra-se daquele cara irlandês que eu namorei no ano passado? Que costumava usar calças de ioga?

Ela sorri para mim, e eu tento esboçar um meio sorriso.

Imogen é jornalista, assim como eu, embora muito mais bem-sucedida. Ela é editora assistente de uma revista feminina de fofocas que, milagrosamente, tem uma circulação cada vez maior. Eu mal consigo alguns trabalhos como *freelancer*. Isso poderia me fazer sentir inveja dela, mas a nossa amizade é, ou era, igualada pelo fato de que eu me casei e tive filhos. Ela é solteira, sem filhos. Nós costumávamos divagar sobre "como minha vida poderia ter sido".

Eu me recosto, segurando minha taça de vinho no ar: tentando relaxar.

— Na verdade, ele não está mais bebendo tanto.

— Que bom.

— Mas, mesmo assim, é tarde demais para a carreira dele na Kimberley.

Imogen acena com a cabeça, compreensivamente, e bebe mais um gole. Eu saboreio meu vinho e suspiro como se dissesse "fazer o quê?" e dou uma boa olhada em torno de nossa reluzente e imensa cozinha de Camden, em todas as bancadas de granito e aço brilhante, a máquina de café expresso negra com os refis dourados, tudo gritando "esta é a cozinha de um casal de classe média bem-sucedido!"

Mas era tudo uma grande ilusão.

Durante um tempo, *fomos* um casal de classe média bem-sucedido, depois que Angus foi promovido três vezes em três anos. Naquela época, o cenário parecia bem otimista: Angus caminhava rumo a uma carreira e um salário considerável, e eu estava mais do que feliz por ele ser o provedor principal, porque isso me permitia combinar o jornalismo em tempo parcial com a tarefa de mãe. Isso me permitia levar as crianças para a escola, fazer um café da manhã mais saudável, ficar na cozinha preparando molho pesto orgânico enquanto as gêmeas brincavam com um dos nossos iPads. Por quase meia década, na maioria das vezes, fomos a perfeita família de Camden.

Mas, então, Lydia morreu, caindo da varanda da casa dos meus pais em Devon, e foi como se alguém tivesse jogado Angus de lá. Centenas de pedaços de Angus foram espalhados em torno daquele lugar. Sua tristeza era psicótica. Era como um incêndio de angústia que não podia ser extinto, nem mesmo com uma garrafa de uísque por noite, por mais que ele tentasse. Todas as noites.

A empresa lhe deu espaço, e semanas de folga, mas não foi o suficiente. Ele ficou incontrolável. Logo que voltou ao trabalho começou a reclamar e, em seguida, a brigar. Pediu demissão uma hora antes de ser demitido; dez horas depois de ter dado um soco no chefe. E, desde então, não trabalhou mais, tirando alguns poucos projetos como *freelancer* que alguns amigos solidários conseguiram para ele.

— Mas, vamos deixar isso pra lá, Imogen. Pelo menos vamos nos mudar. Finalmente!

— Sim! — alegra-se ela. — Para uma caverna, não é? Em Shetland?

Ela está me provocando. Normal. Costumávamos brincar, uma com a outra, o tempo todo, antes do acidente.

Agora, nossa relação parecia mais artificial. Mas nos esforçávamos. Outras amizades terminaram totalmente após a morte de Lydia: muitas pessoas não sabiam o que dizer; então, não disseram nada. Em contrapartida, Imogen continuava tentando: alimentando a pequena chama da nossa amizade.

— Torran Island, lembra? Eu lhe mostrei algumas fotos, todas as vezes que você veio aqui nesse último mês!

— Ah, claro, Torran! A famosa terra natal! Mas, conte-me de novo, gosto quando faz isso.

— Será ótimo, Immy, se não congelarmos no inverno. Parece que lá tem coelhos, lontras e focas...

— Fantástico! Eu amo focas.

— Ama?

— Oh, sim! Principalmente os filhotinhos. Queria tanto um casaco!

Eu ri, sinceramente, mas com certa culpa. Imogen e eu compartilhávamos um estranho senso de humor, mas o dela era mais perverso.

— Então... este lugar, Torran... refresque a minha memória. Você nunca foi até lá? — continuou ela.

— Não.

— Sarah, como você pode querer se mudar para um lugar que você nunca viu?

O silêncio reinou.

Termino a minha taça de Merlot e coloco um pouco mais de vinho nela.

— Eu já te disse! Não *quero* ver o lugar.

Mais um silêncio constrangedor.

— Hã?

— Immy, na verdade, eu não quero conhecer o lugar. E se eu não gostar? — afirmo, olhando dentro de seus grandes olhos verdes.

— Hãã?

— É! E se eu não gostar? Vou ficar presa aqui, Imogen. Presa aqui com tudo isso, todas as lembranças, os problemas financeiros, tudo! De qualquer forma, estamos sem dinheiro; por isso precisamos nos mudar para algum minúsculo e ridículo apartamento e começar tudo de novo, e então o que acontecerá? Terei que sair para trabalhar e Angus ficará louco. É isso, só isso, você sabe; eu preciso sair daqui, temos que sair daqui, é a única maneira de escapar. E o lugar parece tão bonito nas fotos! E realmente é, de verdade, incrivelmente bonito. É como um sonho, mas quem se importa? Eu preciso viver um sonho. Neste exato momento, é tudo do que preciso, porque a realidade tem sido muito difícil de suportar.

A cozinha fica novamente silenciosa por alguns instantes.

— Querida, será maravilhoso! Vou sentir saudades — diz Imogen, levantando sua taça e gentilmente brindando comigo.

Trocamos olhares, brevemente, e logo em seguida Angus entra na cozinha, seu casaco salpicado pela chuva fria de outono. Ele carrega duas sacolas plásticas laranjas com garrafas de vinho — e atrás dele, pela guia, o cão molhado. Cuidadosamente, ele coloca as sacolas no chão. Em seguida, solta Beany.

— Pronto, menino!

O spaniel chacoalha o corpo todo, abana o rabo e vai direto para a sua cesta de vime. Enquanto isso, tiro as garrafas de vinho das sacolas e as enfileiro sobre o balcão, como em um pequeno, porém importante desfile.

— Bem, isso deve durar uma hora — afirma Imogen, olhando para todo aquele vinho.

Angus pega uma garrafa e a abre.

— Ah, o Sainsbury é um campo de batalha. Não vou sentir falta dos viciados de Camden comprando suas limonadas.

— Espere até estar a quinhentos quilômetros do azeite de trufas mais próximo! — exclama Imogen.

Angus ri. Uma risada espontânea, natural, como era seu riso, antes de tudo acontecer. E, finalmente, consigo relaxar, embora me lembre de que quero lhe perguntar sobre o pequeno brinquedo: o dragão de plástico. Como foi parar no quarto de Kirstie? Pertencia à Lydia. Tinha sido embalado e guardado, tenho certeza.

Mas por que estragar aquela noite rara e agradável com uma pergunta dessas? Isso poderia esperar mais um dia. Ou para sempre.

Com as taças reabastecidas, sentamos e ficamos conversando, com petiscos improvisados em um piquenique de cozinha: azeitonas, fatias de pão *ciabatta* embebidas em azeite de oliva e fatias grossas de salame barato. E conversamos por uma hora ou mais, amigavelmente, contentes — como os três velhos amigos que somos. Angus explica como o irmão, que mora na Califórnia, generosamente renunciou à sua parte da herança.

— David está ganhando um bom dinheiro no Vale do Silício. Ele não precisa nem de dinheiro nem de aborrecimento. E ele sabe que nós *precisamos* disso — disse Angus, engolindo um pedaço de salame.

— Mas o que eu não entendi, Gus, é o seguinte: como é que a sua avó era dona dessa ilha? Quero dizer... — interrompe Imogen, comendo uma azeitona —, não se ofenda, mas eu achava que seu pai era só um serviçal, e você e sua mãe moravam em um casebre. E, de repente, sua avó aparece com uma ilha própria!?

Angus ri.

— Era minha avó por parte de mãe, de Skye. Eles eram agricultores humildes, mas tinham algumas propriedades que, por acaso, incluíam uma ilha.

— Sei...

— Isso é bastante comum. Há milhares de pequenas ilhas nas Hébridas e, há cinquenta anos, uma ilha coberta de algas de meio hectare, perto de Ornsay, pouco valia. Por isso, nunca foi vendida. Então, minha mãe se mudou para Glasgow, e minha avó fez o mesmo. Assim, Torran passou a ser um lugar de férias, para mim e para o meu irmão.

— A mãe de Angus conheceu o pai de Angus em Glasgow. Ela era professora de escola primária e ele trabalhava no porto — continuei a história do meu marido, enquanto ele ia buscar mais azeite de oliva.

— Ele, ah... se afogou, certo? — indaga Imogen.

— Sim. Foi um acidente no cais. Muito trágico. Na verdade — interrompe Angus, voltando —, o velho era um covarde. E batia na esposa. Não sei se trágico é a palavra certa.

Todos nós olhamos para as três garrafas de vinho restantes no balcão.

— Certo, mas onde entram o farol e a casa? De que maneira foram construídos, se os seus pais eram pobres? — questiona Imogen.

— O Northern Lighthouse Board é responsável por todos os faróis da Escócia. No século passado, sempre que precisavam construir um novo, ofereciam um pouco de dinheiro pelo aluguel do imóvel ao proprietário da terra. Foi isso que aconteceu em Torran. Mas, depois, os faróis foram automatizados nos anos 1960. Assim, a casa foi desocupada. E o imóvel ficou para a minha família.

— Golpe de sorte? — diz Imogen.

— Pensando bem, sim — confirma Angus —, ficamos com uma grande casa, sólida. De graça.

— Mamãe... — interrompe uma voz, vinda do andar de cima.

É Kirstie. Acordada. E chamando do topo da escada.

Isso acontece com muita frequência. No entanto, sua voz, especialmente quando ouvida inesperadamente, sempre me traz uma breve, reprimida, ressurgência de luto. Porque soa como se fosse Lydia.

Quero que esses sentimentos latentes parem.

— Mammãeeee...

Angus e eu compartilhamos um olhar resignado: nós dois calculamos mentalmente a última vez que aquilo tinha acontecido. Como pais que acabaram de ter filho, disputando de quem era a vez de alimentar o bebê, às três da manhã.

— Eu vou — afirmo —, é a minha vez.

E realmente é: a última vez que Kirstie acordou, depois de um dos seus pesadelos, há apenas alguns dias, Angus tinha lealmente subido para reconfortá-la.

Deixando minha taça de vinho, subo para o primeiro andar. Beany me segue, ansiosamente, como se fôssemos passear; chicoteando sua cauda contra as pernas da mesa.

Kirstie está descalça, no topo da escada. Ela é o retrato da inocência abalada, com seus grandes olhos azuis e com seu leopardo pressionado contra o pijama abotoado.

— Aconteceu de novo, mamãe, o sonho.

— Ah, querida... Foi só um pesadelo.

Eu a pego no colo — ela está mais pesada nos últimos dias — e a levo de volta para o quarto. Kirstie não parece tão perturbada, mas eu queria muito que aquele pesadelo repetitivo acabasse. Assim que a coloco na cama novamente, ela já está fechando os olhos, mesmo enquanto falava.

— Estava tudo branco, mamãe, tudo ao meu redor, eu estava naquele quarto, todo branco, com todos aqueles rostos olhando para mim.

— Shhhhh.

— Estava tudo branco e eu estava com medo e eu não conseguia me mexer e então, e então... então...

— Shushhh.

Acaricio sua testa ligeiramente febril. Suas pálpebras piscam de sono. Mas, vindo de trás de mim, um choramingo a desperta.

O cachorro me seguiu até o quarto.

Kirstie procura meus olhos para pedir um favor.

— Beany pode ficar aqui comigo, mamãe? Ele pode dormir no meu quarto esta noite?

Normalmente, eu não permitiria isso. Mas, hoje, eu só quero descer as escadas e beber mais um copo com Immy e Angus.

— Tudo bem: Sawney Bean pode ficar, mas só desta vez!

— Beany! — chama Kirstie, levantando a cabeça do seu travesseiro e esticando a pequena mão para coçar a orelha canina.

Fico observando a minha filha, emocionada.

— Obrigada, mamãe.

— Muito bem. Agora durma. Você tem aula amanhã.

Ela já não usava a primeira pessoa do plural *nós*, não afirmava mais ser Lydia. Era um grande alívio. Quando ela deita a cabeça no travesseiro, caminho em direção à porta.

Mas, assim que me viro, meus olhos se fixam no cão.

Ele está deitado na cama de Kirstie, sua cabeça levemente inclinada, pronto para dormir.

E então a sensação de pavor retorna. Porque percebo o que estava me incomodando: o cachorro. O cão está se comportando de maneira diferente.

Desde o dia em que trouxemos Beany para casa, para a alegria das nossas meninas, seu relacionamento com as gêmeas foi intenso — mas também foi diferente. Minhas gêmeas podiam ser idênticas, mas Sawney não as amava de forma idêntica.

Com Kirstie, a primeira gêmea, a gêmea alegre, a gêmea sobrevivente, a líder das travessuras, a menina que dormia nesta cama, neste momento, neste quarto, Beany é extrovertido, pulando nela quando ela volta da escola, perseguindo-a pelo corredor, brincando, fazendo-a gritar em sustos divertidos.

Com Lydia, a gêmea mais tranquila, a gêmea mais sentimental, a gêmea que costumava sentar e ler comigo durante horas, a gêmea que morreu no ano passado, nosso spaniel sempre era gentil, como se sentisse a vulnerabilidade de sua personalidade. Ele a acariciava, subindo com as patas em seu colo, de forma amável e calorosa.

E Sawney Bean também gostava de dormir no quarto de Lydia se pudesse, mesmo quando o enxotávamos de lá; e, quando ele voltava até o quarto dela, deitava em sua cama à noite, inclinando a cabeça de mansinho.

Exatamente como está fazendo agora com Kirstie.

Olho para as minhas mãos: estão tremendo. A ansiedade parece me espetar como alfinetes e agulhas.

Por que Beany não é mais extrovertido com Kirstie. Ele está se comportando com Kirstie exatamente como costumava fazer com Lydia!

Gentil. Carinhoso. Suave.

Surge, então, o autoquestionamento. Quando o comportamento do cão tinha mudado? Logo após a morte de Lydia? Depois disso?

Eu me esforço, mas não me lembro. O ano passado tinha sido uma mistura de dores: tantas coisas tinham mudado que eu não prestei atenção ao cachorro. Mas o que teria acontecido? É possível que o cão estivesse, de alguma forma, de luto? Um animal poderia sentir isso? Ou é algo além, algo pior?

Eu preciso investigar: não posso deixar isso passar. Saio rapidamente do quarto de Kirstie, deixando-a com a luz reconfortante, e sigo até a próxima porta. O antigo quarto de Lydia.

Nós transformamos o quarto de Lydia em um escritório, tentando, sem sucesso, apagar as lembranças com o trabalho. As paredes estão cobertas de prateleiras, cheias de livros, principalmente os meus. E muitos deles, pelo menos a metade de uma prateleira, falam sobre gêmeos.

Quando eu estava grávida, li todos os livros que encontrei sobre o assunto. É a minha maneira de processar as coisas: eu leio a respeito. Então, li obras sobre os problemas de gêmeos prematuros, os problemas da individualidade dos gêmeos, além de livros que falavam o quanto um gêmeo está mais próximo geneticamente de seu irmão gêmeo do que de seus pais ou até mesmo de seus próprios filhos.

E também li algo sobre gêmeos e cães. Tenho certeza disso.

Começo a procurar nas prateleiras, com urgência. Este? Não. Este? Sim!

Puxo o livro — Nascimentos Múltiplos: um guia prático —, abro rapidamente no índice.

Cães, página 187.

Aqui está! Este é o parágrafo de que me lembrava:

> Pode ser difícil, às vezes, diferenciar gêmeos idênticos fisicamente, mesmo na adolescência — até para os próprios pais. Curiosamente, no entanto, os cães não têm a mesma dificuldade. Tal é o poder do olfato canino que um cachorro — um animal de estimação da família, por exemplo — pode, depois de algumas semanas, diferenciar permanentemente um gêmeo do outro só pelo cheiro.

Fico com o livro em minhas mãos, mas meus olhos estão fixos na escuridão total da janela sem cortinas. Reúno as evidências.

Neste último ano, a personalidade de Kirstie veio se tornando mais calma, mais tímida, mais reservada. Mais parecida com a de Lydia. Até agora, eu atribuí isso ao sofrimento. Afinal, todo mundo havia mudado neste último ano.

Mas e se nós tivéssemos cometido um erro terrível? O erro mais terrível que se possa imaginar? Como poderíamos desfazê-lo? O que poderíamos fazer? Como tal erro refletiria em todos nós? Só sei de uma coisa: eu não posso contar nada disso ao meu frágil marido. Eu não posso contar a ninguém. Não há como soltar essa bomba. Não até que eu tenha certeza absoluta. Mas como eu posso ter essa certeza?

Com a boca seca e ansiosa, ando até o patamar. Fico olhando para a porta. E para aquelas palavras escritas em letras brilhantes, recortadas de qualquer jeito.

Quarto da Kirstie.

3

Certa vez, li uma pesquisa que explicava como uma mudança era tão traumática quanto um divórcio ou quanto a morte de um dos pais. Eu acho exatamente o contrário: nas duas últimas semanas, após nossa reunião com Walker — nas duas últimas semanas desde que Kirstie falou o que falou —, eu estou incrivelmente *feliz* por mudarmos de casa, porque isso significa que estou sobrecarregada de trabalho e, de vez em quando, distraída.

Gosto do cansaço dos meus braços ao levantar as caixas pesadas, gosto do sabor da poeira em minha boca enquanto esvazio e vasculho as infinitas prateleiras.

Mas as dúvidas não tinham desaparecido completamente. Pelo menos uma vez ao dia, eu comparo o que tinha lido sobre gêmeos com os detalhes da morte de Lydia. É possível, poderia ser possível, que tivéssemos nos enganado em relação à filha que perdemos?

Eu não sei. Por isso, ando pensativa. Nas duas últimas semanas, sempre que levava Kirstie à escola, eu a chamava de querida ou de amor, ou de qualquer coisa, exceto seu nome de verdade, pois eu tenho receio de que ela se vire para mim, como se estivesse em transe, com aqueles olhos azuis fixos e fale "*Sou a Lydia. Não sou a Kirstie. Kirstie morreu. Uma de nós morreu. Nós morremos. Eu estou viva. Sou a Lydia, Como você pode se enganar, mamãe? Como pode fazer isso? Como?"*

Então, eu me forço a trabalhar para não pensar.

Hoje terei que lidar com a tarefa mais difícil. Como Angus voou para a Escócia logo cedo, para preparar as coisas, e Kirstie está na escola — *Kirstie Jane Kerrera Moorcroft* —, eu vou arrumar o sótão. Onde mantemos o que resta de Lydia. *Lydia May Tanera Moorcroft.*

Posiciono a escada de alumínio debaixo do alçapão de madeira e paro, sentindo-me sozinha. Pensando novamente.

Vamos lá, Sarah Moorcroft! Faça isso logo!

Kirstie e Lydia.

Demos nomes diferentes às gêmeas, mas de certa forma relacionados, pois queríamos enfatizar sua individualidade e ao mesmo tempo deixar que reconhecessem sua condição singular de gêmeas: como todos os livros e sites aconselhavam. O nome de Kirstie foi escolha do pai, que optou pelo nome de sua amada avó. Um nome escocês, doce e lírico.

Por uma questão de justiça, fazendo uma divisão igualitária, eu escolhi o nome de Lydia. Procurei ser mais clássica, baseando-me na Grécia antiga. Lydia. Eu o escolhi porque amo a história, além de gostar do nome Lydia, e também porque não tinha nenhuma relação com o nome Kirstie.

Escolhi os segundos nomes, May e Jane, das minhas avós. Angus escolheu os terceiros, tirando-os de duas pequenas ilhas escocesas: Kerrera e Tanera.

Uma semana depois que as gêmeas nasceram — muito antes de nossa ambiciosa mudança para Camden — levamos nossos preciosos recém-nascidos, bebês idênticos, no banco de trás do carro, passando pela chuva com neve rumo ao nosso humilde apartamento. E ficamos muito satisfeitos com o resultado dos nossos esforços na escolha dos nomes. Nós rimos e nos beijamos, exultantes, assim que estacionamos — e repetíamos os nomes diversas vezes.

Kirstie Jane Kerrera Moorcroft. Lydia May Tanera Moorcroft.

Na nossa visão, tínhamos escolhido nomes que eram sutilmente interligados, adequados para gêmeas; nomes poéticos, bonitos e que formavam um ótimo par, sem chegar perto de Tayla Nayla e Taxla Naxla.

O que aconteceu então?

É hora de arrumar o sótão.

Subo a escada e empurro o alçapão com força — que se abre, soltando um rangido doloroso e, de repente, batendo contra o teto, em um estrondo. O som foi tão alto, tão intrusivo, que me faz hesitar, tremendo de nervosa, como se houvesse algo dormindo ali em cima que eu poderia ter acabado de acordar.

Puxo a lanterna do bolso traseiro da minha calça jeans e a acendo, apontando-a para cima.

A escuridão me encara. O vazio parecia me engolir. Novamente, hesito. Tento negar aquele frisson de medo, mas ele existe, está lá. Eu estou sozinha na casa — além de Beany, que estava dormindo em sua cesta, na cozinha. Dá para ouvir a chuva de novembro tamborilando sobre as telhas, logo acima de mim, na escuridão. Como o bater de muitas unhas irritadas.

Tec. Tec. Tec.

A ansiedade tumultua a minha mente. Subo outro degrau da escada, pensando em Kirstie e Lydia.

Tec. Tec. Tec. Kirstie e Lydia.

Quando trouxemos as gêmeas do hospital para casa, percebemos que tínhamos sido felizes na escolha dos nomes, mas ainda havia outro dilema: conhecê-las, o que era muito mais difícil. Porque nossas gêmeas eram idênticas. Magnificamente iguais. Elas estavam entre as mais idênticas dos gêmeos idênticos. Bebês que faziam enfermeiros de outras alas atravessarem longos corredores apenas para cobiçarem nossas gêmeas surpreendentes.

Alguns gêmeos monozigóticos não são assim tão idênticos em todos os detalhes. Normalmente, possuem diferentes tons de pele, manchas distintas, vozes diferenciadas. Outros são gêmeos no espelho, ou seja, são idênticos, mas a sua igualdade é como a de um reflexo no espelho, esquerda e direita conectadas: um dos gêmeos tem o cabelo no sentido horário, e o outro, no sentido anti-horário.

Mas Kirstie e Lydia Moorcroft eram totalmente idênticas: tinham cabelos tão loiros, quase brancos, que pareciam neve; olhos azuis, da cor do gelo, exatamente iguais; tinham precisamente os mesmos narizes, os mesmos sorrisos manhosos e divertidos, as mesmas bocas rosadas perfeitas quando bocejavam, as mesmas dobrinhas, mesmas risadinhas, mesmas sardas e os mesmos sinais de nascença. Eram gêmeas no espelho, mas sem o reverso.

Tec. Tec. Tec.

Devagar e cuidadosamente, talvez um tanto cautelosa demais, subo os últimos degraus da escada e espreito a escuridão do sótão, seguindo o feixe de luz da minha lanterna. Ainda pensando. Ainda lembrando. Minha lanterna ilumina a estrutura metálica marrom do carrinho de bebê duplo da Maclaren. Tinha custado uma fortuna na época, mas não medíamos esforços pelas meninas. Queríamos que as gêmeas sentassem lado a lado, mesmo quando passeávamos pelas redondezas. Afinal, elas formavam uma espécie de time desde o nascimento, balbuciando seu idioma de gêmeas, totalmente absortas uma na outra, do mesmo modo que sempre foi desde a sua concepção.

Ao longo da minha gravidez, quando comparávamos o ultrassom antigo com o novo, eu conseguia perceber que as gêmeas se aproximavam, dentro de mim — desde os contatos corporais na 12ª semana, até os abraços complexos na 14ª semana. Na 16ª semana, o obstetra disse que minhas gêmeas estavam quase se beijando.

O barulho da chuva está mais persistente agora, como um chiado irritante. *Vamos lá! Estamos esperando! Ande logo!*

Eu não preciso de nenhum incentivo para me apressar. Quero terminar a tarefa. Procuro ligeiramente por entre a escuridão, e a luz da minha lanterna pousa sobre o velho berço do Thomas e seus amigos.

A locomotiva olha para mim, maliciosamente alegre. Vermelha, amarela e cafona. Com certeza, poderia ficar ali mesmo, juntamente com o outro berço, que também deveria estar aqui em cima, o azul, que compramos para Kirstie.

Filha um. Filha dois. *Amarelo e azul.*

No início, diferenciávamos nossas bebês pintando uma de suas unhas da mão ou do pé, de amarelo ou azul. Amarelo para Lydia, porque rimava com seu apelido: Lydi-elo, amarelo. Azul para Kirstie. Kirsti-ul.

Essa pintura das unhas foi um meio-termo. A enfermeira do hospital nos aconselhou a tatuar uma das gêmeas em um lugar discreto: a omoplata, talvez, ou logo acima do tornozelo, apenas uma pequena marca indelével; assim, não haveria engano. Mas resistimos em proceder assim, pois parecia um pouco demais, até mesmo radical: tatuar uma de nossas perfeitas, inocentes pequenas crianças? Não!

Mas não tínhamos muita escolha. Então, preferimos adotar a tática do esmalte de unha, diligente e cuidadosamente aplicado, uma vez por semana, durante um ano. Depois disso, até que fôssemos capazes de distingui-las através de suas personalidades distintas, e por suas próprias respostas diante dos seus nomes, contávamos com as roupas diferentes que comprávamos para as meninas, algumas das quais agora estavam empacotadas no sótão empoeirado.

Da mesma forma que o esmalte para as unhas, compramos roupas amarelas para Lydie-lo e roupas azuis para Kirsti-ul. Não as vestíamos inteiramente da mesma cor; uma menina de amarelo e uma de azul, mas nos certificávamos de que Kirstie sempre usasse um suéter azul, meias azuis ou um gorro azul, enquanto a outra não usava nada azul; em contrapartida, Lydia usava uma camiseta amarela ou talvez uma fita em tom amarelo-escuro em seu cabelo pálido.

Depressa. Ande logo!

Eu quero me apressar, mas aquilo parece errado. Como eu poderia trabalhar de forma eficiente ali? Naquele lugar? As caixas de papelão marcadas com L de Lydia estão por toda parte. Acusando-me, em silêncio, cheias de coisas. As caixas que contêm a sua vida.

Quero gritar seu nome: Lydia. Lydia. Volte! Lydia May Tanera Moorcroft. Quero gritar seu nome da mesma forma que fiz quando ela morreu, quando olhei para baixo, lá da varanda, e vi seu pequeno corpo estirado, esmagado, ainda respirando, mas morrendo.

E agora eu estou engasgando com a poeira do sótão. Ou talvez sejam as recordações.

A pequenina Lydia correndo em direção aos meus braços enquanto tentávamos empinar pipas em Hampstead Heath e ela se assustou com o barulho do vento; a pequena Lydia sentada no meu colo, escrevendo seu nome pela primeira vez com um giz de cera; a pequena Lydia sentada na grande cadeira do papai timidamente escondida atrás de um atlas quase do seu tamanho. Lydia, a gêmea tranquila, que gostava de ler; a sentimental, meio perdida e incompleta — Lydia, a gêmea que se parecia comigo. A Lydia que, certa vez, quando estava sentada com a irmã no banco de um parque, disse: *Mamãe, senta aqui entre mim, assim você pode ler para nós.*

Senta aqui entre *mim*? Até mesmo ali já havia uma confusão, uma indefinição de identidade. Algo um pouco enervante. E agora a amada Lydia se foi. Não foi? Ou talvez ela esteja viva lá embaixo, mesmo que suas coisas estejam guardadas e embaladas aqui em cima? Se for isso, como seria possível desfazer isso sem destruir a família?

As complexidades são intoleráveis. Eu estou falando sozinha.

Vamos ao trabalho, Sarah, vamos trabalhar. Arrume as coisas. Faça sua parte! Ignore a dor, livre-se das coisas de que não precisa mais; depois, mude-se para a Escócia, para Skye: onde Kirstie — Kirstie, Kirstie, Kirstie — poderá correr e brincar livremente. Onde todos nós poderemos voar para longe, fugindo do passado, como os patos êiders voando sobre os Cuillins, as montanhas de Skye.

Uma das caixas está rasgada.

Fico olhando, perplexa e chocada. A maior caixa de brinquedos de Lydia foi brutalmente aberta. Quem faria isso? Só pode ter sido Angus. Mas por quê? E com tamanho descuido? Por que ele não me contaria? Costumávamos conversar sobre tudo que envolvesse as coisas de Lydia. Mas agora ele está pegando os brinquedos dela sem me contar?

A chuva cai novamente. E muito perto, pouco acima da minha cabeça.

Curvando-me sobre a caixa aberta, puxo uma das abas para dar uma olhada e, assim que o faço, ouço um ruído estranho — o som característico de um barulho metálico. Alguém está subindo a escada?

Sim.

O barulho é inconfundível. Há alguém na casa. Como alguém entrou sem que eu ouvisse? Quem está subindo pela escada até o sótão? Por que Beany não latiu na cozinha?

Eu me viro. Extremamente assustada.

— Olá? Olá? Quem está aí? Olá?!

— Tudo bem, linda?

— Angus!

Ele sorri à meia-luz na entrada do alçapão. Ele parece estranho: como o vilão de um filme de terror barato, iluminado, de baixo, por uma luz macabra.

— Meu Deus, Angus, você me assustou!

— Desculpe, querida.

— Pensei que estivesse a caminho da Escócia!

Angus entra no sótão e se posiciona bem na minha frente. Ele é tão alto — um metro e noventa de altura — que precisa se curvar um pouco ou bateria sua bela cabeça nas vigas.

— Esqueci meu passaporte. Hoje em dia exigem passaporte até nos voos domésticos.

Angus está olhando para algo atrás de mim, para a caixa de brinquedos rasgada e aberta. Há muita poeira suspensa no ar, entre nossos rostos, capturada por minha lanterna. Quero iluminar seus olhos diretamente. Ele está bravo? Sorrindo? Aborrecido? Eu não consigo ver. Ele é muito alto e não há luz suficiente. Mas parece mal-humorado. E tenso.

— O que você está fazendo, Sarah?

Viro minha lanterna, diretamente focando a caixa de papelão grosseiramente rasgada e aberta.

— O que acha que estou fazendo?

— Ok.

Seu perfil, com a luz vinda do andar de baixo, mostra uma feição desconfortável, como se ele estivesse tenso ou irritado. Ameaçador. Por quê?

— Estou arrumando essas coisas. Gus, você sabe que precisamos fazer algo, não é? Com... com as... — engulo a tristeza e olho para as sombras de seu rosto —, com os brinquedos e roupas de Lydia. Sei que você não quer fazer isso, mas temos que decidir. Vamos levar tudo conosco ou faremos outra coisa?

— Jogar fora?

— É... Talvez.

— Ok. Ok. Ah, não sei...

Silêncio.

E a chuva incessante.

Estamos presos ali. Presos naquele lugar, naquele ritmo, naquele sótão. Eu quero muito seguir em frente, mas preciso saber a verdade sobre aquela caixa.

— Angus?

— Olha, eu preciso ir...

Ele foi se afastando e se dirigindo para a escada.

— Conversamos sobre isso mais tarde. Falamos pelo Skype quando eu chegar a Ornsay.

— Angus!

— Eu reservei o próximo voo, mas vou perdê-lo também se eu não for cauteloso. Provavelmente terei que passar a noite em Inverness agora.

Sua voz vai desaparecendo à medida que ele desce pela escada. Ele está saindo — de uma maneira furtiva, parecendo culpado.

— Espere!

Quase tropeço na pressa de segui-lo. Correndo até a escada. Ele ainda estava descendo.

— Angus, espere!

Ele se vira, olhando o relógio de pulso, como de costume.

— O quê?

— Por acaso, você... — começo; não quero perguntar aquilo, mas eu preciso —, Gus, por acaso você abriu a caixa de brinquedos de Lydia?

Ele permanece alguns instantes em silêncio. Aquilo foi mortal.

— Claro!

— Por quê, Angus? Por que diabos você fez isso?

— Porque Kirstie estava entediada com os brinquedos *dela*.

A expressão em seu rosto parece programada para exprimir tranquilidade e eu tenho a horrível sensação de que ele está mentindo.

Meu marido está mentindo para mim.

Estou confusa, mas, ainda assim, preciso dizer alguma coisa.

— Está me dizendo, Angus, que você subiu até o sótão e pegou um brinquedo? Um dos brinquedos de Lydia? Simples assim?

Ele olha para mim sem piscar. Estava a quase dois metros do chão da sala, com as paredes nuas e sem nenhuma mobília. Já tínhamos embrulhado tudo: minha segunda estante favorita e a preciosa cômoda de Angus, um legado de sua avó.

— Sim. E daí? Hã?? Qual é o problema, Sarah? Cruzei o território inimigo?

Seu rosto tranquilo se vai. Agora ele está realmente nervoso. Aquela expressão obscura que precede a ira. Penso no sentimento que o dominou quando ele agrediu seu chefe. Penso em seu pai que espancou sua mãe mais de uma vez. Não. Esse é o meu marido. Ele jamais encostaria um dedo em mim. Mas ele está, claramente, muito irritado ao continuar falando.

— Kirstie estava entediada e infeliz, dizendo que sentia saudades de Lydia. Você não estava em casa, Sarah! Tinha ido tomar um café com Imogen, sei lá! Então pensei, por que não lhe dar alguns dos brinquedos de Lydia, hein? Isso iria consolá-la. E a ajudaria a lidar com o tédio. Então foi isso que fiz, ok? Está bem?

Seu sarcasmo é pesado. E amargo.

— Mas...

— O que você teria feito? Dito não? Diria para ela calar a boca e brincar com seus próprios brinquedos? Diria a ela para esquecer que sua irmã existiu?

Ele continua descendo as escadas. E agora sou eu que me sinto culpada. Sua explicação faz sentido. Sim, era o que eu faria se estivesse na mesma situação. Eu acho.

— Angus...

— Sim?

Ele para a cinco degraus de distância.

— Desculpe. Desculpe por questioná-lo dessa forma. Foi apenas um choque, só isso.

— Tsc.

Ele olha para cima, e seu sorriso reaparece. Ou, pelo menos, um sinal dele.

— Não se preocupe com isso, querida. Vejo você em Ornsay, ok? Você vai por terra e eu irei pelo ar.

— E você chegará à Escócia antes de mim?

— Sim!

Agora ele está rindo de uma forma melancólica, diz um até logo e se vira para pegar seu passaporte e suas malas, para voar até a Escócia.

Eu o ouço na cozinha. Seu sorriso vem à minha mente.

A porta bate lá embaixo. Angus saiu. E, de repente, sinto a falta dele, fisicamente.

Eu o desejo. Ainda mais. Talvez mais do que nunca, como sempre tinha sido.

Quero trazê-lo de volta para cá, desabotoar sua camisa e transar como não fazemos há meses. Mais do que isso: quero que ele deseje fazer o mesmo comigo. Quero que ele volte para casa e arranque as minhas roupas, como fazíamos no início, em nossos primeiros anos juntos, quando ele voltava do trabalho e, sem uma palavra sequer, começávamos a nos despir, ali mesmo, na sala, e transávamos no primeiro lugar que encontrávamos: na mesa da cozinha, no chão do banheiro, no jardim chuvoso, no delírio do imenso apetite.

Depois, deitávamos e ríamos do brilho deixado pelo delicioso suor compartilhado, da trilha flagrante de roupas pelo caminho, como pistas de um conto de fadas espalhadas desde a porta da frente até o nosso ninho de amor e, então, seguíamos os vestígios e pegávamos nossas roupas de baixo, depois as calças jeans, minha camisa, a camisa dele, uma jaqueta, meu casaco... E depois comíamos pizza fria. Sorrindo. Tranquilos. Exultantes

Éramos felizes naquela época. Mais do que qualquer outro casal que conhecíamos. Às vezes eu até invejava a forma que *éramos*. Como se eu fosse um vizinho ciumento do meu antigo eu. Aqueles malditos Moorcroft, com sua vida perfeita, que se tornou completa com as adoráveis gêmeas e, depois, com o lindo cachorro.

E, mesmo assim, mesmo quando a inveja surge, eu sei que tudo aquilo não passava de uma ilusão. Porque a nossa vida não era sempre perfeita. Nem *sempre*. Naqueles meses terríveis, imediatamente após o nascimento dos bebês, quase nos separamos.

De quem foi a culpa? Talvez minha, talvez de Angus, talvez do próprio sexo. É claro que eu já imaginava um declínio em nossa vida amorosa depois que as gêmeas nascessem, mas não esperava que terminasse por completo. Mas foi o que aconteceu. Depois do nascimento das crianças, Angus entrou em uma espécie de exílio sexual. Ele não queria me tocar, e, quando o fazia, era como se meu corpo fosse algo novo, estranho, desagradável, algo a ser manuseado com cuidado científico. Uma vez eu o peguei me olhando pelo espelho:

ele avaliava a minha nudez após a maternidade. As minhas estrias e os meus mamilos vazando. Sua expressão não era nada agradável.

Por muito tempo, quase um ano, ficamos totalmente sem transar. Quando as gêmeas começaram a dormir a noite inteira, e quando senti que voltava a ser quem eu era, tentei provocá-lo; ainda assim ele se recusava com desculpas esfarrapadas: muito cansado, muito bêbado, muito trabalho. Ele nunca estava em casa.

Então, eu encontrei o sexo em outro lugar, em algumas noites curtas, arrebatadas da minha solidão. Angus estava imerso em um novo projeto na empresa, descaradamente me ignorando, sempre trabalhando até tarde. Eu estava desesperadamente sozinha, ainda perdida dentro do buraco negro da maternidade precoce, cansada de aquecer mamadeiras no micro-ondas. Entediada com duas crianças pequenas gritando, totalmente só. Foi quando um antigo namorado ligou, parabenizando-me pelas minhas filhas. Ansiosamente, aproveitei a pequena empolgação, a velha excitação. "Ei, por que você não vem aqui tomar algo comigo e aproveita para conhecer as gêmeas? Venha me ver!"

Angus nunca descobriu, não por conta própria: terminei o caso passageiro e simplesmente contei tudo ao meu marido, porque a culpa me atormentava e, provavelmente, porque eu queria puni-lo. *Veja só, como fiquei solitária.* E a ironia foi que a minha dolorosa confissão nos salvou, reavivando nossa vida sexual.

Porque, após a confissão, a sua percepção a meu respeito mudou: agora eu não era mais apenas uma mãe de primeira viagem, chata e cansada, sem atrativos. Eu estava sendo novamente valorizada devido a uma espécie de possessão sexual, um corpo desejado carnalmente por um rival. Angus me reconquistou e me perdoou, fazendo sexo comigo. Em seguida, fizemos terapia de casal e continuamos juntos. Porque ainda nos amávamos.

Mas eu sempre me questionarei sobre os danos permanentes que causei. Talvez simplesmente tivéssemos evitado a questão por todos esses anos. Como um casal, somos bons em esconder coisas.

E aqui estou eu: de volta ao sótão, olhando para as caixas escondidas que contêm as coisas da nossa falecida filha. Mas, ao menos, eu decidi algo: depósito. É o que faremos com todas aquelas coisas.

É a saída mais fácil. Nem uma coisa, nem outra. Afinal, eu não aguento levar os brinquedos de Lydia para o norte da Escócia — por que eu faria isso? Para alimentar o comportamento estranho de Kirstie? Por outro lado, desfazer-me de tudo é cruel, e impossível.

Um dia eu farei isso, mas ainda não.

Então vai ser um depósito.

Animada com a decisão, ponho-me a trabalhar. Durante três horas, encaixoto, fecho, tiro coisas das caixas, encaixoto novamente e, então, desço e faço uma rápida refeição composta de uma sopa e um pão dormido e pego meu celular. Fico satisfeita com a minha eficiência. Tinha apenas mais uma coisa a fazer, só mais uma dúvida a esclarecer. Assim, toda essa tolice acaba.

— Senhorita Emerson?

— Alô?

— Ah, olá, é a Sarah. Sarah Moorcroft.

— Ah, sim, claro! Olá, Sarah. Pode me chamar de Nuala, por favor!

— Ok... — hesito.

A senhorita Emerson é a professora de Kirstie, uma moça de vinte e poucos anos, brilhante, sagaz e inteligente. Uma fonte de consolo durante o terrível último ano. Mas ela sempre foi a "Senhorita Emerson" para as crianças — e agora para Kirstie —; por isso parece estranho chamá-la pelo seu primeiro nome. É realmente muito estranho. Mas eu preciso tentar.

— Nuala.

— Sim — responde com uma voz alegre —, são cinco da tarde e Kirstie está em atividades extraclasse, mas a professora ainda tem trabalho a fazer.

— Aham. Por acaso, você tem um minuto para conversar comigo? Tenho algumas perguntas sobre Kirstie.

— Claro, tenho até cinco minutos! Sem problemas. Em que posso ajudar?

— Você sabe que vamos nos mudar em breve.

— Para Skye? Sei! Já conseguiu matriculá-la em outra escola?

— Sim, a nova escola se chama Kylerdale, já chequei todos os relatórios da Ofsted, é uma instituição bilíngue, inglesa e gaélica. É claro que não se compara à St. Luke, mas...

— Sarah, você disse que tinha uma pergunta?

Seu tom não é de impaciência, mas demonstra que ela estava ocupada. Ela devia estar fazendo outra coisa.

— Ah, sim! Desculpe, sim, eu tenho.

Olho pela janela da sala de estar que estava semiaberta.

A chuva tinha parado. A escuridão avassaladora e com ventos de uma noite de outono tomava lugar. As árvores do outro lado da rua tinham as folhas roubadas, uma por uma.

— Nuala, o que eu queria perguntar era... — continuo segurando o telefone com mais firmeza. Eu estava tensa, como se estivesse prestes a mergulhar em uma água muito fria — Você notou algo estranho com a Kirstie recentemente?

Alguns instantes se passaram.

— Algo estranho?

— Ah... sabe? Algo estranho... é...

A situação é lamentável. Mas o que mais eu posso dizer? "Ah, olá, senhorita Emerson, Kirstie por acaso já lhe disse que ela não é ela exatamente, mas a irmã que morreu?"

— Não, não percebi nada de estranho — responde a senhorita Emerson, suavemente, *lidando com uma mãe de luto.* — É claro que Kirstie ainda sente falta da irmã, isso é muito evidente, mas, diante de circunstâncias tão desafiadoras, eu diria que sua filha está lidando muito bem com isso. Tão bem quanto possível.

— Obrigada — agradeço —, tenho apenas uma última pergunta.

— Pois não?

Arrisco novamente. Preciso perguntar sobre a leitura de Kirstie. Seu rápido avanço. Aquilo também estava me incomodando.

— Então, Nuala, o que acha do ritmo de aprendizado de Kirstie, do seu desenvolvimento? Você percebeu alguma coisa diferente, alguma mudança recente? Quero dizer, houve alguma alteração no seu aprendizado? Em sala de aula?

Desta vez o silêncio se prolonga. Um longo silêncio.

— Bem... — murmura Nuala.

— Sim?

— Não é nada drástico. Mas creio que... creio que há uma coisa que eu poderia mencionar.

As árvores se dobram e sofrem com o vento.

— Que coisa?

— Ultimamente, percebi que Kirstie melhorou na leitura. Em pouco tempo. É um avanço bem surpreendente. E ela também costumava ser muito boa em matemática, e agora ela... não está mais indo tão bem nessa matéria.

Posso imaginar Nuala encolhendo os ombros, sem jeito, do outro lado da linha.

— E se poderia dizer que isso é meio supreendente? — complementa.

— A irmã dela costumava ser boa em leitura e não muito boa em matemática — digo, talvez, o que nós duas estávamos pensando.

— Sim, sim, é verdade — concorda Nuala, baixinho.

— Ok, ok, mais alguma coisa? Notou mais alguma coisa?

Outra dolorosa pausa.

— Sim, talvez. Nessas últimas semanas, percebi que Kirstie ficou mais amiga de Rory e Adelie.

As folhas caíam lentamente.

— Rory e Adelie — repeti os nomes.

— Isso mesmo, e eles eram — hesita Nuala, continuando logo em seguida —, bem, na verdade, eles eram amigos de Lydia, como você certamente já sabe. E Kirstie deixou de lado seus próprios amigos.

— Zola? Theo?

— Zola e Theo. E foi muito repentino. Mas, na verdade, essas coisas acontecem o tempo todo, ela tem só 7 anos, é muito nova ainda.

— Certo — respondo, com a garganta anestesiada —. Certo — repito —, entendo.

— Mas, por favor, não se preocupe. Eu não teria mencionado isso se você não tivesse perguntado sobre o desenvolvimento de Kirstie.

— Não?

— De que adiantaria, Sarah? O meu palpite, como profissional, é que Kirstie está, de alguma forma, tentando compensar a ausência da irmã, quase tentando assumir sua identidade, de modo a substituí-la, para lidar com a dor. Dessa forma, creio eu, ela tem se esforçado muito para ler melhor, para preencher esse vazio. Não sou psicóloga infantil, mas, até onde sei, isso não é incomum.

— Não. Não. Certo.

— E cada criança lida com o sofrimento de uma maneira. Isso é, provavelmente, apenas uma parte do processo de cura. Então, quando vocês se mudam? Será logo, certo?

— Sim, neste fim de semana.

O telefone pesa em minha mão.

Olho para as casas elegantes do outro lado da rua; os carros estacionados, brilhando sob as luzes da rua. O crepúsculo terminara. O céu está límpido. Eu consigo ver várias luzes de aviões circundando Londres, como pequenas faíscas vermelhas saindo de uma enorme e invisível fogueira.

4

Angus Moorcroft estacionou em frente ao Hotel Selkie, saiu do veículo pequeno e barato — alugado na noite anterior, no aeroporto de Inverness — e olhou o lodaçal e as águas plácidas no caminho para Torran. O céu estava limpo, sem nuvens, permitindo um raro vislumbre de sol do norte: um dia frio de novembro. Apesar da limpidez, a casa só era visível olhando por sobre as rochas cobertas de algas, com o farol branco atrás.

Com uma mão protegendo os olhos do sol, Angus espreitou a nova casa da sua família. Mas um segundo carro interrompeu seus pensamentos — freando bruscamente ao parar e estacionando. Um velho Renault azul.

Seu amigo, Josh Freedland, saiu do carro, vestindo um casaco grosso e uma calça jeans meio suja de poeira de granito, ardósia ou mármore. Angus acenou e logo olhou para suas próprias calças. Ele sentiria saudades dos bons ternos e das gravatas de seda.

Josh se aproximou.

— O colono branco chegou!

Os dois homens se abraçaram, dando tapinhas nas costas. Angus pediu desculpas pelo atraso, por perder o voo — Josh disse que não se preocupasse.

Tal resposta gerou certa ironia na mente de Angus. Houve uma época em que Josh estava sempre atrasado. Quando Josh era o homem menos confiável da Grã-Bretanha. Tudo estava mudando.

Ao mesmo tempo, ambos se viraram para olhar a vista de Sound.

— Nossa, eu tinha esquecido como era bonito! — murmurou Angus.

— Quando *foi* a última vez que esteve aqui?

— Com você. E a nossa turma. Nas últimas férias de verão.

— Sério?!

Josh sorriu, com verdadeira surpresa.

— Viciado ao mar! Viciado ao mar!

Foi a frase daquelas férias memoráveis, quando eles vieram para a ilha da avó de Angus, na época da faculdade. Tinham passado um fim de semana épico, bebendo demais, rindo muito, sendo irritantes e falando alto, perturbando os moradores e se divertindo muito. Quase tinham afundado o barco a remo quando retornavam de Selkie durante o agradável e cintilante verão lilás escocês: o crepúsculo que nunca escurecia totalmente. Focas emergiam perpendicularmente os observando.A expressão *viciado ao mar* surgiu em um episódio espetacular de embriaguez, quando Josh, completamente chapado de ecstasy, tinha tentado abraçar uma daquelas focas, e então caiu na água escura congelante por volta das 11 da noite.

Poderia ter sido um acidente fatal, mas eles tinham 21 anos e eram obviamente imortais. Então, Josh nadou até a ilha, totalmente vestido, e lá se embebedaram mais uma vez, naquela bela casa do farol.

— Há quanto tempo foi isso? Uns quinze anos? Nossa!

Josh jogava conversa fora com as mãos nos bolsos. O vento fresco de verão despenteava seu cabelo ruivo de judeu.

— Mas nós nos divertimos, né? Toda aquela cidra que bebemos em Coruisk. Você tem visto mais alguém da nossa turma?

— Nem tanto...

Angus não quis entrar em detalhes *por questões óbvias*. Mas não era preciso. Josh sabia o que tinha acontecido.

No último ano, após a morte de Lydia, Angus se aproximou de Josh, mais do que de qualquer outro: longas chamadas telefônicas consoladoras e a velha terapia de bar quando Josh ia para Londres. E Josh desempenhou seu papel ouvindo Angus falar de Lydia, falando até que as palavras se tornassem pura saliva, até que as palavras se tornassem um fluido corporal a ser expurgado, escorrendo pela sua boca em forma de baba, falando até que o uísque e o sono apagassem tudo.

Josh foi o único homem que viu Angus chorar de verdade por causa de sua falecida filha: uma noite escura e aterrorizante, quando a flor noturna da angústia havia crescido e florescido. Um tabu fora quebrado naquela noite, talvez de modo positivo. Um homem chorando diante de outro homem, com muco escorrendo e lágrimas rolando.

E agora?

Josh estava checando algo em seu telefone. Angus inspecionava mais uma vez a distante ilha de Torran. Era um longo caminho pelo lodaçal, muito maior do que ele se lembrava. Era preciso seguir pela costa, depois seguir em torno da grande ilha de maré de Salmadair e atravessar a ponte até a ilha menor, secundária, de Torran. Levaria, no mínimo, trinta ou quarenta minutos.

E essa distância a pé era significativa, já que o velho barco a remo da ilha estava destroçado há muito tempo, o que significava que eles não tinham nenhum barco. E até que conseguissem comprar um barco novo, ele, Sarah e Kirstie teriam que chegar à ilha atravessando os traiçoeiros lodaçais e só podiam fazer isso durante a maré baixa.

— Conhece alguém que tenha um bote barato para vender?

— Meu amigo, você não arrumou um barco? — perguntou Josh, erguendo os olhos, acima da tela do seu telefone.

— Não.

— Não creio, Gus, sério? Como você pretende morar em Torran sem um barco?

— Não pretendo. Mas teremos que ficar até que eu consiga comprar um. E dinheiro é um problema.

— Posso te dar uma carona no meu, agora mesmo?

— Não, eu quero andar pelos lodaçais. Fazer um teste.

O amigo de Angus inclinou a cabeça, oferecendo um sorriso cético.

— Você se lembra de que aqueles lodaçais são perigosos, certo?

— Ah! Sim!

— É sério, Gus, à noite, depois do pôr do sol, você não vai querer cruzar esses lodaçais. Mesmo com uma lanterna, você pode quebrar um tornozelo nas rochas, ficar preso na lama, e, então, já era.

— Josh...

— Em Skye ninguém vai ouvir seus gritos; metade das casas ao longo da costa está vazia. São casas de férias. No inverno, a maré vai subir, fria e letal: você se afogaria.

— Josh! Já sei disso! É a minha ilha! Eu praticamente morava aqui quando menino.

— Mas você vinha durante o verão, não é? No inverno, os dias duram apenas cinco horas, ou menos. Pense nisso, meu amigo. Mesmo *com* um barco, Torran pode ser bem complicado no inverno. Você pode ficar confinado por vários dias.

— Tudo bem. Ok! Eu sei que os invernos são difíceis. Tenho plena consciência de que não será fácil, mas eu não me importo.

Josh riu.

— Certo. Entendi. Eu acho...

— Você mencionou, ao telefone, alguma coisa sobre as marés. Esta tarde?

Josh olhou para o mar, recuando, depois, de volta para Angus.

— Mandei um e-mail, mais cedo, com as tabelas oficiais das marés de Mallaig com todos os detalhes.

— Não consegui ver. Estou viajando desde cedo, pela manhã.

Josh assentiu. Ele observava cuidadosamente os lodaçais e as algas sob o sol fraco.

— Certo. Pois bem, a maré deve baixar, hoje, em torno das quatro da tarde. Isso dá, no máximo, uma hora de margem de cada lado. Portanto, temos ainda meia hora para matar até as três.

Outro silêncio. Angus sabia o que vinha a seguir.

— Como tá a Kirstie? — perguntou o amigo, gentilmente.

É claro. Ele tinha que perguntar. "Como tá a Kirstie? Como *está* a Kirstie?"

O que ele deveria responder?

Ele queria dizer a verdade. Mais ou menos há uns seis meses, Kirstie apresentou um comportamento muito peculiar. Algo realmente estranho e perturbador tinha acontecido com a sua filha sobrevivente: com a sua personalidade. As coisas ficaram tão ruins que Angus quase procurou um médico, mas, no último momento, encontrou uma solução. Ou quase.

Só que Angus não contou nada a ninguém, nem mesmo a Josh. Principalmente não para Josh, porque Josh contaria a Molly, sua esposa, e Molly e Sarah eram muito íntimas. E Sarah não poderia ficar sabendo disso; nunca deveria ficar sabendo, jamais. Ele simplesmente não confiava nela. Não confiava nela havia muitos meses em vários sentidos.

Por isso, teria que mentir até para Josh.

— Kirstie está bem, considerando a situação.

— Entendo. E Sarah? Ela está... ela está bem agora? Melhor?

Outra questão inevitável.

— Sim. Está bem. Estamos todos bem, ansiosos com a mudança — disse Angus, tão calmamente quanto conseguiu. — Kirstie quer ver uma sereia ou uma foca. Acho que a foca ela conseguirá ver.

— Ha, ha!

— Bom, de qualquer forma, temos tempo de sobra, não é? Vamos tomar um café?

— Ahhh! Você perceberá algumas mudanças por aqui — afirmou Josh enquanto empurrava a porta do bar, que rangeu.

Ele não estava errado. Assim que entraram no Selkie, Angus olhou ao redor: surpreso.

O velho bar de pescadores, despojado e acolhedor, estava completamente mudado. A música pop ambiente tinha sido substituída pelo folk moderno ambiente — percussão e cordas. O piso acarpetado e sujo agora evoluíra para caras ardósias cinzentas.

Na outra ponta do bar, um quadro de giz anunciava "lagostas grandes"; e entre as caixas de folhetos dos teatros locais e pilhas de panfletos sobre pontos de observação de águias-marinhas estava uma adolescente gordinha, atrás dos barris de cerveja, brincando, emburrada, com o piercing em seu nariz, obviamente chateada por ter que atender ao pedido de cafés de Josh.

A metamorfose era impressionante, mas não excepcional. O local parecia mais um hotel boutique e bar gastronômico, destinado a turistas ricos que buscavam as zonas montanhosas da Escócia e experiências nas Ilhas. Não era mais o velho lugar despojado, com o cheiro azedo dos bêbados da região, de duas décadas atrás.

Embora estivessem em meados de novembro, em uma tarde do meio da semana, os locais eram os únicos clientes no momento.

— Isso, os dois com leite, obrigado, Jenny.

Angus observou um dos cantos. Cinco homens, de diferentes idades, usando suéteres com golas praticamente idênticas, sentados a uma grande mesa redonda de madeira. Fora eles, o bar estava deserto. Os homens mantiveram silêncio enquanto olhavam para trás, para Angus, por sobre os copos de cerveja.

Em seguida, eles se entreolharam, feito conspiradores, e começaram a conversar novamente. Em uma língua muito estranha.

Angus tentou não ficar olhando. Em vez disso, perguntou a Josh.

— Gaélico?

— Sim. Ouve-se muito em Sleat atualmente. Construíram um novo Colégio Gaélico um pouco mais abaixo na rua. E as escolas o ensinam, é claro — explicou Josh, sorrindo discretamente. — Mas aposto que estavam falando inglês antes de entrarmos. Eles fazem isso de brincadeira para impressionar as pessoas que entram aqui.

Josh ergueu a mão e acenou para um dos homens, um sujeito robusto, com a barba por fazer, bem apessoado, com mais ou menos quarenta e poucos anos.

— Gordon. Tudo bem?

Gordon se virou e se apresentou com um sorriso muito taciturno.

— Tarde, Joshua. Tarde. *Ciamar a tha thu fhein*?

— De forma alguma! Minha tia foi atingida por um raio — disse Josh, bem-humorado. — Gordon, você *sabe* que nunca vou aprender!

— Sim, mas talvez um dia você possa tentar e conseguir, Josh!

— Ok, vou tentar, prometo. Vamos colocar o papo em dia, em breve!

Os cafés tinham chegado, trazidos pela moça entediada. Angus olhou para a graciosa e pequena xícara na mão áspera, vermelha e judiada de Josh.

Angus queria um uísque. Na Escócia, o ser humano tinha que beber uísque; aquilo era o esperado. No entanto, ele se sentiu constrangido em pedir uma bebida, em plena tarde, na companhia do sóbrio Josh.

Foi uma sensação um pouco paradoxal porque Josh Freedland não costumava ficar sóbrio. Houve um tempo em que Josh era exatamente o oposto de sóbrio. Considerando que o restante da turma da universidade — incluindo Angus — tinha se envolvido ligeiramente com drogas, mas logo se entediou e voltou às bebidas, Josh foi dos alucinógenos em festas até o grave vício em heroína: mergulhando nas trevas e no abandono. Durante anos, parecia que Josh estava fadado ao fracasso total, ou pior — e ninguém conseguia salvá-lo, não importava o quanto tentassem, especialmente Angus.

Mas então, de repente, com 30 anos, Josh conseguiu salvar *a si mesmo*, frequentando os Narcóticos Anônimos.

E Josh abraçou a sobriedade da mesma forma como tinha mergulhado nas drogas: com total dedicação. Ele compareceu a sessenta reuniões em sessenta dias. Completou o programa de doze passos e confiou em um poder superior. Logo, conheceu uma jovem e bela mulher, em uma das reuniões dos Narcóticos Anônimos em Notting Hill — Molly Margettson. Ela era viciada em cocaína, mas estava tentando se recuperar, assim como Josh.

Eles se apaixonaram à primeira vista e, assim que se casaram em uma pequena e emocionante cerimônia, saíram de Londres. Usaram o dinheiro da venda do apartamento dela em Holland Park para comprar uma casa encantadora em Sleat, à beira da água, a uns setecentos metros de Selkie, bem no meio do local que todos eles amavam: perto da ilha da avó de Angus.

O magnífico Sound of Sleat, o lugar mais bonito da Terra.

Agora, Josh trabalhava como pedreiro e Molly, notavelmente, era dona de casa e comerciante. Ela conseguia tirar um rendimento decente vendendo frutas e compotas, mel e chutney. Ela também pintava de vez em quando.

Angus olhou para as pessoas no bar, pensativo. Sentiu pena de Josh durante anos e, a verdade, é que agora o invejava. Mesmo estando feliz por Josh e Molly, sentia ciúmes da pureza de suas vidas. Nada além de ar, pedras, céu, vidro, sal, rochas, mar. E o mel de urze das Ilhas Hébridas. Angus também desejava essa pureza; queria viver afastado das turbulências da cidade e mergulhar na pureza e na simplicidade. O ar fresco, o pão feito em casa, o vento batendo em seu rosto.

Os dois amigos escolheram uma mesa solitária longe de Gordon e seus amigos que falavam gaélico. Josh se sentou e tomou um gole de café.

— Aquele é Gordon Fraser. Ele é uma espécie de faz-tudo, conserta qualquer coisa de Kylerhea a Ardvasar: torradeiras, barcos e esposas solitárias. Acho que ele é a pessoa certa para ajudá-lo com o barco — afirmou, em tom de conspiração e sorrindo.

— Eu me lembro dele. Acho — respondeu Angus, dando de ombros.

Será que realmente lembrava? O quanto ele poderia se lembrar, já que fazia tanto tempo? Na verdade, ele ainda estava chocado com seu próprio erro de cálculo sobre a proximidade de Torran Island em relação ao continente. O que mais poderia estar lembrando erradamente? O que mais teria esquecido?

Mais importante ainda: se a sua memória a longo prazo não era confiável, o quão confiável era o seu julgamento? Será que confiava em si mesmo para viver, pacificamente, com Sarah naquela ilha? Poderia ser muito difícil. E se ela estivesse mentindo para ele? Mais uma vez?

Ele não queria mais pensar naquilo.

— Certo, Josh, conte-me, o quanto tudo mudou? Está decadente? Torran?

— A casa? — Josh encolheu os ombros. — Bem, você precisa *mesmo* se preparar, amigo. Como te disse ao telefone, fiz de tudo para cuidar do lugar. E Gordon também; ele amava a sua avó, e os pescadores da região costumavam passar por ali. Mas está em um estado terrível, não há como negar isso.

— Mas... e os faroleiros?

Josh sacudiu a cabeça.

— Ah... eles só apareciam uma vez a cada quinze dias e era tudo muito rápido: entravam, poliam uma lente, trocavam uma bateria e, assim que terminavam, voltavam para Selkie em busca de agitação.

— Entendi.

— Todos nós fizemos o que podíamos, mas, sabe como é, a vida é corrida, não é fácil. Molly não gostava de sair de barco sozinha. E sua avó deixou de vir para cá há quatro anos; então, na verdade, o lugar não foi mais habitado desde então, ninguém mais esteve lá.

— É bastante tempo...

— Verdade, meu amigo. Quatro longos invernos nas Hébridas. Umidade, deterioração e vento, tudo contribuindo... — suspirou e, em seguida, seu rosto se iluminou —, mas vocês tiveram alguns invasores no verão passado.

— Tivemos?

— Sim. E pareciam inofensivos. Dois rapazes, duas garotas — bem bonitas. Apenas jovens, estudantes. Na verdade, eles chegaram corajosos e desafiadores a Selkie numa noite. Gordon e os rapazes lhes contaram muitas histórias, afirmando que Torran era assombrada, e eles ficaram apavorados. Saíram dali na manhã seguinte. Não fizeram muitos estragos. Queimaram a maioria da lenha restante de sua avó e foram embora. Malditos londrinos!

Angus reconheceu a ironia. Lembrou-se de quando ele e seus amigos de Londres tinham feito o mesmo: sentados naquele bar, ouvindo as histórias populares de Skye contadas por moradores locais enquanto bebiam. Costumavam fazer isso durante as longas noites de inverno. Sua avó também tinha lhe contado as histórias de Skye: A Janela de Portree; O Medo que Caminhava no Escuro. E, óbvio, a duende Gruagach — seu cabelo branco como a neve — lamentando seu próprio reflexo...

— Por que você nunca mais veio para cá?

— Como?

— Há quinze malditos anos que você não vem aqui! Por quê? — insistiu Josh.

Angus franziu a testa e suspirou. Era uma boa pergunta: uma que ele mesmo já tinha se feito. Fez um esforço para encontrar uma resposta.

— Não sei. Na verdade, não faço ideia. Talvez Torran tenha se tornado uma espécie de símbolo. Um lugar para onde eu gostaria de voltar um dia, um paraíso perdido. Além de ser muito longe. Claro que pensávamos em vir, ainda mais depois que vocês se mudaram para cá, mas é claro... — e lá estava novamente a fatídica pausa. — Foi quando tivemos as meninas, as gêmeas, e tudo mudou. Uma gélida ilha escocesa com bebês chorando? Crianças? Era um pouco assustador. Você vai entender, Josh, quando tiver filhos com Molly.

— *Se* tivermos filhos — disse Josh, balançando a cabeça e olhando para os desenhos formados pela mistura do café com leite em sua xícara —. Se...

O silêncio que veio em seguida foi um pouco doloroso. Um homem de luto em razão da perda de sua filha e um outro também de luto devido aos filhos que ainda não tivera.

Angus tomou o último gole do seu café morno, virou-se no desconfortável banco de madeira e olhou pela janela, que tinha uma espessura considerável, em virtude do vidro resistente ao vento.

O vidro da janela distorcia a beleza da Ilha de Torran, fazendo com que parecesse feia. Dali, a vista era estranha, manchada e inverossímil. Ele pensou no rosto de Sarah, em meio à escuridão do sótão, distorcido pela ausência de luz, enquanto ela mexia nas caixas.

Aquilo tinha que acabar.

— A maré deve estar baixa agora; então, você tem duas horas no máximo! Tem *certeza* de que não quer que eu vá junto ou pelo menos que lhe dê uma carona de bote?

— Tenho. Quero caminhar pelo lodaçal.

Os dois saíram do bar para o frio da rua. Com a baixa da maré, o vento estava forte e afiado. Angus acenou para Josh, despedindo-se — *Amanhã passo na sua casa* — assim que o carro de Josh partiu, derrapando e espalhando lama.

Abrindo o porta-malas, Angus pegou a mochila que tinha arrumado com muito cuidado naquela manhã, no barato hotel de Inverness, para que tivesse o básico necessário para passar uma noite na ilha. Ele poderia comprar o que mais precisasse no dia seguinte. Naquela noite, só tinha que chegar até lá.

Atravessando os lodaçais.

Angus teve uma sensação estranha, como se alguém o observasse, zombando, enquanto ele ajustava as alças da sua mochila, distribuindo o peso. Por reflexo, olhou em torno, à procura de rostos nas janelas, crianças que porventura estivessem olhando e rindo, mas não viu nada além de árvores desfolhadas e casas silenciosas. Ele era o único ser por ali e precisava seguir seu caminho.

A trilha o levou diretamente do estacionamento de Selkie a alguns degraus de pedra molhados e cobertos de musgo. Angus seguiu o percurso. No último degrau, o caminho fez uma curva, passando por uma fileira de barcos de madeira, todos com quilhas acima do cascalho, protegidos das tempestades de inverno que se aproximavam. E então a trilha sumiu, desapareceu completamente em um labirinto de rochas cobertas de algas e hectares cinza de lama fedorenta. Aquilo levaria pelo menos meia hora.

E o seu celular estava tocando.

Feliz com o fato de ter sinal, na esperança fantasiosa e inútil de que houvesse o mesmo sinal em Torran, Angus deixou sua mochila cair sobre os seixos e puxou o aparelho do bolso de sua calça jeans.

A tela mostrava o nome de Sarah.

Ele atendeu. Era a quarta ligação da esposa naquele dia.

— Oi.

— Você já chegou?

— Cheguei. Eu ia fazer a travessia agora. Estou em Ornsay. Acabei de me despedir do Josh.

— Certo, e então? O que achou?

— Eu não sei, querida — resmungou. — Te falei que ainda não estou lá. Por que não espera eu chegar primeiro e, daí, eu te ligo assim que der.

— Ah... sim, desculpe. Ha, ha.

Era um riso dissimulado. Ele poderia afirmar aquilo, mesmo ouvindo de um telefone celular, a mil quilômetros de distância.

— Sarah. Você está bem?

A hesitação. Aquela pausa distinta, precisa.

— Sim, Gus. Estou um pouco nervosa. Normal. Só isso...

Ela parou de falar.

Ele franziu a testa. Onde aquilo iria parar? Ele precisava distrair sua esposa, fazer com que ela se focasse no futuro.

— A ilha é ótima, Sarah! Linda, do jeito que eu me lembrava. Mais bonita, até! Não cometemos um erro. Fizemos bem decidindo nos mudar para cá — explicou cuidadosamente.

— Ah, ok. Que bom! Desculpe. Tudo bem. Toda essa agitação da mudança!

Mas a ansiedade estava lá, dentro de Sarah, à espreita. Ele sabia. O que significava que ele tinha que perguntar, mesmo que não desejasse saber a resposta. Mas tinha que perguntar.

— Kirstie está bem?

— Ela está bem, está...

— O quê?

— Ah. Não, não é nada.

— Como assim?

— Não é nada. Nada.

— Não é verdade, Sarah. Sei que há algo errado, pelo tom de sua voz. O que foi?

Ele conteve sua frustração. Aquele era outro estratagema de sua esposa: primeiro, fazendo uma pequena insinuação, inquietante e, em seguida, dizendo que não era nada. Forçando-o a arrancar a informação dela. Então, ele se sentia culpado e mal — mesmo quando não queria saber a resposta. Como agora.

Ultimamente, aquela tática o deixava louco. Ele ficava realmente irritado.

— Sarah. O que houve? Fale!

— Bem, ela...

Outra pausa irritante interrompeu o diálogo.

Angus resistiu à tentação de gritar "Que merda está acontecendo?"

— Noite passada. Ela teve outro pesadelo — explicou Sarah, finalmente.

Aquilo foi, no mínimo, um alívio para Angus. Só um pesadelo? Aquele suspense todo só por isso?

— Ah! Outro sonho ruim.

— Isso.

— O mesmo?

— Sim. — Outra pausa da mulher. — Aquele com o quarto, no qual ela está presa naquela sala branca, com diversos rostos olhando para ela. É quase sempre o mesmo pesadelo. Sempre esse, por que será?

— Não faço ideia, Sarah, mas sei que vai passar. E logo. Você se lembra do que disseram na Clínica Anna Freud? Essa é uma das razões pelas quais estamos nos mudando. Um lugar novo, novos sonhos. Um novo começo. Sem recordações.

— Certo, tem razão, é claro. Falamos amanhã?

— Sim. Te amo.

— Te amo.

Angus franziu o cenho diante das próprias palavras e desligou. Colocando o celular no bolso, ergueu sua mochila pesada, sentindo-se como um alpinista que tentava alcançar o cume da montanha. Ele conseguia ouvir o tilintar de uma pesada garrafa de vinho batendo contra algo duro, talvez seu canivete suíço.

Trilhando o caminho, ele andou ao longo de pedras e areia, tentando encontrar a rota mais segura. O ar estava impregnado com o cheiro inebriante de algas em decomposição. Gaivotas voavam logo acima, fazendo muito barulho, chamando sua atenção por algo que ele não tinha feito.

A maré estava baixa, expondo velhas correntes de metal cinza, frouxas, sobre a lama, presas a boias de plástico. Chalés brancos olhavam para ele, com indiferença, por toda a costa arborizada de Skye, à sua direita. À esquerda, Salmadair era composta de uma abóbada de pedra e grama, cercada por pinheiros sombrios. Ele só conseguia avistar o topo daquela grande casa vazia, em Salmadair, propriedade do bilionário, do cara sueco.

Josh tinha contado tudo a Angus sobre Karlssen: que ele só tinha vindo aqui durante algumas semanas no verão para a temporada de caça, para velejar e pelas famosas vistas do Sound: das águas dos lagos Hourn e Nevis, e, entre os lagos, o amplo maciço de Knoydart com suas colinas cobertas de neve.

Como Angus andava curvado devido ao peso de sua mochila, de vez em quando, durante a caminhada, ele erguia a cabeça para olhar as colinas. Os grandes cumes de Knoydart, a última área de verdadeira vida selvagem na Europa Ocidental. Enquanto observava aquele panorama, Angus percebeu que ainda se lembrava claramente dos nomes dos picos enigmáticos de Knoydart. Sua avó o tinha ensinado tantas vezes: *Sgurr an Fhuarain, Sgurr Mor, Fraoch Bheinn.*

Era um poema. Angus não era fã de poemas, embora o lugar fosse pura poesia.

Sgurr an Fhuarain, Sgurr Mor, Fraoch Bheinn.

Ele continuou andando.

O silêncio era penetrante. Um reino de tranquilidade. Sem barcos de pesca, sem pessoas passando, sem ruídos de motores.

Angus andou e suou, e quase escorregou. Ele se admirou com a leveza do vento vespertino, um dia tão tranquilo e límpido que lhe permitia ver a última balsa, na distância azul, fazendo a travessia de Armadale a Mallaig.

Muitas casas, escondidas entre abetos e sorvas, estavam totalmente fechadas para o inverno. Aquilo era responsável por grande parte do silêncio: por aquele sentimento de desolação. De certa forma, aquela acolhedora e impressionante península ao sul de Skye se parecia cada vez mais com um dos bairros mais ricos de Londres: vazio pela própria conveniência, habitado pelos ricos apenas durante alguns dias do ano. Uma oportunidade de investimento. Um lugar para aplicar dinheiro. Paradoxalmente, outras partes das ilhas Hébridas, menos sedutoras, tinham mais vida, porque lá as casas eram mais baratas.

Este lugar era amaldiçoado por sua própria beleza.

Mas, ainda assim, era deslumbrante. E já estava escurecendo.

A caminhada levou cinquenta árduos minutos, porque suas botas ficaram pesadas com a camada escura de lama cinza, dificultando seus movimentos, fazendo-o andar mais devagar, e também porque em algum momento ele pegou o caminho errado: parando, sem querer, diante da propriedade de Salmadair, a casa do bilionário, com a impressionante vidraça da sala de estar que, de repente, surgiu diante dele na escuridão, protegida pela cerca enferrujada de arame farpado.

Ele tinha seguido pelo caminho errado, para a esquerda, em vez de passar pela praia de cascalhos de Salmadair.

Angus se lembrou dos avisos de Josh sobre os lamaçais à noite. *Você pode morrer lá. Pessoas já morreram.*

Mas quantas, na verdade, tinham morrido? Uma por ano? Uma a cada dez anos? Ainda era muito mais seguro do que atravessar uma rua de Londres. Este lugar era seguro, sem crimes. O ar era limpo e saudável. Muito mais seguro para crianças e para Kirstie.

Comprimido por entre o mato, andando lentamente pela trilha de chão batido, Angus passou por algumas rochas retorcidas, muito escorregadias e cheias de velhos cirrípedes, arranhando os dedos. Suas mãos estavam sangrando um pouco. Ele estava machucado e cansado. O vento norte cheirava a excrementos de gaivota e fuco, talvez o cheiro de pinho recém-cortado, perfumando todo o caminho de Scoraig e Assynt.

Ele estava quase chegando. A remanescente luz da tarde lhe permitia visualizar a calçada de rochas e cascalho cinza, cheia de cascas de caranguejo esmagadas. Um tubo verde delgado serpenteava através da calçada de Torran, parte enterrada e parte fora da areia. Ele reconheceu o encanamento, da mesma forma que reconheceu aquele pedaço do caminho. Lembrava-se de andar por ali, quando menino e quando adolescente. E lá estava ele, novamente.

O farol e a casa estavam ali, tudo que restava, banhados pelos últimos raios de sol. Em apenas dois minutos, ele abriria a porta da sua nova casa, onde sua família viveria: da melhor forma que pudesse.

Por reflexo, olhou para o celular. Sem sinal. Óbvio! O que ele esperava? A ilha era totalmente solitária e isolada, tão remota quanto possível na Grã-Bretanha.

Assim que atingiu o topo da subida que levava à casa do farol, Angus se virou e olhou para o lodaçal. Sim! Tão remota quanto possível. Aquilo era bom. Ele estava feliz por ter persuadido sua esposa a tomar a decisão de mudar para cá, por tê-la levado a crer que tinha sido sua escolha. Ele queria que todos ficassem longe de tudo durante um bom tempo e, agora, havia conseguido. Ao menos em Torran estariam em segurança. Ninguém iria fazer perguntas. Sem interferência de vizinhos. Sem amigos e parentes. Sem polícia.

5

Kirstie.

Ao olhar no espelho retrovisor, vejo o rosto de Kirstie, impassível, séria.

— Estamos quase chegando, querida!

É o que eu venho dizendo desde que saímos de Glasgow e, de fato, quando cheguei em Glasgow, pensei que realmente *estávamos* "quase chegando". Parecia tão perto no Google Maps! Estávamos no meio da Escócia, não estávamos? Bem, não poderia demorar muito mais tempo. Apenas mais alguns metros.

Mas em vez disso, como uma terrível história sem fim, contada lentamente e cheia de monotonia, a estrada continuou e continuou. E agora estamos perdidas na lúgubre Rannoch Moor.

Preciso me lembrar do motivo de estarmos ali.

Dois dias atrás, Angus propôs gastarmos um dinheiro que não tínhamos para voarmos para Inverness, onde ele nos pegaria, deixando toda a mudança com os homens que contratamos.

Mas fazer dessa forma parecia, de alguma forma, trapacear — algo em mim queria que eu dirigisse até lá, com Kirstie e Beany; e alguém tinha que levar o carro, fosse agora ou depois. Então, insisti que eu e Kirstie faríamos a viagem de carro, desde a parte baixa até o topo da

Grã-Bretanha, e encontrar Angus no estacionamento de Selkie, em Ornsay, com a célebre vista de Torran.

Agora eu estou arrependida.

É tudo tão vasto, tão taciturno! Rannoch Moor é uma bacia com vegetação cinza e sombria, possivelmente de origem glacial. Riachos amarronzados dividem os relvados, formando caminhos que dão a impressão de que a relva tinha sido rasgada e, depois, costurada de novo.

Olho para Kirstie, no espelho e, depois, para mim mesma.

Na verdade, eu não quero, mas eu tenho que fazer isso: tenho que passar por tudo aquilo, mais uma vez. Eu *preciso* descobrir o que está acontecendo com Kirstie e se é em decorrência do próprio acidente. Desde aquela tragédia em nossas vidas.

Era uma noite de verão em Instow.

Meus pais se mudaram para a pequena cidade de Instow, ao norte da costa de Devon, há quase dez anos quando se aposentaram. Eles guardaram apenas o suficiente — não graças à carreira fracassada do meu pai — para comprar uma casa grande, com vista para o tranquilo e amplo rio, na altura onde se tornava um estuário.

A casa era alta, com três andares e varandas, para aproveitar ao máximo a vista. Havia um bom jardim, e mais um gramado na parte de trás. Do último andar era possível avistar uma nesga de mar entre os promontórios verdes. Do banheiro, era possível ver os barcos de velas vermelhas indo para o canal de Bristol.

Desde o início, eu gostei da escolha dos meus pais, de Instow. Era uma bela casa, em uma pequena e agradável cidade. Os bares locais eram cheios de marinheiros e iatistas, embora aquilo não fizesse muita diferença. O clima era ameno para a Inglaterra, confortável, graças à brisa do sudoeste. No cais, era possível pegar caranguejos com um pedaço de bacon e linha.

Inevitavelmente, e imediatamente, Instow se tornou o nosso lugar preferido para passar as férias. Um esconderijo barato e conveniente para Angus e para mim, e, mais tarde, um lugar onde poderíamos levar as meninas, sabendo que seriam muito bem cuidadas pelos queridos avós.

E meus pais realmente eram apaixonados por elas. Uma das razões era porque as gêmeas eram tão lindas e adoráveis — quando não estavam brigando —, e outra porque meu irmão mais novo ficava vagando pelo mundo, sem qualquer sinal de que se estabeleceria em algum lugar. Assim, as gêmeas eram a atração. As únicas netas que eles podiam desfrutar.

Consequentemente, meu pai sempre ansiava pela nossa vinda, em qualquer feriado, e minha mãe americana, Amy — tímida, meio calada, mais reservada, parecida comigo —, ficava da mesma maneira.

Então, quando recebi o telefonema de papai e ele prontamente perguntou "o que vocês planejam para o verão?", imediatamente concordei que passaríamos outras férias em Instow. Seria nossa sétima ou oitava vez. Eram muitas para contar. Mas todo aquele cuidado deles com as crianças era muito tentador. Todas aquelas longas e deliciosas sonecas, próprias de adultos em férias, enquanto as gêmeas saíam com os avós.

E aquela foi a primeira noite do nosso último feriado.

Fui de carro até lá, com as crianças, de manhã. Angus precisou ficar em Londres e iria depois. Mamãe e papai tinham saído para beber alguma coisa. Eu estava sentada na cozinha.

Foi lá que tudo aconteceu, na grande cozinha arejada da casa dos meus pais, porque tinha uma das melhores vistas e uma grande e ótima mesa. Tudo estava calmo. Eu estava lendo um livro e tomando chá. Era um longo e belo entardecer, com o céu azul rosado sobre os promontórios e a baía. As gêmeas, já queimadas pelo sol de uma tarde na praia, estavam, eu achava, brincando no jardim. Tudo estava SOB CONTROLE.

E foi então que ouvi o grito de uma das minhas filhas.

Aquele grito que nunca irá desaparecer. Nunca irá me deixar.

Nunca.

Aqui, em Rannoch Moor, seguro o volante com firmeza, acelerando, como se pudesse ultrapassar o horror do passado e deixá-lo cada vez menor no espelho.

O que aconteceu depois? Há alguma pista negligenciada que solucionasse o terrível quebra-cabeça?

Por um instante, sentada naquela cozinha, eu não sabia o que fazer. As meninas deveriam estar no gramado, curtindo aquele lânguido calor do verão, mas aquele grito terrível tinha vindo do *andar de cima*. Então, voei pelas escadas em um pânico cego e corri para a varanda, procurando — não estavam lá, nem lá, *nem lá* —, e eu sabia, de alguma forma eu sabia, e corri para o quarto de hóspedes, que era outro quarto com varanda. Seis metros de altura.

Malditas varandas! Se havia uma coisa que eu odiava em Instow, eram as varandas, todas as janelas tinham! Angus também detestava.

Nós sempre dissemos às gêmeas para não chegarem nem perto delas. As grades de ferro eram muito baixas, independentemente se você fosse adulto ou criança. Embora fossem muito tentadoras. Porque todas tinham essas vistas maravilhosas do rio. Mamãe gostava de sentar em sua varanda, lendo suspenses suecos e bebendo Chardonnay comprado no supermercado.

Enquanto eu corria pelas escadas, foram as varandas que me deixaram com uma terrível expectativa e, quando entrei no quarto, vi a silhueta de uma das minhas filhas, vestida de branco, de pé na varanda, gritando.

A ironia é que ela estava tão bonita naquele momento. Seu cabelo brilhante contra o sol. Ela parecia coroada, glorificada, com uma auréola reluzente, parecendo uma criança de Jesus em um livro de imagens vitorianas, mesmo quando estava gritando, em um terror gélido e agonizante.

— Mamãe, mamãe, mamãe, Lydie-lo. A Lydie-lo, ela caiu, mamãe, ajude, MAMÃE!

Por um segundo fiquei paralisada, olhando para ela.

Em seguida, sufocada pelo pânico, olhei por cima do corrimão.

E, sim, lá estava a minha filha — lá embaixo, estatelada no deque, o filete de sangue escorrendo de sua boca, formando uma bola vermelha e brilhante. Parecia um boneco imitando um ser humano caído, na forma de uma suástica, com os braços e pernas abertas. Um símbolo.

Soube que Lydia estava condenada logo que vi seu corpo daquela maneira. Mesmo assim, corri lá para baixo e segurei seus braços — ainda quentes —, sentindo seu pulso fraco. E, naquele exato momento, minha mãe e meu pai voltaram do bar, presenciando aquela cena chocante. Eles pararam e ficaram olhando, com uma expressão dolorosa. Minha mãe começou a gritar e meu pai freneticamente chamou uma ambulância. Em seguida, discutimos se deveríamos ou não movimentar Lydia, e minha mãe gritou de novo.

E, então, todos nós fomos chorando para o hospital e falamos com médicos absurdamente jovens, homens e mulheres em jalecos brancos com aquele brilho vergonhoso de cansaço nos olhos, murmurando preces.

Hematoma subdural agudo, lacerações graves, evidência de hemorragia da retina...

Em um determinado momento, espantosamente, Lydia recobrou a consciência. Angus tinha chegado, para ser tomado pelo mesmo horror; por isso estávamos todos no quarto — eu e Angus, meu pai, todos os médicos e enfermeiras — e minha filha se mexeu, devagar. Seus olhos se abriram lentamente. Ela tinha tubos na boca e ela olhou para nós, com pesar, melancolicamente, como se estivesse dizendo adeus, e, então, fechou os olhos novamente. E nunca mais acordou.

Odeio essas recordações. Lembro-me bem da médica que descaradamente reprimiu um bocejo enquanto conversava conosco, depois que Lydia foi declarada como morta. Era óbvio que ela tinha trabalhado por um longo turno. Outro médico disse que tivemos "azar".

E, por mais terrível que fosse, ele estava, tecnicamente, certo, como descobri muitas semanas depois quando recuperei a capacidade mental para digitar palavras em um site de busca. A maioria das crianças pequenas sobrevive a uma queda de menos de nove metros, até mesmo de doze metros. Lydia teve azar. Nós tivemos azar. Sua queda foi um infortúnio. E saber aquilo deixou tudo pior, tornando a minha culpa ainda mais insuportável. Lydia morreu porque tivemos azar e porque eu não estava cuidando dela direito.

Quero fechar meus olhos, agora, para bloquear o mundo. Mas eu não posso, porque estou dirigindo. Então dirijo. Refletindo sobre o mundo. Refletindo sobre minhas lembranças. Refletindo sobre a realidade.

Quem era a menina que caiu? Seria possível que eu estivesse enganada?

Na verdade, só pensei que era Lydia lá embaixo, morta, porque a gêmea que sobreviveu *me disse isso.*

— *Mamãe, mamãe, venha depressa. Lydie-lo caiu.*

E, naturalmente, quando ela disse isso, eu tomei como verdade. Porque não havia outra maneira imediata de distingui-las. Porque as meninas estavam tão lindamente vestidas, ainda mais de forma idêntica, naquele dia. Com vestidos brancos. Sem azul ou amarelo.

Não tinha sido ideia minha. Foram as próprias gêmeas. Alguns meses antes das férias, elas pediram — exigiram — para se vestirem da mesma forma, usarem o mesmo corte de cabelo, ficarem com a mesma aparência. *Mamãe, sente aqui entre mim e leia para nós.* Era como se quisessem coexistir, uma dentro da outra. Como se já estivessem cansadas de suas individualidades durante um tempo. Na verdade, às vezes as gêmeas acordavam, nos últimos meses, e nos contavam que tinham sonhado exatamente o mesmo sonho. Eu não sabia se podia acreditar nelas. E continuava sem saber. É possível? Gêmeos terem exatamente o mesmo sonho?

É?

Acelerando, dobrei uma esquina com urgência, como se a resposta pudesse ser encontrada ali, na costa. Mas a resposta, se estiver em algum lugar, é na minha mente.

Angus e eu tínhamos cedido ao desejo impulsivo das gêmeas — de se vestirem exatamente iguais — porque pensamos que era apenas uma fase, como as birras ou a dentição, e, além disso, agora já era fácil distingui-las através da personalidade, pelas diferentes formas que brigavam.

Mas quando corri pelas escadas e vi uma de minhas filhas, em seu vestido branco, descalça e sem nenhuma reação, não havia personalidade a analisar. Não naquele momento. Havia apenas uma das gêmeas, gritando. E ela estava gritando *Lydie-lo caiu*. E foi aquilo que me forneceu a sua identidade. Kirstie.

Será que poderíamos estar enganados?

Eu não sei. Estou perdida na sala de espelhos das almas. E, mais uma vez, aquela terrível sentença me angustia.

Mamãe, mamãe, venha depressa, Lydie-lo caiu.

Minha vida se estilhaçou quando perdi a minha filha. Foi quando tudo ficou sombrio.

Tal como agora. Eu estou tremulando de dor. A lembrança é tão forte que chega a ser incapacitante. As lágrimas estão a caminho, minhas mãos tremem ao volante.

Chega! Eu tenho que parar, eu preciso sair, preciso respirar. Onde estou? Onde estamos? Nos arredores de Fort William?

Oh, Deus! Oh, Deus! PARE AGORA!

Viro o volante, em um impulso, levando o carro diretamente ao pátio de um posto de gasolina, cantando pneu e quase batendo em uma bomba de combustível.

O ruído do motor do carro diminui suavemente. O silêncio é perturbador.

— Mamãe?

Olho pelo retrovisor. Kirstie me encarava pelo espelho enquanto eu seco as lágrimas com a palma da minha mão. Fico observando o seu reflexo, do mesmo modo que ela deve ter se olhado, tantas vezes, no espelho, vendo seu próprio reflexo. No entanto, vendo sua irmã morta também.

E agora Kirstie *sorri* para mim.

Por quê? Por que ela está sorrindo? Ela não fala nada e mal pisca: ainda assim sorria? Era como se quisesse me assustar.

Um medo repentino me toma. Absurdo e ridículo, mas inegável.

Eu tenho que sair do carro. Agora!

— Mamãe só precisa de um café, ok? Eu só... só preciso de um café. Você quer alguma coisa?

Kirstie não diz nada. Segurando com força o seu leopardo com os dedos das mãos. O sorriso dela parece frio e vazio e, ainda assim, de alguma forma, compreensivo. É o tipo de sorriso que Lydia, às vezes, daria. Lydia, a quieta, amorosa, a mais excêntrica das gêmeas. Minha favorita.

Fugindo da minha própria filha e das minhas próprias dúvidas, corro até a pequena loja de conveniências.

— Não preciso de gasolina, obrigada. Apenas o café.

Está muito quente para beber. Saio da loja, respirando aquele ar com cheiro de mar, tentando me controlar. Calma, Sarah, calma.

Com o copo de café quente na mão, entro no carro. Respiro profundamente, de forma terapêutica, desacelerando meus batimentos cardíacos. E, então, olho pelo espelho. Kirstie continua em silêncio. Tinha parado de sorrir e não estava mais me olhando. Enquanto coça Beany atrás da orelha, ela observa, pela janela, as casas suburbanas em ambos os lados do posto, que parecem ridículas, inglesas, incongruentes, com suas janelas e varandas pequenas e sentimentais, diante da grandeza e da imensidão das montanhas.

Vamos lá, vamos, vamos!

Viro a chave e ligo o carro. Pegamos a longa estrada que leva ao Forte Augustus, ao Loch Lochy, ao Loch Garry, ao Loch Cluanie. Era muito longa e nós já tínhamos percorrido um longo caminho. Começo a pensar na vida antes do acidente, na felicidade, tão frágil. Nossa vida era feita de gelo quebradiço.

— Já estamos chegando?

Minha filha interrompe meus pensamentos. Olho pelo espelho novamente.

Kirstie está observando os cumes das montanhas, veladas em névoa cinzenta, que se revertia em chuva. Sorrio de modo reconfortante e respondo que "sim", e continuo a conduzir a minha filha, Beany e nossas esperanças através da estrada de faixa única da interminável área selvagem.

Mas nós estamos, de fato, quase chegando. E, agora, a distância que eu mantenho entre mim e o meu antigo eu, minha antiga vida, minha filha morta, suas cinzas espalhadas pela praia de Instow, parece a coisa certa, apropriada e necessária a fazer. Se nada mudasse, eu queria ir além. Essa viagem de dois dias, saindo de Camden e indo para a Escócia, pernoitando na fronteira escocesa tinha sido tão heroica, que justamente evidencia a mudança de vida que estamos intentando. A distância é muito grande, um caminho sem volta.

Parece uma migração do século XIX, e nós somos os pioneiros marchando para Oregon. Então, seguro firme no volante e nos conduzo para fora do passado, tentando não pensar em quem está no banco de trás do meu carro, cujo trejeito e unicórnio heráldico a torna um fantasma de si mesma. É Kirstie. Tem que ser Kirstie. É Kirstie.

— Chegamos, Kirstie, veja!

Estamos nos aproximando de Skye. O Ford Focus enferrujado da família passa rapidamente pelo turístico e chuvoso porto de Kyle of Lochalsh e segue em frente, em direção a uma grande ponte curva. De repente, a chuva para.

A queda súbita no final da ponte, sob a qual fluem águas cinzentas, salpicadas de branco do Loch Alsh, causa frio no estômago.

Chegamos a Skye, e o vilarejo seguinte de casas suburbanas logo é substituído pelo vazio.

É uma paisagem chocante, porém, muito bela. Ilhas e montanhas refletidas nas águas em tom índigo escuro à minha esquerda; charnecas inclinadas sobre a extensão do litoral; um barco à deriva, abandonado;

uma plantação de abetos dividida por uma estrada que parece levar a lugar nenhum, desaparecendo naquelas sombras escuras e, depois, apenas a escuridão.

Bruto e assustador — e muito bonito. Os raios de sol do final de outono formam losangos brilhantes sobre as montanhas, como chamas ordenadas, movendo-se rápida e silenciosamente. Quando olhamos para baixo, vislumbro os detalhes, a forma como o orvalho na relva é atingido pelo sol, fazendo com que as pequenas joias brilhem.

Estamos a apenas alguns quilômetros de Ornsay. A estrada fica cada vez mais ampla, e começo a reconhecer as colinas verdes e os lagos acinzentados que tinha visto nas fotos, de todas aquelas imagens no Google.

— Estou vendo o papai!

Kirstie aponta, ansiosamente. Beany late.

Diminuo a velocidade para acompanhar o gesto da minha filhinha e, sim, ela está certa. Há dois homens de pé no cais diante de um edifício vitoriano grande e branco com frontão, que, por sua vez, desviava a atenção para o largo canal do mar. Os homens são realmente Angus e Josh Freedland. O cabelo ruivo de Josh é muito característico.

Chegamos! Só pode! Chegamos a Selkie, e aquele é o estacionamento do bar em frente ao mar. E o vilarejo de Ornsay é, certamente, o afloramento de jardins organizadamente espalhados, murados, com as construções novas com vidraças imensas, em torno do pequeno porto o que, por sua vez, significava o mais importante de tudo — ergo meus olhos como um fiel em uma igreja: que a pequena ilha com a casa do farol, ali, em Sound — aquela modesta ilhota diante da maravilhosa imensidão dos oceanos e montanhas —, é o nosso destino.

Este era o meu novo lar, e seu nome era como um dobrar de sinos.

Torran.

Cinco minutos de pistas estreitas me levam ao estacionamento de Selkie, os barcos agitados retinando, amarrados e ancorados ao vento, passadeiras, grandes velas, gurupés. Eu não conheço nenhuma daquelas palavras, mas, certamente, irei aprender. Eu terei que adquirir um novo vocabulário marítimo, condizente com alguém que mora em uma ilha. De todas as minhas ansiedades, eu gostava bastante daquela ideia. Quero que tudo seja novo.

— Oi, querida — diz Angus a Kirstie assim que ela desce, timidamente, lentamente, do banco de trás do carro, piscando por causa do vento, com o leopardo agarrado ao seu peito, como sempre. O cão balança o corpo, late e segue a minha filha, saltitando no asfalto.

— Oi, Beano! — exclama Angus, com um largo sorriso.

Seu amado cão.

Em meio à tristeza, eu estou satisfeita. Apesar de tudo, eu consegui trazer até aqui, com êxito, o cachorro e a filha.

— Diga *oi* para o tio Josh, querida — pede Angus, enquanto minha menina de 7 anos olha ao redor, de boca entreaberta.

Angus me agradece, com outro sorriso, assim que nossa filha profere um educado e tímido *oi* para Josh.

— Fizeram boa viagem? — pergunta Josh, olhando para mim.

— Só dois dias. Poderia ter dirigido bem mais!

— Ha, ha.

— Quem sabe da próxima vez, Angus, não nos mudamos para Vladivostok?

Angus ri, educadamente. Ele já parece mais escocês aqui do que na Escócia. Suas bochechas estão mais rosadas, sua barba mais escura, definitivamente está um pouco mais rústico: mais robusto, mais bronco e másculo. Em vez das gravatas de arquiteto de seda roxa, ele tem arranhões em suas mãos e manchas de tinta em seu cabelo. Estava aqui há três dias, preparando o lugar, tornando-o habitável para mim e para Kirstie.

— Josh irá nos dar uma carona no barco dele.

— Só que vocês — diz Josh, beijando-me calorosamente, em ambos os lados do meu rosto —, vocês REALMENTE PRECISAM arranjar um barco. Torran é um pesadelo sem um barco; a maré irá apavorá-los.

Forço um sorriso.

— Obrigada, Josh. Isso é exatamente o que precisamos ouvir em nosso primeiro dia aqui!

Ele sorri com um jeito de menino, e eu me lembro de que gosto de Josh, o meu favorito entre os amigos de Angus. O fato de ele não beber ajuda muito, de ser completamente sóbrio; assim, desacelera a bebedeira de Angus.

Como uma equipe de rapel, andamos pelo cais até o barco de Josh. Beany é o próximo, atendendo ao chamado de Angus, pulando com uma graciosidade inesperada dentro do barco. Kirstie vem logo atrás. Ela está animada, daquela forma estranha e calma que Lydia costumava ficar animada; sua cabeça está perfeitamente imóvel, olhando como se estivesse catatônica, mas é possível ver o brilho em seus olhos, extasiada.

— Todos a bordo, tripulação, vamos para Torran! — diz Josh para agradar Kirstie, que ri.

Josh conduz o barco para a parte funda, e Angus recolhe a corda rapidamente. Assim, começamos nossa pequena e crucial viagem, balançando ao redor da maior ilha das marés, Salmadair, que divide Torran de Ornsay.

— É aqui que os bilionários moram!

Metade da minha atenção é direcionada a Salmadair, mas a outra metade está concentrada no rostinho feliz de Kirstie, seus olhos azuis suaves olhando com espanto para a água, para as ilhas e para o grandioso céu das Ilhas Hébridas.

Lembro-me do seu grito desesperado.

Mamãe, mamãe, venha depressa, Lydie-lo caiu.

Mais uma vez, me atordoa, de forma dolorosa, como aquelas palavras são, realmente, a única evidência que temos para acreditar que foi Lydia que morreu, e não Kirstie. Mas por que eu acreditava naquelas palavras?

Porque não havia nenhuma razão óbvia para ela para mentir, ainda mais em um momento como aquele. Mas e se, talvez, ela estivesse confusa, de alguma forma bizarra? E eu podia imaginar o porquê da confusão, pois as gêmeas estavam sempre trocando seus nomes, trocando suas identidades, durante aquele fatídico verão, vestidas da mesma forma, usando o mesmo corte de cabelo. Era um jogo que elas gostavam de jogar, naquele verão, comigo e com Angus. Quem sou eu, mamãe? Qual das gêmeas eu sou?

Talvez elas estivessem jogando aquele jogo naquele dia? Então a tragédia aconteceu. E a fatídica confusão entre as suas identidades congelou, paralisada como uma fenda no gelo.

Quem sabe Kirstie ainda esteja jogando esse jogo. Mas jogando da forma mais assustadora possível. Talvez por isso ela esteja sorrindo. Talvez esteja jogando para me magoar, para me punir.

Mas me punir por quê?

— Muito bem — diz Angus —, essa é a Torran Island!

6

Os cinco dias seguintes são de puro trabalho. Eu mal tenho tempo de parar para respirar, quem dirá planejar ou pensar; afinal, a casa é um verdadeiro pesadelo. Só Deus sabe em que estado se encontrava antes que Angus a "preparasse" para a nossa chegada.

A estrutura básica do nosso novo lar é bem óbvia: dois chalés brancos, projetados pelo pai de Robert Louis Stevenson, na década de 1880, e transformados em uma única casa familiar na década de 1950. Mas a primeira hora de exploração ao chalé de Torran comprova, sem dúvida alguma, que ninguém tinha feito modificações significativas na construção *desde* 1950.

A cozinha é indescritível. A geladeira está podre, com uma crosta negra por dentro. Vai para o lixo. O fogão é utilizável, mas está completamente imundo. Passei a tarde inteira do primeiro dia ajoelhada, limpando até meus joelhos começarem a doer, mas, quando anoitece — tão rápido, tão rápido —; eu só limpei a metade. Eu ainda nem tinha tocado na grande pia de cerâmica da cozinha, cujo odor fazia parecer que tinha sido usada para esquartejar aves marinhas.

O resto da cozinha está um pouco melhor. Das torneiras da pia jorrava um líquido contaminado. Angus se esqueceu de me contar que a nossa única água corrente é fornecida por um tubo de plástico fino vindo do continente — e tal tubulação fica exposta na calçada durante a maré baixa. Ela silva com os vazamentos e permite que a água do mar entre. Na maré baixa é possível *ver* o vazamento pela janela da cozinha — pequenas fontes jubilantes, jorrando pelo cano e cumprimentando o céu.

Devido à contaminação salina, temos que ferver tudo. Mas, ainda assim, tudo parece ter gosto de peixe. Consertar o abastecimento de água é absolutamente essencial — não podemos continuar carregando água engarrafada do supermercado em Broadford; não podemos gastar esse dinheiro ou o esforço. No entanto, filtrar ou depurar a água com comprimidos efervescentes é muito complicado e demorado para uma solução a longo prazo. Mas como convencer a companhia de água a nos ajudar se apenas três pessoas ridiculamente optaram, por vontade própria, por viver em uma ilha remota?

Talvez, quando a companhia de água finalmente vier nos ajudar, poderá também, por piedade, nos ajudar com os ratos.

Porque há ratos em toda parte. Eu os ouço enquanto durmo. Eles me acordam com arranhadelas pelas paredes, brincando e rolando, dançando e gritando. A presença de ratos nos obriga a manter os alimentos em cestas de arame, na cozinha, suspensas em um varal de roupas de metal.

Eu queria colocar nossa comida nos armários da cozinha, mas todos estavam úmidos e podres; quando abri a porta do maior armário pela primeira vez, não havia nada além de mofo, sujeira e o vazio — e um pequeno e esbranquiçado esqueleto intrincado de um musaranho, bem no meio da prateleira. Era como uma bela peça de museu em um antiquário: algo estranho e requintado, macabro, mas maravilhoso. Fiz Angus jogá-lo no mar.

Já é o quinto dia na ilha e eu estou sentada aqui, imunda, cansada e sozinha, na escuridão iluminada apenas pela solitária luz da lareira quase extinta, esperando a madeira queimar até o final, pois gosto de ver a chama se esvanecendo. Angus ronca em nosso quarto, na antiga e espaçosa cama de madeira que ele chamava de "Cama do

Almirante". Não fazia a mínima ideia do porquê do nome. Minha filha também dorme em seu quarto, ao lado de seu precioso abajur, na outra extremidade da casa.

O fogo cospe uma enorme faísca sobre o tapete turco. Nem me mexo, pois sei que o tapete turco está úmido demais para pegar fogo. Fico olhando para a lista de tarefas do bloco de notas em meu colo. É exaustivamente longa, e eu ainda estou adicionando coisas, bem ali, na penumbra.

Temos que conseguir um barco. Angus vem negociando todos os dias com potenciais vendedores, mas os barcos são irritantemente caros, e não podemos arriscar comprando algo mais barato que possa afundar.

Precisamos também de um telefone fixo. O antigo aparelho Bakelite preto, de 1960, que fica na mesinha lateral da gélida sala de jantar, está cheio de gotículas de tinta de pinturas anteriores e misteriosamente chamuscado na parte inferior. Alguém deve tê-lo colocado em um fogão quente, eu acho. Talvez bêbados, cegados pelo uísque, tentando escapar do frio, e de não pensar nos ratos.

Seja qual for a explicação, a linha do telefone faz muito ruído e crepita tão alto que qualquer voz do outro lado mal se distingue, e temo que isso se deva ao apodrecimento pela água do mar, o que significa que apenas a compra de um novo receptor não nos ajudará. Obviamente, não há acesso à internet e nenhuma cobertura de telefonia celular. O isolamento é total.

Mas o que eu posso fazer?

Terminar a lista.

Eu ouço o ranger da velha casa, inclinando-se sob o vento de Sleat. Ouço o barulho crepitante da fogueira, as toras ainda relutantes em meio às chamas. Minhas roupas cheiram à fumaça.

O que falta? Precisamos desempacotar nossas louças e copos que estavam nas caixas laboriosamente transportadas por Josh, Angus e os homens da mudança. Ainda estamos bebendo vinho tinto em copos de geleia.

Sublinhando a palavra *caixas*, olho ao redor.

Algumas paredes têm pinturas estranhas e perturbadoras de dançarinos, sereias e guerreiros escoceses, provavelmente obras de posseiros que passaram por ali, ao longo dos anos. Temos que pintá-las com urgência, pois as imagens são meio assustadoras. O depósito nos fundos da cozinha é ainda pior, uma bagunça que parece estar ali há séculos. Deixarei essa parte para Gus. Além disso, o grande galpão do lado de fora está dilapidado, imundo e cheio de penas de gaivotas. E o jardim murado está sem nenhum verde, cheio de pedras; levará anos para se recuperar.

Além disso, há o vaso sanitário do banheiro, com um cartaz de papelão na cisterna escrito com a letra da avó de Angus, pedindo: *Mantenha a pedra sobre a tampa para afastar o visom.*

Escrevo: *Arrumar o vaso sanitário* na minha lista de tarefas e, em seguida, escrevo: *matar o visom.*

Então, paro e dou um meio sorriso.

Apesar de tudo, eu ainda consigo encontrar satisfação aqui, até mesmo o vislumbre de um futuro contentamento. É um bom projeto, enorme e assustador, mas eu gosto da maneira como aquele empreendimento me envolve e me ocupa. Com ele, tenho a certeza do que farei durante os próximos trinta meses: transformar aquela bela casa horrível em um lindo lar, trazendo os mortos de volta à vida.

Pronto, eu não tenho escolha. Eu só preciso me dedicar. E eu estou disposta a fazê-lo.

Há também algumas grandes vantagens. Os dois quartos maiores e esta sala são espaços habitáveis, com paredes rebocadas e radiadores funcionando. O potencial dos outros quartos, da sala de jantar e da copa é óbvio. Esse lugar é enorme.

Também gosto do farol, principalmente à noite. Pisca a cada nove segundos, creio eu. Não tão brilhantemente a ponto de me acordar; na verdade ele me ajuda a dormir, como um metrônomo, como um batimento cardíaco materno muito, muito lento.

E, por último, porém o mais importante, eu adoro a vista. Mesmo esperando por aquele cenário, ainda assim, ele me surpreende. Todos os dias.

Às vezes, eu me pego em pé, pincel na mão, com o balde de tinta branca perto dos meus pés, de boca aberta e, quando dou por mim, percebo que eu tinha passado vinte minutos em silêncio, observando os raios de sol lançados sobre as montanhas, pintando as rochas escuras de dourado; observando as nuvens brancas à deriva, languidamente, sobre as colinas desgastadas pela neve de Knoydart: *Sgurr nan Eugallt, Sgurr a'Choire-Bheithe, Fraoch Bheinn.*

Com a caneta na mão e a almofada no colo, escrevo aquelas palavras.

Sgurr nan Eugallt, Sgurr a'Choire-Bheithe, Fraoch Bheinn.

Angus está me ensinando essas palavras. Esses lindos nomes gaélicos embebidos em água salgada, um fluxo de cultura, como os regatos das Cordilheiras de Cuillins descendo até o lago Coruisk. Bebemos uísque à noite, juntos, e ele me mostra os nomes gaélicos no mapa e eu repito essas misteriosas vogais e consoantes, rindo levemente, mas contente. No aconchego do tapete, eu e meu marido, juntos.

Naquele exato momento, Angus dorme em nossa cama e eu estou ansiosa para me juntar a ele. Mas, pela última vez, hoje, escrevo os nomes das colinas, como se fosse um encantamento que irá proteger nossa pequena família. Os Moorcroft. Sozinhos em sua própria ilha, com sua pequena praia prateada e suas focas curiosas.

A caneta está quase caindo da minha mão. O sono, aliado ao cansaço profundo — satisfação oriunda do árduo trabalho físico —, começa a me dominar.

— Mamãe, mamãe... — desperta-me a voz, abafada pela porta e pela distância —, mamãe!? Mãe.... ?!

Outro pesadelo? Largando a almofada, eu pego uma lanterna, acendo-a e corro pelo corredor escuro e frio até o quarto. A porta está fechada. Será que ela está falando durante o sono?

— Mamãe...

Sua voz parece estranha. Por um instante, fico ridiculamente paralisada diante da porta. Eu não quero entrar lá.

Estou com medo.

Isso é absurdo, mas meu coração palpita por causa do pânico súbito. Eu não consigo entrar no quarto da minha própria filha? Alguma coisa inesperada me impede, como se houvesse um mal ali, um medo de fantasmas de um filme de terror bobo e infantil está me tomando. Monstros debaixo da cama, monstros atrás da porta. Minha filha poderia estar lá, sorrindo para mim, daquele jeito, como fez no carro, tentando me confundir, tentando me punir. Você deixou minha irmã morrer. Você não estava cuidando dela.

Mas isso é loucura. São apenas lembranças do meu pai gritando comigo. Ele sempre gritou muito durante o declínio de sua carreira. Gritava com a minha mãe, que não reagia. Eu ouvia os gritos detrás das portas, como monstros, ou trovões; por isso portas fechadas mexiam comigo.

Não. Chega! Sou uma mãe bem melhor do que isso.

Contendo meus nervos, giro a maçaneta e dou um passo na soleira e caminho escuridão adentro.

Imediatamente, minha ansiedade some, dando lugar à preocupação. Kirstie está sentada em sua cama e, definitivamente, não está sorrindo: lágrimas escorriam por seu rosto. O que há de errado? Seu abajur continua aceso, embora a iluminação seja fraca. O que aconteceu?

— Meu bebezinho, qual o problema, o que foi?

Vou rapidamente para seu lado e a abraço, e ela chora, quietinha, durante vários minutos, enquanto eu a balanço, acalentando-a, de um lado a outro, apertando-a em meus braços. Ela está perturbada e não diz uma palavra.

Deve ser outro pesadelo. Lentamente, ela soluça e soluça. E o mar acompanha a sua dor — ouço as ondas lá fora, ansiosas e inquietas.

Inspirando e expirando. Imagino quem teria deixado a janela aberta. Talvez Angus. Ele tem mania de ar fresco.

Aos poucos, minha menina para de choramingar e fica em silêncio. Seguro seu rosto entre as minhas mãos, sentindo as lágrimas úmidas e quentes nos meus dedos.

— Tudo bem, querida. O que foi? Outro sonho ruim?

Minha menininha balança a cabeça e emite um soluço abafado. Em seguida, balança a cabeça novamente, levanta um dedo e aponta.

Há uma grande fotografia em sua cama. Eu a pego e imediatamente sinto uma pontada no peito. É uma foto de má qualidade, impressa de um computador, mas a imagem está nítida. Uma alegre foto das férias de Lydia e Kirstie em Devon, talvez um ano antes do acidente. Elas estão na praia de Instow, sorrindo, com casacos cor-de-rosa idênticos do Duplo Valley da Legoland, segurando baldes e pás, com os olhos ligeiramente fechados por causa do sol, mas sorrindo, felizes, para mim e para a câmera do meu celular.

A tristeza reina, como uma cachoeira incessante, espalhando água turva.

— Kirstie, onde conseguiu isso?

Ela não responde. Fico confusa. Há um bom tempo, Angus e eu decidimos guardar a maioria das fotos — todas as fotos, se possível —, mantendo-as escondidas da nossa filha para afastar as memórias. Talvez ela a tenha encontrado em uma das caixas.

Olho para a foto novamente, tentando ignorar minhas próprias tempestades de tristeza, mas é muito difícil. As gêmeas parecem devastadoramente felizes. Juntas sob o sol, próximas uma da outra. De repente, dou-me conta de que a minha filha sobrevivente é agora órfã.

Kirstie se afasta um pouco de mim, com seu macio pijama rosa claro, tira a foto da minha mão e a vira, mostrando-a para mim, na penumbra.

— Qual delas sou eu, mamãe?

— Querida...

— Qual delas sou *eu*, mamãe? Qual?

Meu Deus, ajude-me! Isso é insuportável, pois eu não tenho a resposta. A verdade é que eu não sei. Literalmente, eu não consigo distinguir as duas naquela foto, não há nenhum indício visível. Devo mentir? E se eu errar?

Kirstie espera. Não digo nada. Murmuro palavras sem sentido, ruídos reconfortantes, tentando encontrar uma mentira plausível. Mas a falta de uma resposta adequada torna as coisas piores.

Por uma fração de segundo ela olha para mim, e, em seguida, Kirstie começa a gritar. Ela deita de volta na cama, batendo os braços, fazendo birra, agindo como um bebê de 2 anos de idade. Seu grito é terrível e dilacerante, seus lamentos, desesperados, mas eu ouço muito bem suas palavras.

— Mamãe? Mamãe? Mamãe? Quem sou eu?

7

Leva uma hora para acalmar a minha filha, tranquilizá-la o suficiente para que finalmente durma — segurando seu leopardo tão firme, como se estivesse tentando estrangulá-lo. E então *eu* que não consigo mais dormir. Durante seis difíceis horas, ouvindo o ronco de Angus, fico deitada lá, com os olhos bem abertos e chateada, com as palavras dela ecoando em minha mente.

Quem sou eu?

Qual deveria ser a sensação de alguém não saber quem é, de não saber qual "eu" está morto?

Às sete da manhã, levanto depressa e desesperadamente do leito revolto e ligo para Josh do telefone barulhento, e ele, bocejando, concorda em me levar de barco até o nosso carro, estacionado no Selkie, já que as marés não estão a nosso favor. E claro que Angus era só perguntas ao entrar sonolento pela sala de jantar, assim que desliguei o telefone. Por que você está ligando para o Josh? Onde vai tão cedo? O que está acontecendo? Bocejo.

As palavras não saem da minha boca, mesmo eu tentando responder. Eu não quero contar a verdade, não ainda. Não até que eu seja obrigada, pois é muito bizarro e assustador. Eu prefiro mentir. Talvez devesse ter mentido mais no passado. Talvez devesse ter mentido sobre meu caso há tantos anos. Agora o estrago estava feito, por mim, em nosso casamento, e nunca nos recuperamos completamente. Mas não havia tempo para culpa; então, explico que preciso sair cedo e dirigir até Glasgow para pesquisar um artigo, pois Imogen me passou um trabalho, e preciso trabalhar, porque precisamos do dinheiro. Conto a ele que Kirstie teve outro pesadelo e que precisa de consolo enquanto eu estiver fora.

Um pesadelo. Só um pesadelo.

A mentira não é muito bem fundamentada, mas ele parece não desconfiar.

Então, Josh chega de barco, coçando os olhos de sono, e contornamos Salmadair até Ornsay. Corro pelos degraus do cais, entro no carro e dirijo loucamente até Glasgow — de Kyle a Fort William até o centro da cidade, ligando para Imogen, enquanto dirigia, para lhe pedir um favor. Ela conhece um dos melhores psiquiatras escoceses para crianças, Malcolm Kellaway. Sei disso, pois li alguns dos artigos de Imogen meses atrás, nos quais ela o elogiou em uma matéria sobre a maternidade moderna. Agora eu precisava de sua ajuda.

— Você pode me conseguir uma consulta? Agora?

— O quê?

— Immy. Por favor.

Enquanto dirijo e falo ao telefone, observo a desolação assombrosa de Rannoch Moor. Não deve haver nenhum policial nas redondezas para me prender por condução negligente. Lacunas de sol realçam pequenos lagos que brilham como prata velha.

— Por favor, Immy. Eu preciso muito.

— Certo. Sim... sim, posso tentar. Peço para ele te ligar. Mas, uhm, Sarah, tem certeza de que está tudo bem?

— Sim?

— Sarah... é que... não é...

— Imogen!

Como amiga — como a única amiga que esteve ao meu lado o tempo todo —, ela entende de que preciso e para de fazer perguntas. E desliga o telefone para fazer o que pedi, pois me ligam do consultório enquanto eu dirijo, dizendo que o médico tinha concordado em me receber quatro horas depois.

Obrigada, Imogen.

E, agora, cá estou no consultório do doutor Kellaway, na George Street. O psiquiatra, dr. Malcolm Kellaway, está sentado em uma cadeira giratória de couro atrás de uma fina mesa de vidro. Suas mãos estão pressionadas exatamente planas e juntas, como na oração mais piedosa. As pontas dos dedos equilibravam seu queixo.

— Você realmente acha que pode ter cometido um erro? Naquela noite, em Devon? — pergunta ele, pela segunda vez.

— Eu não sei. Não... Sim... *Não sei.*

O silêncio.

O céu de Glasgow já está escurecendo lá fora, e nem passa das duas e meia da tarde.

— Ok, vamos repassar os fatos de novo.

Então ele repete os acontecimentos. Todo o problema do caso em questão, a morte da minha filha, o possível colapso da minha filha sobrevivente.

Ouço o que ele diz, mas, na verdade, eu estou olhando para aquelas nuvens escuras do lado de fora, além das janelas quadradas com as molduras de granito. *Glasgow.* Era uma cidade tão satânica no inverno — vitoriana e sisuda, exultantemente proibitiva. Por que eu tinha vindo aqui?

Kellaway tem mais perguntas.

— Você contou para o seu marido, sra. Moorcroft?

— Não tudo.

— Por que não?

— Ah, porque não quero que pareça pior do que já é. Quer dizer, preciso ter *certeza* antes.

Mais uma vez, as dúvidas me dominam.

O que eu estou fazendo ali? Qual é o motivo? Malcolm Kellaway está na meia-idade e ainda usa jeans, o que o torna pouco convincente. Seus gestos são irritantes, usa um colete estranho e um par de óculos sem aro com duas lentes perfeitamente redondas que parecem dizer *oo*. O que aquele homem pode saber sobre a minha filha que eu já não saiba? O que ele pode me dizer que eu não possa dizer a mim mesma?

Agora, ele olha para mim por trás daqueles óculos.

— Sra. Moorcroft, talvez seja hora de irmos além daquilo que sabemos para aquilo que não sabemos ou não podemos saber.

— Certo.

— Vamos por partes. — Ele se inclina para a frente. — Depois de sua confirmação de consulta, nesta manhã, fiz algumas pesquisas por conta própria e consultei alguns colegas na Enfermaria Real. Temo que, como eu suspeitava, não exista nenhuma maneira confiável de diferenciar gêmeos monozigóticos, especialmente em circunstâncias muito específicas.

— DNA? — questiono, olhando para ele.

— Não. Não creio. Mesmo que tivéssemos — titubeia ao proferir as próximas palavras —, uma amostra suficiente de sua falecida filha e testes de DNA padrão quase certamente não poderiam discernir nenhuma diferença. Os gêmeos idênticos são exatamente idênticos: geneticamente idênticos, bem como facial e fisicamente idênticos. Na verdade, isso chega a ser problema até para as forças policiais. Já houve casos em que dois gêmeos escaparam de condenação por crimes, porque a polícia foi incapaz de identificar qual dos gêmeos cometeu o delito, mesmo quando tinham amostras de DNA da cena do crime.

— E as impressões digitais? Não são diferentes?

— Sim, às vezes há uma ligeira diferença nas impressões digitais, mesmo em gêmeos idênticos, mas sua filha, uhm... foi cremada, certo?

— Sim.

— E, alguma vez, as impressões digitais das meninas foram tiradas antes disso?

— Não.

— Você entende a dificuldade?

Ele suspira com vigor inesperado. Então levanta e caminha até a janela, olhando para as luzes da rua, que estavam acesas às três da tarde.

— É um caso sem solução, sra. Moorcroft. Se as duas meninas estivessem vivas, haveria outras maneiras para diferenciá-las, talvez comparando padrões de ramificação dos vasos sanguíneos do rosto, termografia facial. Mas quando uma delas está morta e você quer fazer algo retrospectivamente... Então é praticamente impossível. A ciência anatômica não vai nos ajudar.

Ele se vira e olha para mim em minha enorme e desconcertante cadeira de couro. Eu me sinto como uma criança, meus pés mal tocando o chão.

— Mas talvez tudo isso seja desnecessário. — Diz ele.

— Como?

— Sejamos positivos, sra. Moorcroft. Vamos vislumbrar a situação de forma diferente e ver o que a psicologia pode nos dizer. Sabemos que a perda de um gêmeo idêntico é especialmente angustiante para o irmão sobrevivente.

Kirstie. Coitadinha da minha Kirstie.

— Gêmeos idênticos que perdem o irmão têm pontuações significativamente mais elevadas em quatro das oito escalas do instrumento GEI. Eles sofrem mais de desespero, culpa, ruminação e despersonalização — continua ele, após mais um suspiro. — Diante desse intenso quadro de sofrimento, especialmente em relação à despersonalização, creio que a maior possibilidade seja de que a sua filha, Kirstie, esteja apenas sofrendo de alucinação ou delírio. Médicos da Universidade de Edimburgo fizeram um estudo sobre este assunto em gêmeos que perderam o irmão. Eles descobriram que um transtorno psiquiátrico direto é elevado em gêmeos que perderam o irmão, ao comparar com os dois gêmeos vivos.

— Kirstie está ficando louca?

Ele está emoldurado pela janela escura, atrás de si.

— Não louca, mas perturbada. Talvez muito perturbada. Leve em consideração a situação que Kirstie está passando, sozinha: ela é a lembrança viva da falecida irmã. Cada vez que se olha no espelho, vê a irmã morta. Ela também está vivenciando, indiretamente, a sua perda. E a perda do seu marido. Considere, ainda, o medo que ela deve sentir em relação à aproximação de aniversários solitários, encarando uma vida de relativo isolamento, depois de ser uma gêmea desde o nascimento. Ela com toda a certeza está passando por uma solidão que nenhum de nós pode compreender.

Tento não chorar.

— Deve ser uma confusão sem tamanho. Além disso, um gêmeo sobrevivente pode sentir culpa e arrependimento após a morte do irmão: a culpa por ter sido escolhido para viver. E a culpa se agrava, ainda mais, ao ver a tristeza dos pais, especialmente se estiverem brigando. Muitos divórcios ocorrem depois deste tipo de situação, infelizmente isso é bem comum — conclui Kellaway, olhando diretamente para mim, claramente esperando uma resposta.

— Não estamos brigando. — É tudo que consigo dizer, bem baixinho — Acho que brigamos no começo, mas nosso casamento continuou, entende? Uma fase difícil, sim, mas superamos. Não brigamos na frente da minha filha. Acho que não fizemos isso. Não.

Kellaway caminha em direção à segunda janela e olha para as ruas iluminadas.

— A culpa, o luto e a súbita solidão podem formar uma combinação poderosa para desequilibrar a mente do gêmeo sobrevivente de maneiras bastante descomunais. Se você consultar o que diz a literatura a respeito de gêmeos de luto, encontrará muitos exemplos. Quando um gêmeo morre, o outro assume as suas características, tornando-se mais *parecido* com o irmão que morreu. Há um estudo americano sobre um gêmeo cujo irmão morreu aos 12 anos; o sobrevivente ficou tão parecido com seu irmão morto, que seus pais estavam convencidos de que o sobrevivente tinha "incorporado o espírito do irmão morto", foi essa a expressão e o termo que usaram. Em outro exemplo, uma gêmea adolescente que perdeu a irmã assumiu seu nome, voluntariamente, pois assim poderia — Kellaway se vira e olha para mim — deixar de ser ela mesma. Ela disse que *não queria mais ser ela*. Queria *ser* a irmã morta.

Uma pausa. Eu tenho que falar alguma coisa.

— Então a sua conclusão é de que Kirstie *é* Kirstie, mas... — tento falar com a maior calma possível —, mas ela está fingindo ser Lydia, ou pensa que é Lydia, para superar a tristeza e a culpa?

— Creio que seja uma forte probabilidade. É o máximo que consigo deduzir sem uma consulta adequada.

— Mas e o cachorro? Como explica a atitude de Beany?

Kellaway caminha de volta à cadeira giratória e se senta.

— O cão é desconcertante, sim. Até certo ponto. É claro que você tem razão sobre os cães conseguirem diferenciar gêmeos idênticos pelo cheiro, mesmo que os melhores testes de DNA não consigam. No entanto, sabe-se também que gêmeos sobreviventes e solitários acabam se tornando muito próximos aos animais de estimação. O animal de estimação substitui o irmão morto. Meu palpite, então, é de que Kirstie e o cão se tornaram mais próximos, e Beany está se comportando de uma maneira diferente em resposta a esta relação afetuosa.

A chuva de Glasgow agora cai pela janela com força, e eu me sinto derrotada; afinal, quase acreditei que minha querida Lydia tinha voltado, mas parece que Kirstie está viva. Eu imaginei tudo. A coisa toda. E Kirstie também? Meu sofrimento aumenta. Foi tudo inútil.

— O que faço agora, doutor Kellaway? Como posso lidar com a dor da minha filha? Com sua perda?

— Deve agir da maneira mais normal possível. Continuar do jeito que está fazendo.

— Devo contar ao meu marido?

— Isso é com você. Talvez seja melhor não falar nada, mas isso, é claro, cabe a você decidir.

— E depois? O que irá acontecer?

— É difícil saber com certeza. Mas acho que a perturbação dela vai passar assim que Kirstie perceber que você ainda a considera como Kirstie, ainda a ama como Kirstie, sem culpá-la por ela ser a Kirstie. Assim, ela se tornará Kirstie de novo.

Seu discurso parece uma peroração, com um tom de finalização. Minha consulta está claramente encerrada. Kellaway me acompanha até a porta e me entrega a minha capa de chuva, como o porteiro de um hotel elegante.

— Kirstie já está matriculada em uma nova escola? — pergunta em seguida, muito mais em tom de conversa.

— Está. Ela começa na próxima semana. Queríamos um tempo para nos adaptar, sabe?

— Isso é bom. Muito bom. A escola é uma parte importante da normalização. Depois de algumas semanas lá, ela irá, espero e acredito, começar a fazer novos amigos, e a tristeza vai passar — comenta, oferecendo-me um sorriso amarelo, mas aparentemente sincero. — Sei que deve ser terrível para você. Quase intolerável. — Para por um instante, quando seus olhos encontraram os meus. — Como você está? Você não falou muito sobre si mesma, considerando que passou por um ano bem traumático.

— Eu?

— É. Você.

A pergunta me atinge. Observo o rosto de Kellaway, seu sorriso suave e profissional.

— Estou bem, eu acho. A mudança me distrai e eu gosto. Acho que pode funcionar. Só quero que tudo isso acabe.

Ele balança a cabeça, mais uma vez, pensativo, por trás de seus óculos.

— Por favor, mantenha contato. Boa tarde, sra. Moorcroft.

E foi isso. A porta do consultório se fecha atrás de mim e eu sigo pela escada de aço e madeira em direção à porta principal, diretamente para as ruas úmidas de Glasgow.

As luzes das ruas formam halos enevoados na chuva gelada. As calçadas frias estão quase vazias. Há apenas uma mulher de preto lutando com seu guarda-chuva contra o vento, além de mim.

Meu hotel, o Holiday Inn Express, é bem perto. Fico lá durante o resto da tarde e, à noite, peço um curry para viagem a fim de comer na minha dura cama de hotel com uma colher de plástico, diretamente da embalagem, olhando apaticamente para a TV. Tentando não pensar em Kirstie. Assisto a programas sobre natureza e programas de culinária até minha mente ficar entorpecida com a inutilidade. Não sinto nada. Nenhuma dor, nenhuma revolta, apenas o silêncio. Talvez a tempestade já tenha passado. Talvez seja isso. Talvez a vida possa continuar.

Meu café da manhã é tão sem graça quanto o jantar. Fico contente por entrar no carro e dirigir para o norte rumo à natureza. E, enquanto os prédios cinza se rendem aos campos mais verdes, às enormes florestas, meu humor melhora com o vislumbre das montanhas agraciadas com as manchas da neve prematura.

Kellaway deve ter razão; ele é um renomado psiquiatra infantil. Quem sou eu para contrariá-lo? Kirstie Moorcroft é Kirstie Moorcroft, pensar de outra forma é ridículo. Minha pobre filhinha está sofrendo e cheia de culpa. Quero abraçá-la por uma hora ao chegar em casa, e, depois, começar nossas vidas de novo, no maravilhoso clima gelado das Hébridas.

Loch Linnhe, azulado e cinzento, estende-se à minha esquerda e, mais adiante, a muralha de cercas vivas, que era a estrada que levava às Ilhas, serpenteando através da imensidão de bosques até o porto de pesca e a travessia de balsa de Mallaig.

Checo a hora no painel enquanto dirijo. Disseram-me que se eu pegasse a balsa de Mallaig para Armadale cortaria caminho e levaria duas horas de viagem até Ornsay, pois não seria necessário seguir a estrada norte até Kyle.

Chegando ao ancoradouro, falo com a gentil senhora da companhia marítima. A notícia é boa: a próxima partida era à uma da tarde e logo eu atravessaria; então, telefono para casa, em Torran, para dizer isso a Angus e, em meio aos ruídos, consigo ouvi-lo dizer que viria me buscar com nosso barco.

— Nosso barco? Finalmente temos um barco?

Ruídos.

— Sim. Um bote. Eu...

Ruídos.

— Isso é ótimo!

Ruídos. Chiados. Ruídooooooos.

— Pego você no cais de Ornsay quando...

Sua voz desaparece em uma pequena tempestade estática. Aquele telefone, logo, logo, não iria mais prestar.

— Duas e meia. Duas e meia!! Angus. Encontre-me no cais de Ornsay às duas e meia.

Mal posso ouvi-lo responder. Acho que ele disse ok.

Mas temos um barco!

Temos um barco!

Quando chego ao ancoradouro em Mallaig com os oficiais da guarda costeira, os pescadores falantes, os caranguejos e barcos de pesca de camarão alinhados ao longo do porto, o ambiente me deixa mais solta. Dirijo rapidamente até a balsa e paro ali, meio sorrindo, meio sonhando, entregando meu passe pela janela para um polonês bonitão com uma jaqueta pesada, recolhendo os bilhetes.

E, ao desembarcar, saio derrapando os pneus do carro ao longo da estrada principal de Sleat a Ornsay

— Nós temos um barco! Um barco só nosso!

Acelerando animada, subo a última grande colina ao sul de Ornsay.

É um alagadiço sombrio e, ainda assim, muito cheio, pois aquele é o local no qual os moradores estacionam seus automóveis, a qualquer hora, para conseguir sinal de celular, para obter acesso à Internet nos *smartphones*. Também é o último obstáculo visual antes de Ornsay. E então, quando passo para o outro lado, eu a avisto. Minha nova casa.

E meu coração dispara.

Torran. A linda Eilean Torran.

Pela primeira vez, desde que tínhamos nos mudado para cá, sinto um sério apego. Apesar da aridez e da decadência, eu estou maravilhada com a beleza verdadeira do nosso novo lar. Estou encantada com a magnificência das águas ao sul, depois de Salmadair, desfalecendo diante da solitária grandiosidade de Knoydart, entre os braços de mar. A beleza é dolorosa: como uma ferida começando a sarar.

Nunca mais quero voltar para Londres. Quero ficar aqui.

Eilean Torran. A nossa ilha.

Perdida em minhas emoções, dirijo pelo vilarejo e estaciono do lado de fora do Selkie, no cais, e Angus está lá, com Kirstie em seu casaco rosa, protegida debaixo do seu braço. Ela está sorrindo timidamente, mas ele se mantém totalmente sério. Olha para mim de modo estranho. Eu sei que há algo errado.

— E aí? — falo, disfarçando os meus medos, o que pode estar errado agora? — Quanto pagou por ele?.

— Quinhentas libras, de Gaelforce, um fabricante em Inverness. Josh me ajudou a trazê-lo. Dois metros e meio, inflável. Uma pechincha!

Ele sorri, um sorriso bonito, mas pouco convincente, e me conduz ao cais, apontando para um bote laranja inflável escabroso, flutuando sobre as águas calmas de Ornsay.

— Josh está preocupado, dizendo que não vai ser resistente depois de uma longa noite no bar, mas isso é bobagem!

— Ok.

Kirstie segura seu leopardo com uma das mãos e o punho largo de seu pai com a outra, esperando para entrar no barco com mamãe e papai e ir para casa.

— Vi muita gente voltar para seus iates neste tipo de coisa. São leves o suficiente para arrastar até a areia da praia, e, como não temos nenhum ancoradouro seguro, parece ideal, não acha?

— Aham.

Eu não tenho ideia do que dizer, não sei nada sobre barcos. Ainda estou feliz com o barco, mas há algo no ar. Algo errado.

— Eu entro primeiro — diz Angus —, e as ajudarei a subir a bordo.

Ele desce pelos degraus de pedra e entra no bote, que oscila com seu peso.

— Certo! Kirstie, quer vir primeiro, antes da mamãe? — pergunta, virando-se e abrindo-lhe os braços.

Olho para ele com olhos arregalados, questionando, pensando.

— Imagine que você tem um cachorro, um gato e outro gato, que se chamam Olá, Tchau e Vem Cá, e você estava no parque com eles, gritando — diz Kirstie ao olhar para mim.

— Hã?

Ela ri sozinha, baixinho. Seus dentes brancos brilhando, um pequeno dente crescendo, outro faltando. Agora ela está rindo de verdade.

— Se você estava gritando no parque com eles, mamãe, com o gato e o cachorro e você estava gritando Olá, Tchau e Vem Cá, eles deveriam estar correndo, confusos, sem saber o que fazer!

Forço um sorriso. Esse é o tipo de piada, o tipo espontaneamente sem sentido, que Kirstie desfrutava com Lydia. Elas iam inventando essas estranhas histórias fantasiosas que cada vez ficavam mais e mais estranhas, até o ponto em que riam juntas, tanto, como se fossem uma só. Mas agora não havia ninguém aqui para jogar este jogo com ela.

Tento rir, mas parece descaradamente falso. Kirstie olha para mim e agora ela parece triste, com as frias ondas azuis atrás dela.

— Tive um sonho, mamãe. Um sonho ruim, de novo. Vovô estava lá, no quarto branco.

— O quê? Querida?

— Sarah! — chama Angus, com uma voz mais cortante que o vento frio de Ornsay. — Sarah!

— O quê?

— Você pode ajudá-la?

Seus olhos estão fixos nos meus.

— Ajude Kirstie a entrar no barco! — insiste ele.

Pegando a mão dela, eu a ergo, conduzindo-a para dentro do barco, e, em seguida, entro.

Agora, Kirstie está distraída, olhando com certa mágoa para as ondas. Eu me inclino para perto do meu marido.

— O que aconteceu?

— Outro sonho na noite passada.

— O mesmo pesadelo?

— Sim, os rostos. Nada demais. Vai passar.

Depois do pequeno diálogo sussurrado, ele se vira, forçando uma animação e sorrindo.

— Muito bem, pessoal, bem-vindos ao Barco Moorcroft. Vamos zarpar!

Percebo o falso e comedido sorriso de Angus para minha filhinha loirinha, de costas para mim, e fico pensando a respeito daquele sonho recorrente. Ela vem tendo o mesmo pesadelo há meses, e agora seu avô está nele. Por que Angus está subestimando isso? Deve haver alguma simbologia. Tem que significar algo, mas eu não faço ideia do que pode ser.

Angus está dando partida no motor de popa. O vento está cortante e forte. Kirstie está debruçada na lateral do barco, contemplando as ondas. Fico preocupada, pois o capuz do seu casaco está abaixado e ela deve estar ficando com frio. Mas o barco nos leva com sucesso até Torran; Kirstie sai e corre pelo caminho, aparentemente com alegria, feliz por estar em casa. Beany espera por ela na porta da cozinha, onde normalmente ficava.

Como se não quisesse entrar em casa.

Nós demoramos, enquanto Angus tenta me ensinar como amarrar o bote nas grades de ferro do farol.

— Não, assim! Faça assim!

Tento dar o nó e falho, mais uma vez, enquanto escurecia.

— Mas que moça da cidade! — sorri, repreendendo-me.

— E você, Gus, é um velho lobo do mar?

Ele ri e o clima entre nós melhora novamente. No final das contas, consigo fazer um nó mais ou menos, embora não tenha a certeza de que lembraria como fazê-lo outra vez.

Vamos para dentro, em um clima bem amistoso. Há uma importante sensação de família. Um grande bule de chá sobre a mesa de jantar; as canecas são servidas e fatias de bolo são comidas enquanto decisões são tomadas. Somos um casal formando um lar. O cheiro bom de pintura nova enche a casa. Angus entra carregando toras de madeira para acender a lareira enquanto eu preparo o jantar.

Quando tiro os olhos das batatas e olho para as luzes que piscam no vilarejo de Ornsay, percebo como as condições primitivas da nossa vida nos revertem para os tradicionais papéis masculino e feminino. Angus costumava cozinhar em Camden, mas aqui ele raramente faz isso, porque sua força e tempo são necessários para as tarefas masculinas mais pesadas, como erguer peso, cortar lenha e assentar tijolos.

Mas eu não me importo. Na verdade, eu até gosto da situação. Somos um homem e uma mulher em uma ilha, autossuficientes e sobrevivendo, trabalhando em equipe e fazendo coisas de homem e de mulher. Antiquado, talvez, mas não deixa de ser sexy.

— Parabéns pelo bote! — falo durante o jantar, enquanto bebemos vinho barato e eu seguro a mão de Angus.

Ele murmura algo sobre obstáculos na água e tubarões-frade. Particularmente, eu não entendo o que ele está dizendo, mas aquilo soou bem. Vivemos em um lugar que tem tubarões-frade.

Enquanto a grande fogueira consome as toras, abrimos uma segunda garrafa de vinho tinto e Kirstie vai para o quarto, feliz com uma revista. Angus traz um livro de nós de marinheiro e tenta me ensinar alguns tipos especiais — o bolina, o nó para engate rápido, o nó de ancoragem — usando uma corda fina.

Estamos aconchegados no tapete, novamente. Olho para a corda cinza e fina e faço o melhor que consigo, mas o nó desmancha na minha mão pela sétima vez.

Angus suspira, pacientemente.

— Bem, pelo menos você não está amarrada — afirma ele —, ou seria inútil.

Olho para ele.

— Mas não teria sido eu a me amarrar, não é?

Ele para por um instante e cai na risada. Aquela velha e profunda gargalhada, muito sexy. Em seguida, ele se inclina e me beija suavemente nos lábios, um beijo de marido, um beijo de amante. E eu sei que a química sexual ainda está lá; de alguma forma sobreviveu, apesar de tudo. E eu estou realmente feliz ou sinto algo muito próximo à felicidade.

Durante o resto da noite, Angus e eu trabalhamos mais um pouco na casa. Ele está rebocando o banheiro e instalando encanamentos novos e eu cobrindo algumas pinturas feitas pelos posseiros: eram muito assustadoras.

Posicionando uma cadeira, eu me preparo para enfrentar a segunda parede. O arlequim. Mas aí eu paro, com o rolo de tinta na mão e olho para cima. O arlequim olha para baixo, com seu rosto triste e branco.

Do nada, eu me dou conta.

O quarto branco, os rostos tristes, olhando para baixo. O pesadelo repetitivo constante. E agora o avô?

Eu entendi, entendo o sonho da Kirstie. E tudo mudou novamente, e eu estou com muito medo.

8

Ele olhou para a esposa. Ao menos não estavam mais bebendo vinho em copos de geleia, tinham progredido para o estágio das taças.

Já era alguma coisa, mas não o suficiente. Ele andava procurando trabalho por todo vilarejo e vizinhanças de Skye, algum serviço, todos os tipos, qualquer um, desde a construção de pocilgas e extensões de sótãos à construção de galpões de jardim, se fosse preciso. Sua mulher só precisava terminar de desembrulhar o resto da louça, para o que ela parecia ter levado cerca de um mês. Ou no mínimo seis dias. De fato, eles trabalharam muito na casa, juntos, e trabalharam bem, em um clima melhor, apesar de tudo. E, realmente, ela tinha conseguido um trabalho em Glasgow, mas o que tinha acontecido de verdade? Ele não sabia. Imogen pareceu vaga e evasiva quando ele tocou no assunto ao telefone, ontem, ligando de Selkie, perguntando o que sua mulher estava fazendo em Glasgow.

Esforçando-se para não beber todo o vinho em um gole, ficou escutando sua conversa sobre telepatia.

Telepatia?

Sarah ficou pasmada. Então continuou:

— Gus, pense, estou falando do sonho. Kirstie está sonhando com Lydia. Está sonhando com a Lydia no hospital. Deve ser isso, certo?

Então, talvez ela esteja se imaginando *como* Lydia, naquele momento horrível, quando ela acordou por um segundo e viu todos nós, sua família, as enfermeiras, os médicos. O avô estava lá, naquele quarto, o quarto branco no hospital.

— Mas, Sarah, eu...

— Mas Kirstie não sabe que sua irmã acordou, que ela ficou consciente por um instante. Ninguém jamais contou a ela! Então... — concluiu, com a expressão agora em pânico — Gus, como ela saberia sobre o hospital? Como?!

— Ei, Sarah. Não é bem assim!

— Não!? Estou falando sério, pense um pouco! Por favor?

Angus deu de ombros e não disse nada, tentando mostrar, com o desdém em sua expressão, quanto desprezo ele tinha por tal suposição.

— Angus?

Ele continuou sem dizer nada, deliberadamente devolvendo seus silêncios, como um castigo. Ele sentiu um surto de raiva; afinal, sua mulher poderia estragar tudo de novo. Justo agora que eles estavam começando a arrumar as coisas.

Colocando sua taça na mesa, ele olhou para os rabiscos insanos da chuva na janela da sala de jantar. Como ele faria para proteger a casa da chuva e do vento? Josh havia alertado: quando chovia e ventava em Skye, a casa de Torran ficava mais fria dentro do que fora, graças a algum tipo de efeito de refrigeração, da umidade intensa de tantos anos sem aquecimento adequado.

— Angus, fale comigo.

— Por quê? Se você está dizendo coisas absurdas?

Ele estava tentando se conter. Sarah odiava quando gritavam com ela e se debulhava em lágrimas se ele realmente erguesse a voz. O legado de seu pai dominador. Mas o que ela fez? Saiu de casa e se casou com um homem ríspido, não muito diferente do seu pai.

Era sua culpa, então? Ou talvez não fosse culpa de ninguém, apenas os padrões repetitivos das famílias. Com Angus não era diferente. Ele não era imune às reiterações tediosas dos genes e do ambiente. Naquele exato momento, ele queria uma bebida. Queria um copo grande de uísque como seu velho e fracassado pai, que batia em sua mãe pelo menos uma vez por mês, até que caiu no rio e se afogou. Pois bem. Eis um monte de bebida para saciar a sua sede, seu velho desgraçado.

— O que significa toda essa porcaria, Sarah?

— De que outro jeito a nossa filha saberia sobre a Lydia no hospital?

— Você nem sabe se o sonho dela realmente tem alguma relação com isso!

— Um quarto branco, com rostos tristes, olhando para baixo, e o avô está lá? Tem que ser, Gus, o que mais poderia ser?! A imagem é tão gritante, é horrível! Deus!

Ela estava à beira das lágrimas de novo? Algo em Angus queria que ela chorasse: da mesma forma como ele quase tinha chorado, quando Kirstie lhe disse o que disse.

Para sua esposa era mais fácil.

Angus resistiu ao impulso de aterrorizá-la com a verdade. Em vez disso, colocou sua mão grande sobre a pequena mão pálida da esposa, tão pequena e bonita, que não conseguia fazer um nó náutico para amarrar o barco; aquelas pequenas mãos brancas que ele tinha amado. Uma vez. Será que ele conseguiria amá-la de verdade novamente? Amá-la sem incertezas e puramente, um amor imperturbável pelo ressentimento ou por um desejo de vingança?

— Sarah, talvez seu pai tenha contado a ela! Você sabe como ele é depois que bebe. Ou a sua mãe, o meu irmão, qualquer um poderia ter dito alguma coisa sobre o hospital, e ela ouviu e então imaginou o resto. Pense como deve ser horrível para uma criança. A ideia — hospital, quartos, morte — fica na memória. É por isso que ela está sonhando com essas coisas.

— Não acredito que alguém contou ou disse qualquer coisa que ela pudesse ter ouvido. Só a minha família sabia que Lydia acordou. E eu perguntei a eles.

— Você o quê?!

Houve silêncio.

— Você perguntou aos seus pais?

Outra pausa.

— Por Deus, Sarah? Você ligou para as pessoas contando tudo isso? Todas as nossas coisas particulares? Como é que isso vai ajudar?

Sua mulher tomou um gole de vinho e balançou a cabeça, os lábios semiabertos e pálidos pela tensão reprimida.

Angus olhou fixamente para o vinho que havia no copo, sentindo-se drenado pela futilidade, como se estivesse sentado em uma banheira e a água escorresse cano abaixo, congelando-o e, pior: transportado-o para um sórdido planeta. Eles estavam se desgastando naquela casa. Estavam se afogando em tarefas e desafios, e talvez fosse tudo em vão.

Não. Ele tinha que se manter positivo. Por Kirstie.

Amanhã ele tentaria novamente. Talvez o escritório de arquitetura em Portree; ele enviaria seu portfólio mais uma vez. Quase tinha conseguido um trabalho temporário, só precisava de mais um empurrão. Veja só, eu projetava partes de arranha-céus, creio que posso fazer um curral para ovelhas. Talvez ele tivesse que implorar. Por favor, preciso de um emprego, preciso de dez mil libras, porque a minha filha está morando em uma casa que é, literalmente, uma geladeira.

— Gus, há muitas histórias sobre telepatia entre gêmeos, alguma ligação... Você sabe, nós costumávamos conversar sobre isso e... elas tinham os mesmos *sonhos*. Lembra quando começavam a rir, no mesmo instante, e não tínhamos ideia do porquê?

Angus sentou e esfregou os olhos com a mão empoeirada, atento aos barulhos na casa. Kirstie brincava em seu quarto, com o velho iPad. Ele quase conseguia ouvir os cliques distantes e os sons do jogo do computador duelando com a chuva na janela da sala de jantar. Sua filha estava imersa no mundo moderno do computador e ele não podia culpá-la: era melhor do que a realidade.

E a realidade era: Angus se lembrava de quando Kirstie e Lydia riam ao mesmo tempo, sem nenhum motivo. Claro que lembrava. Ele as olhava com espanto quando, do nada, as gêmeas começavam a rir, em lugares diferentes, ao mesmo tempo, sem nenhuma comunicação aparente. Às vezes aquilo acontecia quando elas estavam em quartos diferentes. Ele ia de um quarto a outro e as encontrava em acessos de risos idênticos, sem causa aparente.

Ele se lembrava bem. Lembrou quando Lydia estava lendo *O Bom Gigante Amigo*, de Roald Dahl, em seu quarto, e ele descobriu que Kirstie estava na mesma página, no andar de baixo. Lembrou que as viu, certa vez, quando voltavam para casa da escola, com Kirstie andando na frente, em um ritmo fúnebre, uma espécie de marcha lenta, e Lydia andando atrás dela, a uns trinta metros, caminhando exatamente da mesma maneira, como se ambas estivessem em uma espécie de transe. Por que faziam aquilo? Para assustar as pessoas? Ou porque havia realmente algum tipo de elo mental? Mas ele não queria e não podia acreditar nisso. Havia buscado na ciência e não existia telepatia entre gêmeos, apenas o simples milagre dos genes idênticos.

Ele olhou para as manchas de chuva. Aquele clima desagradável chamava a sua atenção e o atraía. Uma parte dele queria estar lá fora no vento e no frio, lutando contra as cruéis cordilheiras do sombrio Cuillins, sendo golpeado pelos ventos potentes da Ilha de Old Man of Storr. Mas ele estava ali, esperando a mulher falar. Ela estava colocando vinho em sua taça, o restante da garrafa. Será que abririam outra? Ele sempre confiou nela para policiá-lo ao beber. Mas ele já ansiava por outra garrafa às cinco da tarde.

— Angus, por favor. Só peço que pense um pouco. Pode ter sido algum tipo de telepatia? E os gêmeos na Finlândia que morreram ao mesmo tempo em um acidente na estrada. E que foi a...

— Dezesseis quilômetros de distância. Na mesma noite. Sim, e?

— Isso não é incrível a ponto de provar alguma coisa?

— Não.

— Mas...

— Sarah, mesmo que tenha existido alguma ligação mental entre elas, em algum momento, o que eu não acredito, mas mesmo que tenha havido, Lydia morreu há mais de um ANO. E os sonhos só começaram há alguns meses.

A chuva parecia ter parado. Sua mulher olhava para ele.

— Mesmo que você acredite que gêmeos possam enviar sonhos uns aos outros, de longe, eu realmente não acho que gêmeos possam entrar em contato através do éter, quando um deles está MORTO. Você acha?

Um silêncio se seguiu. Ele soltou uma gargalhada.

— A menos que você esteja dizendo que Lydia voltou como um fantasminha! Um fantasma, flutuando por aí, falando com sua irmã gêmea. Onde ela está agora? No guarda-roupa, segurando a própria cabeça?

Era uma piada. Ele estava tentando contar uma piada.

Mesmo com uma ponta de dúvida, ele percebeu que havia alguma verdade. Sarah não estava rindo, nem estava com uma expressão zangada, apenas olhava para ele, enquanto a chuva das Hébridas voltava, penetrando cada vez mais e mais profundamente no cimento e na argamassa da estúpida casa.

— Ah, pro inferno! Agora você acredita em fantasmas, Sarah? Cai na real! Lydia está morta, Kirstie é só uma menina confusa e infeliz. Só isso! Ela só precisa dos seus pais!

— Não. Não estou falando de fantasmas, é outra coisa.

— O quê?

— É...

— O quê?

— É que...

Ela se calou.

Ele sentiu vontade de gritar. Mas que droga é essa? Sua ira o dominava, mal conseguia manter o controle.

— O que é, então, Sarah? Qual é o grande mistério? — disse ele, o mais tranquilamente possível.

— Eu... eu não sei. Os sonhos... há alguma coisa nesses sonhos!

— São apenas malditos SONHOS!

Ele afundou a cabeça em suas mãos, excessivamente dramático. No entanto, sincero.

Durante dez segundos, nenhum dos dois falou. Então, Sarah se levantou e levou a garrafa de vinho vazia para a cozinha. Angus a observou enquanto ela caminhava. O jeans estava frouxo em seus quadris. Antigamente, eles teriam resolvido essa tensão transando. E ele ainda a desejava. Ele ainda gostava dela, mesmo ressentido.

O que aconteceria se eles fossem para a cama? O sexo entre eles sempre tinha sido quente: Sarah gostava assim. Foi um dos motivos que o fez se apaixonar por ela: sua sexualidade surpreendentemente selvagem. Quero que me morda, que me bata, que me coma. Com mais força. Mas se ele fosse animalesco com ela agora e sua raiva latente viesse à tona: como acabaria?

Sarah voltou da cozinha sem trazer outra garrafa de vinho. Seu humor piorou ainda mais, se é que aquilo era possível. Ele conseguiria abrir outra garrafa mais tarde sem que ela visse? Ele precisava parar de beber tanto. Kirstie precisava do pai sóbrio e sensato. Alguém tinha que estar no controle.

Mas era muito difícil sustentar as mentiras. E o lugar não estava ajudando, como ele esperava. O novembro frio e cinzento era bastante medonho, e ainda era final do outono. Como seria o inverno? Talvez a severidade e a brutalidade ajudassem: eles precisavam se unir.

Ou talvez acabassem com eles de uma vez.

Ela andava de um lado para outro.

— Sarah, tem alguma coisa que você não me contou? Você está assim há algum tempo... desde Glasgow, talvez. Ou antes. O que aconteceu?

— Nada — respondeu como sempre sua mulher, olhando para ele.

— Sarah!

— Desculpe se falei o que não devia. Preciso aprontar as roupas de Kirstie. Nem desembalei as caixas ainda, só chegaram esta manhã.

— Ele pegou sua mão e a segurou, e ela continuou —, e ela começa na nova escola em poucos dias.

Ele beijou sua mão, sem saber mais o que fazer. Mas Sarah se afastou com um silencioso sorriso de desculpas, virou-se e foi para a sala de jantar, atravessando a porta sem pintura, arrastando as três camadas de meias no frio chão de pedra. Angus ficou observando enquanto ela ia. Suspirando nervoso.

Fantasmas?

Era ridículo. Se o problema fosse apenas esse.

Fantasmas isso seria fácil. Porque fantasmas não existiam.

Angus decidiu se ocupar com o árduo trabalho manual para purgar a tristeza e a raiva. Talvez as endorfinas ajudassem seu humor a melhorar. Eles precisavam de mais toras de madeira e já estava ficando muito escuro.

Andando pela cozinha, ele abriu a porta dos fundos e passou pela lavanderia, que conduzia ao quarto de despejo, onde os ratos se deleitavam em êxtase todas as noites.

Havia todo tipo de lixo armazenado ali, naquele espaço: pilhas de móveis decrépitos à espera de serem serrados e transformados em gravetos; o velho saco de carvão que datava, talvez, da Segunda Guerra Mundial; panelas e garrafas amontoadas em pilhas, como se aldeias inteiras de refugiados tivessem passado por ali e depois fugido; montes de sacos de plástico e bobinas de fio de náilon azul e pirâmides de garrafões de porcelana antigos, a maioria rachados. Sua avó era uma acumuladora, uma verdadeira habitante de ilha — uma sobrevivente à frente de seu tempo, quando era necessário, e não um modismo, pegar qualquer coisa à deriva na praia. Ei, rapaz, veja isso, pode ser útil. Pegue!

Selecionando alguns troncos para cortar, Angus colocou os óculos de proteção, flexionou os dedos dentro das luvas velhas e úmidas e ligou a serra elétrica.

Ficou trabalhando sob a fraca luz da lâmpada de 30 watts da despensa durante duas horas. A lua cheia se ergueu sobre as montanhas de Camuscross assim que as nuvens sumiram. Beany viu a porta aberta e entrou no local que cheirava a serragem, sentando ali, sua cauda abanando lentamente e olhando para os montículos amarelos que jorravam através das toras.

— Tudo bem, garoto. Tudo bem?

O cão parecia triste. Ele parecia triste desde que chegaram à ilha. Angus esperava que ele gostasse de Torran. Na verdade, esperava que se deleitasse e gostasse — uma bela ilha particular, com coelhos, focas e aves para perseguir e se sujar nas piscinas naturais de lama? — dali mais do que do labirinto desordenado de tijolo e concreto de Camden. Não?

Só que o cão parecia, muitas vezes, moroso, como agora, o focinho pousado entre as patas. Angus desligou a serra. Tinha enchido três bacias de plástico com toras. Ele tirou os óculos de plástico suados e acariciou Sawney Bean atrás da orelha com os dedos enluvados.

— O que foi, meu velho amigo? Estamos em uma ilha!

O cão choramingou.

— Vá caçar alguns ratos, Beano! Há muitos ratos por aqui!

Angus fez um movimento com a boca, como se mastigasse, depois imitou duas patas com os punhos, tentando parecer um cão pegando bichos.

— Nham, nham, nham. Ratos, Beano? Ratos? Afinal, você é um cachorro. Descendente de séculos de caçadores de ratos, não é?

Beany bocejou, entediado, e colocou o focinho entre as patas novamente. Angus ficou preocupado. Ele amava aquele cachorro. Tinha passado horas felizes com Beany, caminhando pelos bosques de Londres.

Mas aquela mudança de humor era desconcertante.

Refletindo, Angus percebeu que o cão estava estranho desde que haviam chegado. Às vezes, escondendo-se pelos cantos da casa, como se estivesse com medo; outras vezes, recusando-se a entrar. E ele agia de modo diferente perto de Sarah. Ele já vinha agindo de forma diferente perto de Kirstie e Sarah há um bom tempo.

Poderia o cão ter testemunhado o que realmente aconteceu naquela noite em Devon? Beany estava lá em cima quando aquilo aconteceu? Seria possível que um cachorro lembrasse ou compreendesse um acontecimento humano?

A respiração de Angus embaçava no ar úmido. O quarto de despejo parecia muito frio, agora que ele tinha parado de lutar contra a madeira com a serra. Tão frio que as janelas estavam realmente congelando. Assim como no dia do nascimento das gêmeas: o dia mais frio do ano.

Ele olhou para as finas crepitações de geada.

E novamente a dor atingiu Angus, como uma pancada na parte de trás de seus joelhos: como sempre acontecia. Como um duro golpe rúgbi, fazendo-o se curvar, apoiando-se nas pilhas de serragem.

Lydia, sua pequena Lydia. Deitada naquela cama de hospital, com os tubos na boca, abrindo os olhos tristes, pela última vez, para dizer adeus. Como se quisesse dizer que lamentava.

Lydia, sua Lydia. A pequena Lydia. Sua filha querida. Ele também a amava, tanto quanto Sarah. Mas, de alguma forma, a sua tristeza era vista de modo inferior. De alguma forma, a tristeza da mãe parecia ser mais importante: *ela* era a única que podia desmoronar, *ela* era a que tinha permissão para chorar, *ela* era a que podia agonizar durante meses por causa de sua favorita. É verdade que ele havia perdido o emprego, mas continuara em busca de trabalho durante toda a aflição e quase nada do que acontecera tinha sido sua culpa. Fora aquilo que o enfurecera. Ela era muito mais culpada, infinitamente mais. Ele queria castigar a mulher pelo que aconteceu. Puni-la. Machucá-la de verdade.

Por que não? Sua filha estava morta.

Angus arrancou um martelo de uma prateleira, pesado e um pouco enferrujado. A parte bifurcada estava manchada de marrom, como se já houvesse sangue antigo sobre o aço. Nem era tão pesado, era o peso certo. Ele pedia para ser balançado, com força, para baixo, até partir algo. Finalmente. Uma explosão de vermelhidão. Como golpear um melão, a polpa macia voando por toda parte. Será que a parte bifurcada de aço penetrava na carne?

A chuva tinha parado e o mar estava cinza do outro lado da janela. Angus olhou para as tábuas do chão, aflito.

Um baixo gemido o trouxe de volta à consciência. Beany estava olhando para ele, a cabeça inclinada, triste, mas também curioso. Como se pudesse ler seus pensamentos absurdos e terríveis.

Angus olhou para o cão e se acalmou.

— Ei, Beany. Vamos lá fora procurar uma foca?

O cachorro latiu baixinho e abanou a cauda.

Angus, cuidadosamente, colocou o martelo de volta na prateleira.

9

Poderia ser qualquer escola da Grã-Bretanha. Ampla e arejada, um bom parquinho para as crianças, com balanços e escorregadores alegremente coloridos, e um monte de pais sonolentos, estressados e culposamente aliviados por se livrarem das crianças. Apenas a localização a diferencia: o mar à esquerda e grandes montanhas sombrias atrás, manchadas pela prematura neve de dezembro. E depois, claro, havia o grande brasão no portão.

Rachadh luchd tadhail gu failteache

Logo abaixo, a pequena tradução, em inglês.

Todos os visitantes devem se dirigir à recepção.

Kirstie segura a minha mão com força, à medida que andamos do nosso carro, passando pelos carros mais elegantes da cidade e Land Rovers sujos, e nos aproximamos das portas de vidro. Outras mães e pais, elegante e gentilmente se cumprimentam, de forma invejável, relaxada, com um bate-papo ameno que jamais dominei e seria ainda mais difícil aqui entre estranhos.

Alguns dos pais estavam falando em gaélico. Kirstie está tão quieta quanto a mãe, nervosa e tensa. Ela está em seu uniforme novo, azul e branco, por baixo do casaco rosa acolchoado; quando tiro o casaco, na porta da escola, o uniforme parece dolorosamente imenso, quase como se fosse uma roupa de palhaço. Os sapatos estão desajeitados. E seu cabelo estava mal penteado: por mim.

A culpa me invade. Será que eu tinha comprado o tamanho errado das roupas? E por que não consegui pentear seu cabelo direito? Estávamos com tanta pressa! Angus queria ir ao continente bem cedo: ele havia conseguido um emprego de meio expediente em um escritório de arquitetura em Portree, longe o suficiente a ponto de obrigá-lo a ficar lá durante a noite, sempre que tiver trabalho. Era bom financeiramente, mas complica ainda mais o nosso transporte.

Tivemos que sair todos juntos, de manhã, em nosso único bote. E fui forçada a acelerar as coisas, pulverizando rapidamente o desembaraçador de cabelos sobre os finos fios loiros da minha filha, que estava entre os meus joelhos e ficava se remexendo com seu brinquedo, cantando para si mesma uma nova canção que inventou.

Agora é tarde demais: o cabelo de Kirstie parece desarrumado.

Meu instinto de proteção aumenta. Desesperadamente, eu não quero que ela seja ridicularizada. Ela já ficaria muito sozinha, em uma nova escola, bem no outono, sem a irmã. E a confusão sobre a sua identidade ainda está lá, à espreita. Às vezes, ela se refere a si mesma como "nós", e não eu. Às vezes, ela se chama de "outra Kirstie". E havia feito isso nesta manhã.

Outra Kirstie?

É desconcertante e doloroso, e por isso não falei sobre aquilo. Eu simplesmente espero que Kellaway esteja certo e que a escola, de alguma forma, resolva tudo: o entusiasmo de novos amigos e novas brincadeiras.

Então, aqui estamos.

Ficamos junto à porta da escola, enquanto todas as outras crianças vão direto para as salas, conversando, rindo, esbarrando umas nas outras com suas mochilas de náilon do Toy Story e Moshi Monsters. Uma mulher, com óculos imensos empoleirados em um grande nariz e uma sóbria saia xadrez, me dirige um sorriso de conforto e mantém a porta envidraçada aberta.

— Sra. Moorcroft?

— Sim, hã?

— Procurei você no Facebook. Desculpe! Apenas curiosa para conhecer os novos pais — explica ela e direciona uma expressão indulgente à Kirstie —, e esta deve ser a pequena Kirstie! Kirstie Moorcroft? — continua e nos conduz a entrar. — Você é idêntica às fotos! Meu nome é Sally Ferguson. Que bom ter uma nova aluna na escola! Por favor, pode me chamar de Sally — olha para mim —, sou a secretária da escola!

Ela espera que eu responda, mas não consigo, pois Kirstie se antecipa.

— Meu nome não é Kirstie!

A secretária sorri. Deve imaginar que é uma piada, uma brincadeira. Como uma criança escondida atrás do sofá, segurando um fantoche.

— Kirstie Moorcroft! Nós vimos suas fotos! Você vai adorar esta escola, pois aqui damos as aulas em uma língua muito especial...

— Meu nome NÃO é Kirstie, meu nome é Lydia.

— Ah...

— Kirstie morreu. Eu sou a *Lydia.*

— Kkkirr...?

A mulher se cala. E olha para mim, compreensivelmente confusa.

— Lydia. Meu nome é Lydia. Eu sou Lydia. Nós somos Lydia, Lydia! — repete minha filha, em voz alta.

O corredor da escola parece silencioso se comparado à minha filha gritando essas palavras lunáticas. O sorriso de Sally Ferguson desaparece rapidamente. Ela olha para mim com uma expressão de pânico. Há muitas frases felizes, em gaélico, impressas em papel e grudadas na parede.

— Ah... hum... Kirss... — tenta, mais uma vez, a secretária.

Minha filha dá um tapa em Sally Ferguson como se ela fosse uma vespa.

— Lydia! Você tem que me chamar de Lydia! Lydia! Lydia! Lydia! Lydia! Lydia! Lydia! LYDIA!

A mulher se afasta, mas agora a minha garotinha está fora de controle, agindo como uma criancinha pequena fazendo birra em um supermercado, exceto pelo fato de que estamos em uma escola, ela tem 7 anos e está afirmando que é a sua irmã morta.

— Morta, Kirsti-ul está morta! Sou a LYDIA! Sou a Lydia! Ela está aqui! Lydia!

O que eu faço?

— Ah... é só uma bobagem, uma bobagem... volto para buscá-la às... — tento conversar normalmente, mas meus esforços mal se ouvem em meio aos gritos da minha filha.

— Lydia LYDIA LYDIA LYDIA LYDIA LYDIA! Kirstie está MORTA e eu a ODEIO! Sou a *Lydia*!

— Por favor — falo. Para Kirstie. Abandonando a minha simulação. — Por favor, querida, por favor?

— KIRSTIE ESTÁ MORTA. Kirstie está morta, eles a mataram, eles a mataram. Eu sou a Ly-DDDDEEE-YYYAAAA!

E então, tão rapidamente quanto começou, aquilo acaba. Kirstie balança a cabeça, anda até a parede oposta e se senta em uma pequena cadeira situada sob uma foto de alunos trabalhando no jardim, com uma inscrição animadora feita a canetinha.

Ag obair sa gharrad.

— Por favor, me chame de Lydia. Por que você não consegue me chamar de Lydia, mamãe, se eu sou a Lydia? Por favor? — choraminga minha filha, muito calmamente, com seus olhos azuis marejados de lágrimas. — Só vou para a sala se você me chamar de Lydia, por favor. Mamãe?

Fico paralisada. Sua súplica soa dolorosamente sincera. Eu não tenho escolha.

O silêncio se prolonga e vira agonia; afinal, agora eu tenho que explicar tudo para a secretária da escola, no pior momento possível, da forma mais desajeitada, e para isso eu preciso que Kirstie saia dali. Eu preciso que ela entre na sala.

— Ok, Ok. Hummm — gaguejo, como na minha infância —, senhora Ferguson, esta é *Lydia*. Lydia Moorcroft — afirmo com medo e resmungando. — Na verdade, a matrícula é em nome de Lydia May Tanera Moorcroft.

Um longo silêncio. Sally Ferguson olha para mim, sem entender nada, por trás daquelas grandes e grossas lentes.

— Desculpe... Humm. *Lydia*? Mas... — ela fala, ruborizada, dirige-se à mesa, atrás de uma janela aberta, de correr, pega uma folha de papel e passa os olhos por ela. — Mas aqui diz, claramente, que você está matriculando *Kirstie* Moorcroft? Kirstie. Com certeza. Kirstie Moorcroft!?

Suas palavras foram quase sussurradas.

Respiro profundamente. Eu vou falar, mas minha filha se antecipa novamente.

— Sou a Lydia — diz Lydia —, Kirstie morreu, e depois estava viva, mas, então, ela morreu de novo. Eu sou a Lydia.

Sally Ferguson ruboriza novamente e não diz mais nada.

Eu estou atordoada demais para responder, oscilando à beira do abismo escuro do absurdo.

— Podemos deixar Lydia se juntar à classe e eu tento explicar? — falo, fazendo um esforço descomunal.

Houve outro silêncio desesperador.

Então, pelo corredor, ouço crianças cantando uma música barulhenta e animada.

— Kookaburra na velha árvore de látex, feliz, feliz, rei das selvas ele é! Ria, kookaburra RIA...

A incongruência me causa náuseas.

Sally Ferguson balança a cabeça.

— Certo... isso parece sensato — afirma ela baixinho, chegando mais perto de mim.

— Dan, Daniel, por favor, você pode levar... ahh... *Lydia* Moorcroft para sua nova sala, segundo ano, final do corredor. Jane Rowlandson

— pede a secretária, ao se virar para um jovem bonito que usava calça jeans skinny que estava encostado nas portas de vidro, protegendo-se do frio lá fora.

— RIA, *Kookaburra*, RIA...

Dan acena, em um amável "sim".

— Ei, Lydia. Quer vir comigo? — pergunta ele, abaixando-se carinhosamente ao lado de Lydia, como uma garçonete pronta para anotar um pedido.

— *Kookaburra sentou na velha árvore de látex. Contando todos os macacos que conseguia ver... veeeer*

— Meu nome é Lydia — diz Kirstie, nervosa, cruzando os braços, carrancuda, o lábio inferior projetado para fora. Em seu rosto havia a expressão máxima de teimosia que conseguia fazer.

— Você deve me chamar de Lydia!

— Sim, claro. Lydia! Você vai gostar daqui, eles estão tendo aula de música nesta manhã.

— *Pare, Kookaburra. Pare, Kookaburra. Não é um macaco, sou eu.*

Por fim, deu certo. Lentamente, ela descruza seus braços, segura a mão dele e segue Dan para a outra porta de vidro. Ela parece tão pequena, e a porta parece tão enorme, tão assustadora, tão devoradora.

Por um instante ela para e se vira para me dar um triste e assustador sorriso, e, em seguida, Dan a acompanha pelo corredor. Ela é engolida pela escola. Eu tenho que deixá-la seguir seu destino solitário.

— Preciso explicar — digo, voltando-me para Sally Ferguson.

Sally balança a cabeça sombriamente.

— Sim, por favor. No meu escritório. Teremos privacidade lá.

Cinquenta minutos depois, eu contei a Sally Ferguson os detalhes básicos e terríveis da nossa história: o acidente, a morte, a confusão de identidade, os últimos catorze meses. Ela parece honestamente horrorizada e solidária; porém, também posso observar uma pitada de um malicioso prazer em seus olhos, enquanto ela ouve a minha narrativa. Pelo jeito, eu estou animando mais um tedioso dia daquela escola. Agora ela tem o que contar ao marido e aos amigos à noite: você não vai acreditar no que aconteceu hoje. Apareceu uma mãe que não sabe qual é a identidade da filha gêmea sobrevivente, uma mãe que fica se perguntando se a sua filha, supostamente morta e cremada, na verdade está viva há catorze meses.

— É uma história marcante — afirma Sally Ferguson —, sinto muito, de verdade.

Ela tira os óculos e os coloca novamente.

— É surpreendente que não haja... mmm... uma maneira científica... de...

— Saber? De provar?

— Sim.

— Tudo que sabemos é... eu acho... que, se ela quer ser Lydia por enquanto, talvez a gente *tenha* que deixá-la ser. Por um tempo... Você se importa?

— Não, não, claro que não! Se é assim que prefere. E não há problemas em relação à matrícula. Elas... — Sally parece buscar as palavras certas —, elas tinham a mesma idade; então... eu só tenho que atualizar o registro, mas não se preocupe com isso.

Levanto para sair; louca para escapar daquela situação.

— Sinto muito, sra. Moorcroft. Mas tenho certeza de que tudo vai ficar bem agora. Kirstie, ou melhor, sua filha... Lydia. Ela vai adorar esse lugar. Tenho certeza!

Corro até o estacionamento e entro no carro, baixo os vidros e dirijo de volta à costa. O vento está frio e cortante, um verdadeiro esfaqueamento vindo do oeste dos Cuillins, de Butt of Lewis, da maldita Saint Kilda, mas eu não me importo. Eu quero sentir o frio congelante. Passo por Ornsay e sigo rumo a Broadford, que parece muito com Londres, depois da tranquilidade da península de Sleat. Aqui há lojas, correios, pessoas andando pelas calçadas e um grande e aconchegante café iluminado, com uma boa conexão sem fio e um bom sinal de celular. Quero uma vodka, mas tenho que me contentar com um café.

Sento em uma confortável cadeira de madeira, em uma grande mesa, com a maior caneca de cappuccino ao meu lado, e pego meu celular.

Mamãe. Preciso ligar para a minha mãe. Com urgência.

— Sarah, querida, sabia que era você! Seu pai está no jardim, o calor aqui está insuportável! O tempo está muito, muito seco e quente!

— Mãe...

— Está tudo bem? Kirstie começou na nova escola?

— Mamãe, preciso contar uma coisa.

Minha mãe me conhece o suficiente para saber que meu tom de voz é sério. Ela emudece.

E eu explico. Explico tudo, do mesmo jeito que fiz com Sally Ferguson. E, talvez, do mesmo jeito que eu ainda terei que explicar para muita gente.

Falo tudo muito rápido para não engasgar. Conto sobre a possibilidade de termos confundido a identidade da gêmea que morreu. Nós não sabemos, estamos tentando descobrir. É tudo tão absurdo e, ainda assim, tão cruelmente real! Tão real quanto as montanhas de Knoydart. Minha mãe, que consegue facilmente ser tão calada quanto eu, se mantém respeitosamente em silêncio durante toda a minha explicação.

— Meu Deus! — diz ela, no final — Meu Deus! Coitadinha da Kirstie... Quer dizer...

— Mamãe, por favor, não chore.

— Não estou...

Ela está chorando. Eu espero. Ela continua chorando.

— É que tudo isso traz de volta muitas lembranças. Aquela noite terrível, a ambulância.

Espero até que suas lágrimas cessem, lutando contra minhas próprias emoções. Afinal, eu tenho que ser a pessoa forte aqui. Por quê?

— Então, mamãe, precisamos desvendar isso, se possível, porque... porque precisamos decidir se ela é Kirstie ou Lydia. Acho que só assim resolveremos tudo isso. Não sei! Oh, meu Deus!

— Sim... sim...

Espero mais alguns soluços abafados da minha mãe. Enquanto isso, observo o movimento do lado de fora do café, em direção à Kyle ou Portree, a longa e sinuosa estrada montanhosa que serpenteia entre Scalpay e Raasay. Angus seguiu por aquela estrada nesta manhã.

Nossa conversa oscila entre aspectos práticos e trivialidades. Mas tenho uma pergunta séria para a minha mãe.

— Mãe, quero perguntar uma coisa.

— Claro, querida — diz ela, fungando.

— Eu preciso saber para procurar as inconsistências e conseguir algumas pistas.

— O quê?

— Aconteceu alguma coisa naquela noite, naquele fim de semana, antes do acidente? Você notou algo estranho nas meninas ou algo estranho entre elas? Algo que você não tenha me dito, talvez por não parecer relevante?

— Estranho?

— Sim.

— Como assim, Sarah?

— Não sei... é que talvez eu possa identificá-las, mesmo agora. Elas estavam se comportando de maneira diferente? Aconteceu alguma coisa estranha? Qualquer coisa que possa causar essa confusão na cabeça da minha filha?

Minha mãe fica totalmente muda.

Agora, a neve macia caía do lado de fora, a primeira do inverno. Apenas os primeiros flocos, flutuando como um leve confete no céu tristonho. Do outro lado da rua, uma criança pequena, andando com a mãe, para e aponta para os floquinhos com o rosto cheio de alegria.

— Mãe?

Mais silêncio.

É uma pausa prolongada demais, mesmo para a minha mãe.

— Mãe?

— Bem — responde, pensativa —, nós não precisamos mexer nisso agora, precisamos?

— Sim, precisamos.

— Então eu não consigo me lembrar de nada.

Ela está mentindo. Minha própria mãe está mentindo. Eu a conheço muito bem.

— Mãe, tem alguma coisa. O que é? O quê? Você precisa me contar! Chega de evasivas. Fale!

A neve está se desmanchando, é apenas um rastro prata no ar. O fantasma da neve.

— Eu não me lembro.

— Você lembra, sim!

— Mas, querida, é verdade, eu realmente não me lembro.

Por que ela está mentindo?

— Mãe, por favor.

O silêncio que sucede é diferente. Eu ouço a sua respiração. Quase consigo ouvir seus pensamentos. Eu a imagino em Devon, na sala, com as fotos dos eventos importantes da carreira de meu pai na parede, as molduras desbotadas e empoeiradas. Fotos dele recebendo prêmios por anúncios há muito esquecidos.

— Bem, querida, houve uma coisa, talvez, mas não é nada. Nada.

— Não. Não pode não ser nada, não pode ser...

É tão óbvio de onde herdei minha propensão ao silêncio, a recusa em revelar o que se passa em minha mente.

Agora eu consigo entender por que Angus, às vezes, tem vontade de me estrangular.

— Não é nada... Sarah.

— Fale, mãe. Fale!

Eu pareço Angus, naquele momento.

Minha mãe inspira profundamente.

— Certo. Eu... Só me lembro de que no dia em que você chegou Kirstie parecia bem chateada.

— Kirstie?

— Sim, mas você não percebeu, você estava tão distraída com... tudo. E Angus iria chegar tarde, bem mais tarde naquela noite, é claro, e perguntei a Kirstie o que tinha acontecido, por que ela estava daquele jeito, e ela respondeu que era alguma coisa em relação ao pai. Que ele a tinha chateado de alguma forma, eu acho. Algo assim, é só isso que lembro. Com certeza não é nada.

— Certo. Não deve ser mesmo. Obrigada, mãe. Obrigada.

O diálogo foi diminuindo gradativamente. Expressamos nosso amor de mãe e filha, e minha mãe pergunta se eu estou bem.

— Quero dizer — acrescenta — tudo bem mesmo?

— Sim, sim, estou bem.

— Tem certeza? Querida, você parece um pouco, sabe... como antes. Você não quer voltar à estaca zero, não é? Não como antes.

— Eu estou conseguindo administrar isso, mamãe. De verdade. Só essa coisa com Lydia... Eu gosto da casa, de verdade, apesar dos ratos embaixo da cama. E amo a ilha. Vocês precisam conhecer!

— Claro, claro que vamos!

Para mudar de assunto, pergunto sobre o meu irmão Jamie, e funciona. Minha mãe ri baixinho e carinhosamente, e diz que ele está trabalhando em uma fazenda de ovelhas na Austrália ou derrubando árvores no Canadá, ela não tem certeza. É uma piada de família, já que Jamie é tão errante e esbanjador: uma piada de família que fazemos para rir nos maus momentos e mudar de assunto quando se trata de algo incômodo. Como agora.

Então nos despedimos, sento-me e peço outro café. Pensando na conversa que acabara de ter. Por que, naquele dia, Angus chegaria depois em Instow? Antes do acidente a desculpa era a de que iria trabalhar até mais tarde, mas, quando tentamos contatá-lo no trabalho, ele não estava lá. O que ele explicou depois foi que tinha ido à casa de Imogen, depois do trabalho, para pegar algumas coisas das gêmeas, onde elas tinham feito, recentemente, uma festa do pijama.

Já que não tinha filhos, Imogen gostava de ficar com as crianças.

Na época, não questionei. Nem depois. Eu tinha muito pesar para lidar na época, e, de qualquer forma, tudo fazia sentido então. Mas agora...

Imogen?

Não. Aquilo era ridículo. Por que eu estou desconfiando do meu marido? Apesar da bebida, ele sempre foi presente. Amoroso, devotado, hábil, pobre Angus. Meu marido. E eu preciso confiar nele, já que não tenho mais ninguém.

De qualquer forma, não há mais nada que eu possa fazer para resolver o problema de Kirstie neste minuto; então, eu me dedico um pouco ao meu próprio trabalho.

Eu tinha que ganhar algum dinheiro escrevendo. O novo trabalho de Angus em Portree trará algumas libras, mas não o suficiente. Precisamos de mais. Então, o que eu puder fazer para ajudar será crucial para nosso dia a dia em Torran.

E quero ficar em Torran. Muito, muito mesmo.

Abro meu *laptop* e passo duas horas enviando e-mails com ideias, pareceres e comunicações necessárias para 48 horas. Escrevi para vários editores da cidade. Talvez eu possa redigir algo sobre Torran e Sleat, sobre o folclore local, o renascimento gaélico, qualquer coisa.

Sorvendo meu cappuccino, olhando para os carros que entram e saem do supermercado de Broadford, considero, mais uma vez, o meu fascínio crescente pela nossa ilha, como uma paixão adolescente por um rapaz difícil de agradar. Quanto mais difícil é Torran, mais eu a desejo.

Termino minhas coisas algumas horas mais tarde; tenho que voltar à escola para pegar Kirstie. Eu vou me atrasar; então, acelero e derrapo pela neve, quase acertando um pequeno carvalho que ficava na estrada de terra à minha esquerda.

Devagar, Sarah, calma.

Preciso lembrar que as estradas são bem perigosas, praticamente por todo o caminho, desde Broadford até Ardvasar. Na verdade, tudo é meio perigoso ali.

Um único floco de neve bate em meu para-brisa e é imediatamente exterminado pelos limpadores. Avisto as colinas desertas, desbastadas pelo vento e pelo desmatamento. Penso nas pessoas que perderam essa magnífica paisagem pela pobreza e pela emigração forçada. A população de Skye costumava girar em torno de 25 mil pessoas. Um século depois, há metade disso. Sempre penso no cenário da emigração, as mães chorando, os cães pastores assassinados em segredo, os bebês chorando por deixarem sua bela pátria hostil, navegando rumo ao ocidente.

E agora eu penso em minha filha.

Gritando.

Eu tinha decidido o que faria em relação à minha filha. Eu não quero fazer aquilo, mas não há alternativa. O horror desta manhã me fez decidir.

Chego à escola. Esforço-me para esboçar um sorriso para algumas das outras mães; então me viro e observo o cartaz de incentivo na porta de vidro dizendo *Failte,* pergunto-me onde ela está, onde está a minha filha?

Todas as outras crianças fazem parte de uma onda de energia vertiginosa, uma vibração em gaélico e lancheiras do filme do Lego, uma multidão de pequenas pessoas correndo para os braços dos pais e, então, finalmente, a última criança, andando devagar, sozinha, surge pela porta. Uma menininha sem nenhum coleguinha, sem conversar com ninguém.

Minha filha. Agora, minha única filha. Com sua pequena e triste mochila, em seu triste uniforme. Ela vem ao meu encontro e enterra seu rosto em meu estômago.

— Oi — digo e coloco um braço em seu ombro e a conduzo até o carro —, e então, como foi seu primeiro dia na escola?

Minha empolgação é ridícula, mas o que mais eu posso fazer? Ser negativa e depressiva? Dizer-lhe que, na verdade, tudo está horrível?

Kirstie senta na cadeirinha e fica olhando pela janela, para as águas das marés cinzentas de Sound e para os brilhos rosados e alaranjados de Mallaig, com seu porto, sua estação de trem e seus símbolos de libertação e de civilização e o continente, agora a distância. A escuridão do inverno já dominava o cenário, às três e quinze da tarde.

— E então, querida, como foi na escola?

Ela continua olhando pela janela.

— Querida? — insisto.

— Nada.

— Hã?

— Ninguém.

— Oh, certo.

O que isso quer dizer? *Nada* e *ninguém*? Ligo o rádio e canto junto com uma música animada, enquanto sinto um breve impulso de conduzir o carro direto ao Loch na Dal.

Mas eu tenho um plano e vamos colocá-lo em execução. Só precisávamos chegar ao barco e, depois, à ilha.

E então farei aquilo que tanto temo fazer.

Aquela coisa horrorosa e terrível.

10

O barco está lá, esperando, amarrado ao cais que se estende ao longo do estacionamento de Selkie. O farol e a casa parecem inocentes a distância, brancos e encantadores na escuridão, ainda que modestos, emoldurados pelas montanhas de Knoydart. Estaciono o Ford.

Preciso de quatro ou cinco partidas para ligar o motor de popa. Eu costumava levar dez. Estou me acostumando e já estou conduzindo melhor o barco, até já consigo dar os nós.

Kirstie senta do outro lado do bote, seus olhos um pouco vermelhos, mas parece calma, olha primeiro para mim e depois para as praias rochosas de Salmadair, enquanto atravessamos pela brisa gelada. Os cachos suaves do seu cabelo se movem com o vento. Ela está tão bonita, seu perfil emoldurado pelas águas! Eu a amo tanto! Minha garotinha. Eu a amo porque ela é Kirstie e eu a amo porque ela me faz lembrar de Lydia.

E é claro que parte de mim quer minha pequena Lydia de volta. Parte de mim se alegra diante desta ideia. Sentia falta de Lydia intensamente: da forma como sentávamos juntas e líamos por tardes inteiras; da forma como, às vezes, apenas ficávamos sentadas, juntas, tranquilas, mas felizes. Kirstie sempre ficava saltitando ao redor, inquieta. A suposição de que Lydia poderia ter voltado dentre os mortos é uma espécie de milagre. Aterrorizante, mas um milagre. Talvez todos os milagres sejam assustadores. Mas se eu tenho Lydia de volta, se esta, que está aqui, agora, é realmente Lydia então, Kirstie morre.

O que estou pensando? Esta é Kirstie. E eu estou prestes a provar. Do modo mais cruel. Mas era a única forma de comprovar.

— Por que o nome daqui é Salmadair, mamãe? — pergunta Kirstie, por entre o vento cortante.

Um bom sinal. Uma conversa normal.

— Acho que significa ilha dos salmos, meu amor, porque havia um convento aqui.

— Quando, mamãe? O que é um convento?

— Convento é o lugar onde as freiras oram. Elas costumavam rezar aqui há muitos anos, há uns mil anos!

— Antes de sermos um bebê?

Ignoro a confusão sintática e concordo acenando a cabeça.

— Sim, bem antes disso.

— Agora não tem mais freiras lá?

— Não. Você está com frio?

O vento balança muito seus cabelos, seu casaco rosa está aberto.

— Não, está tudo bem. O vento está jogando meu cabelo no meu rosto, mas eu gosto de cabelo no meu rosto.

— Ok. Já estamos quase chegando.

Uma foca surge à direita, do nada, olhando para nós com aqueles olhos tristes, órfãos e circunspectos. Em seguida, fazendo um ruído desagradável, mergulha novamente e desaparece. Kirstie sorri, banguela.

As ondas do Sleat nos conduzem suavemente para a praia sob o farol. Eu arrasto o bote, enquanto ainda há luz suficiente, para além das pedras, onde havia um salmão morto apodrecendo, bicado pelas gaivotas.

— Eca! — diz Kirstie, apontando para a carcaça fedorenta do peixe.

Em seguida ela corre até a casa, empurra a porta e desaparece lá dentro. Ouço o latido suave de Beany, cumprimentando-a. Ele costumava latir alto e feliz. Amarro o barco e sigo rumo à casa. A cozinha está gelada. Os ratos, em silêncio. O arlequim dança na parede manchada da sala de jantar. A pedra está em seu lugar para afastar o visom.

Angus não está, pois iria passar a noite em Portree. Estamos sozinhas na ilha e tudo parece muito bem.

Kirstie alisa e acaricia Beany e depois vai para o quarto ler, e eu preparo o jantar na penumbra da cozinha, onde as cestas penduradas no varal de arame balançam à meia-luz, mantendo a nossa comida longe dos ratos. Eu ouço o mar respirando, e parece com alguém fazendo exercícios. A própria calmaria. Antes da tempestade?

Fico chateada com o que estou prestes a fazer.

Talvez devesse ter feito isso há três semanas: eu farei um teste com Kirstie, no qual ela não tem como fingir ou escapar. A ideia me ocorreu nesta manhã, quando vi Lydia gritando na escola, mas só decidi colocar em prática nesta tarde.

Minha experiência contará com a maior fobia da minha filha: seu pavor da escuridão.

Sempre que as gêmeas ficavam com medo, ambas gritavam: mas cada uma de um jeito singular, diferente. Kirstie ficava com a respiração ofegante e, então, berrava, proferindo palavras trêmulas e cheias de horror. Lydia apenas gritava, um grito penetrante, agudo, mas simples, bem alto e cortante como o gelo.

Ouvi tal grito poucas vezes, mas era diferente de qualquer outro. Provavelmente por isso pensei neste teste. Uma dessas ocasiões foi quando tivemos um corte de energia em Camden. Isso foi há mais de dois anos, mergulhando as gêmeas na total escuridão: aquilo que mais temiam.

Quando isso aconteceu, as duas tiveram a reação de medo instantânea, mas Kirstie ficou com a respiração ofegante e gritou, e Lydia emitiu um grito pavoroso.

E, agora, desencadearia essa fobia deliberadamente, prendendo-a na escuridão súbita para avaliar sua reação, que será algo instintivo, um reflexo, ela não será capaz de falsificar ou manipular, e, então, eu saberei a verdade. Meu plano é cruel e me deixa atordoada de tanta culpa, mas eu não vejo outra alternativa. Permitir que a dúvida continuasse é ainda mais cruel.

Preciso fazer aquilo ou serei dominada pela dúvida e me odiarei.

Kirstie olha para mim, assim que entro em seu quarto. Parece muito triste. Ela tinha transformado aquele aposento gélido em algo mais semelhante a um lar, colocando seus livros em uma prateleira e suas fotografias de piratas nas paredes. Mas ainda é um quarto solitário, sem a presença de sua irmã gêmea. O rádio está tocando One Direction. Há uma cesta de vime cheia de brinquedos, mas ela quase nem mexeu neles. Apenas o leopardo em sua cama. As duas irmãs amavam o leopardo. Talvez Lydia o amasse um pouquinho mais.

Seus olhos tristes são insuportáveis.

— Querida — começo hesitante —, conte-me como foi o seu dia na escola.

Silêncio.

— Teve um bom dia? Seu primeiro dia? Conte-me sobre seus professores — tento novamente.

Mais silêncio, mais One Direction.

Ela fecha os olhos e eu espero, e espero, como se soubesse o que ela irá me dizer.

— Ninguém quis brincar comigo, mamãe — fala, com uma voz muito baixa.

Meu coração se parte.

— Oh, puxa vida...

— Eu fiquei perguntando para as crianças, mas ninguém queria brincar comigo.

A dor estava queimando dentro de mim. Eu quero abraçar a minha filha, protegê-la.

— Tudo bem, querida. É só o seu primeiro dia, meu amor, isso acontece.

— Daí brinquei com a Kirstie.

Acariciei seus cabelos delicadamente enquanto meu coração dispara.

— Kirstie?

— Ela brincou comigo, como sempre.

— Certo.

O que eu faço? Fico furiosa? Choro? Grito? Explico que Lydia está morta e que ela é Kirstie? Talvez nem eu mesma saiba qual delas está morta.

— Mas, quando eu estava brincando com a Kirsti-ul...

— Sim?

— Todo mundo riu de mim, mamãe. E aquilo... aquilo me fez chorar, todos estavam rindo.

— Porque você estava, na verdade, brincando sozinha?

— Não! Kirstie *estava* lá! Ela estava lá! Ela está aqui! Ela está aqui!

— Querida, ela não está aqui, ela está...

— Ela está o quê?

— Kirstie, sua irmã... ela... ela...

— Pode falar, mamãe, pode falar, eu sei que ela está morta, você me disse que ela está morta.

— Meu amor...

— Você fica dizendo que ela está morta, mas ela vem brincar comigo, ela estava aqui, estava na escola, ela *brinca* comigo, ela é minha *irmã*, não faz mal se ela está morta, *ela ainda está aqui*, ainda está aqui, eu estou aqui, nós estamos aqui. Por que você continua dizendo que estamos mortas, quando nós não estamos, nós não estamos, *não estamos*.

Seu discurso choroso termina em raiva com lágrimas ruidosas. Kirstie se afasta de mim, engatinha até o outro lado da cama e esconde o rosto corado e quente no travesseiro. Estou desolada. Sento aqui, patética, a Mãe Terrível. O que eu fiz para a minha filha? O que eu ainda estou fazendo? O que eu estava prestes a fazer?

Será que eu deveria ter ignorado sua primeira confusão em Londres? Se eu não tivesse levantado qualquer suspeita, se eu não tivesse insistido que ela era Kirstie, ela poderia ter continuado a ser a Kirstie. Mas agora eu tinha que fazer *isso*.

Péssima mãe. Malvada.

Espero alguns minutos para sua raiva passar. No rádio, outra música pop: "The Best Song Ever". E, em seguida, Britney Spears.

Finalmente, coloco a mão no tornozelo de Kirstie.

— Querida.

— O quê? — responde e se vira para mim com os olhos ainda vermelhos, mas mais calma.

— Kirstie?

Ela não vacila ao ouvir o nome. Agora eu tenho certeza de que ela é Kirstie. Minha Lydia está morta.

— Kirstie, vou até a cozinha, só um minutinho, pegar alguma coisa quente para beber. Você quer alguma coisa? Alguma coisa para beber?

— Suquinho — responde ela, olhando para mim, sem expressão.

— Ok! Leia seu livro que já trago a bebida para nós.

Kirstie parece concordar. Ela estende a mão para pegar *O Diário de um Banana* e, enquanto isso, eu calmamente fecho as cortinas de modo que nenhuma frestinha de luz possa passar, o que não é difícil, pois a lua está coberta pelas nuvens e não há iluminação pública em Torran.

Então, tão discretamente quanto possível, abaixo até o chão, como se quisesse juntar brinquedos, mas, secretamente, estou desligando seu abajur.

Kirstie nem percebe, está lendo. Seus lábios se mexendo, ligeiramente. Lydia costumava fazer isso.

Agora só resta uma última tarefa: desligar a luz e fechar a porta. Kirstie mergulharia na escuridão total, engolida pelo seu pior medo. Meus próprios olhos marejam em lágrimas enquanto caminho até a porta.

Consigo fazer isso? Preciso fazer isso!

Rapidamente, encosto no interruptor e apago a luz, saio do quarto de Kirstie e fecho a porta. O corredor também está sombrio, mal iluminado pela luz que vem da sala. O quarto de Kirstie está imerso na escuridão total.

Espero.

Meu peito queima pela culpa.

Oh, meu bebê, Kirstie, desculpe, desculpe.

Quanto tempo demorará para ela gritar?

Não muito.

Com certeza, não muito.

Três segundos depois que fechei a porta, ela grita: um grito alto, estridente, um grito característico, fino e agudo, capaz de partir algo em dois. É inconfundível e aterrorizante, cortante e singular.

Abrindo a porta, acendo a luz e corro até a minha filhinha confusa e desesperada, chorando em sua cama.

— Mamãe, mamãe, mamãe...!

Estou embalando-a em meus braços, apertando-a de encontro ao meu peito.

— Desculpe, querida, desculpe, por favor, eu esqueci, eu esqueci a luz, desculpe, desculpe, lamento tanto, desculpe, desculpe.

Mas, em meio à minha dolorosa culpa, há apenas um pensamento terrível.

Foi Kirstie quem morreu.

Lydia está sentada aqui.

Cometemos um erro, catorze meses atrás.

11

Angus me liga na manhã seguinte. É sábado. Ele quer que eu vá buscá-lo no cais de Selkie às cinco da tarde.

— Mas estará escuro!

Ele mal consegue me ouvir com aqueles ruídos estáticos da nossa linha telefônica corroída pelo mar.

— O quê? Sarah? O quê?

— Já não estará escuro, Angus?

— Lua cheia — ele responde, eu acho.

A linha cai.

Olho o relógio: onze horas da manhã. Em seis horas terei que encontrar meu marido em Ornsay e lhe contar que cometemos um erro gravíssimo, que Kirstie está morta e Lydia está viva. Como ele reagirá? Será que acreditará em mim?

Saio da cozinha, piso nas pedras rachadas da calçada e olho para o leste, para a torre branca do farol, o mar e as montanhas Knoydart cobertas de neve logo atrás. Por alguma razão, aquela vista do farol — sua mera existência — sempre me conforta e me acalma. Um farol tranquilizador, sereno e reservado, piscando a cada nove segundos à noite, sinalizando ao mundo: estamos aqui. Angus, Sarah e *Lydia* Moorcroft. Nós três.

Lydia brinca sozinha, com as novas botas azuis de borracha, entrando nas rasas piscinas naturais, procurando algum peixe pequeno ou ouriços do mar. Parece tão fácil chamá-la de Lydia. Ela é Lydia. Lydia está de volta. Kirstie morreu. Eu estou de luto pela segunda vez, embora em silêncio e dominada por uma culpa exultante. Lydia voltou do crematório. Minha segunda filha, a que ama as piscinas naturais, a que ama ver os ouriços do mar, observando sua suave e delicada contração, está viva, de novo.

Lydia se vira, olha para mim e, em seguida, corre pelo declive de capim salgado até a cozinha para me mostrar algumas conchas que pegou.

— Que lindas!

— Posso mostrar ao papai?

— Claro que pode, Lydia, claro que sim!

As conchas estão molhadas e cheias de areia, mas dá para ver sua coloração azul estriada, desvanecendo para o amarelo e o creme. Eu as lavo no esguicho duvidoso da torneira e as devolvo.

— Guarde-as com cuidado, papai vem para casa mais tarde.

Quando troco suas botas pelo tênis, ela corre para o quarto, feliz. Com calma, preparo uma sopa para dissipar meus pensamentos ansiosos: costumamos tomar muita sopa, é fácil de esquentar nesse pesadelo de cozinha. Posso congelar e depois reaquecer no micro-ondas para os momentos em que a ideia de cozinhar de verdade não me anima.

O tempo passa sem maiores problemas. São quatro e meia da tarde e o anoitecer já domina o panorama quando espio pela porta de Lydia e a chamo para irmos buscar seu pai em Selkie.

Ela fica lá, parada, com sua calça rosa e seu tênis rosa com luzes brilhantes no calcanhar, no seu quarto gelado, balançando a cabeça negativamente.

— Mas papai quer te ver.

— Nnã, não quero ir.

— Lydie-lo. Por que não?

— Porque não. Porque não. Agora não.

— Lydia, você ficará sozinha na ilha!

Parece tão fácil chamá-la de Lydia. Talvez eu soubesse, inconscientemente, que era Lydia, o tempo todo.

Lydia sacode a cabeça.

— Não faz mal!

Não havia sentido em brigar com a minha filha nesta tarde, já estava preocupada demais em relação ao confronto com Angus. E Lydia estaria segura em Torran, a não ser que fugisse. É uma ilha. A maré está baixa. Eu sairei apenas por 30 minutinhos. Ela tem 7 anos e já pode ficar sozinha em casa, em segurança. Não temos varandas.

— Certo, mas então venha cá. Prometa-me que vai ficar em seu quarto, ok?

— Prometo.

Dando-lhe um abraço, fecho os botões do seu cardigã azul, beijo seu cabelo com cheiro de xampu e ela volta, obediente, para o quarto.

A escuridão tinha se intensificado e envolve toda a ilha. Pego uma lanterna para enxergar o caminho até à praia iluminada pelo farol, onde eu arrasto o barco pelas rochas entremeadas por gramíneas. Desatando as cordas, puxo a âncora a bordo, como se fosse um pequeno corpo que eu esperava jogar fora, escondendo-o nas águas de Sound.

Parece que Angus estava certo: a noite está clara e calma, e a lanterna é desnecessária, a lua está grande e brilhante, dando luminescência às águas.

E lá está ele: o meu marido, esperando no cais de Selkie, com as luzes do bar logo atrás. Ele usa um jeans escuro e um pulôver em decote V com uma camisa xadrez um mix da vida na ilha com seu trabalho como arquiteto. Ele parece energizado, sorridente, talvez feliz por causa do seu primeiro dia em um trabalho decente há tempos.

— Oi, marinheira linda, bem na hora!

Angus desce os degraus, entra no bote e me beija. Tinha cheiro de uísque, mas não muito. Talvez uma dose no Selkie, apenas para aquecer.

— Como está Kirstie?

— Ela está...

— O quê?

— Nada. Nada.

O motor Yamaha corta as águas geladas, negras e enluaradas enquanto voltamos por Salmadair. A mansão do bilionário está escura e vazia. Os abetos negros a protegem, legiões deles.

— Sarah?

O barco passa, em segurança, pela trilha costeira de algas marrons. A luz do luar nos guia até a casa do farol. Lydia nos ouve e vem correndo do seu quarto para entregar ao pai as conchas que encontrou.

— Oi, meu amor, que lindas! Nossa, são muito bonitas! Obrigado! — afirma ele, pegando as conchas com suas grandes mãos.

Angus se inclina e dá um beijo na sua pequena testa pálida. Então, ela corre de volta para o quarto, passando pela pintura da mulher escocesa de um clã.

Peço que Angus sente à mesa de jantar e preparo um chá para nós. Ele está muito quieto, como se já esperasse algo importante. Será que ele já suspeita? Claro que não!

O mais calma possível, puxo a cadeira e sento à sua frente.

— Preciso falar com você.

— Ok.

— Não foi Lydia quem caiu da sacada, foi Kirstie. Cometemos um erro. A criança naquele quarto, nossa filha que sobreviveu, é a Lydia — falo, após uma respiração profunda.

Ele não diz nada. Ele bebe um gole de chá, seus olhos castanhos fixos nos meus, sem piscar, ávidos, como um predador, observando.

Sinto uma súbita sensação de perigo. Sentindo-me ameaçada, como naquele ático. Minha infância vem à tona.

— Eu... eu...

— Sarah, calma — pede, olhando bem no fundo dos meus olhos, nervoso e cismado —, explique melhor.

— Eu apaguei as luzes do quarto dela para fazê-la gritar.

Seu rosto se contorce.

— Você fez o quê?!

— Lembra como as gêmeas gritavam de forma diferente quando estavam realmente com medo quando surgiu a fobia? Lembra? Quando houve o apagão? Então, fiz isso de novo. Eu a deixei na escuridão. Sim, eu sei, isso foi horrível, mas... sinto uma culpa enorme — apresso- me em dizer —, mas é uma situação em que ela não poderia fingir, não é? Aquele grito foi um reflexo do medo, um instinto, então... então... foi isso! Quando se viu no escuro, ela gritou como a Lydia. Então ela é Lydia! Só pode ser!

Ele toma mais um gole do chá quente.

Eu gostaria que ele falasse algo. Ou não. Que agisse de qualquer forma. Que chorasse, gritasse, fizesse alguma coisa. Que reagisse.

Mas tudo que consigo é este olhar ameaçador.

— Só isso?! Um grito? Um grito é a sua única prova? — diz, após beber mais chá.

— Não... não é só isso... meu Deus, tem muito mais.

— Ok. Então me conte tudo. Com calma. O que mais tem?

Angus envolve a xícara com suas grandes mãos, com força. Toma mais um gole, seus olhos nunca deixando os meus.

— Fale, Sarah. Conte-me tudo.

Ele tem razão, ele precisa saber de *tudo*. E então, como alguém que se livra de uma noite de álcool, coloco para fora tudo que há em mim. Sem mentiras e evasivas, libero toda a verdade e conto sobre o comportamento do cão, as questões de alfabetização, a mudança de amigos, a birra na escola, as semanas de estranheza, a forma como a nossa filha agora só quer ser chamada de Lydia. E lhe conto sobre a viagem para a consulta com Kellaway, em Glasgow, e como ele me convenceu, por um momento, de que eu estava errada, mas, em seguida, as dúvidas voltaram, mais persuasivas e convincentes.

— Ela é a *Lydia* — concluo, olhando para o meu marido que me fita fixamente.

Ouço o ranger dos seus dentes em sua mandíbula, sob a barba por fazer.

— Nós... eu... errei, não sei bem o porquê, Gus, se foi apenas aquela única frase, depois do acidente. Talvez eu tenha me precipitado, talvez Lydia estivesse confusa — lembre que elas estavam trocando identidades o tempo todo, sempre brincando disso naquela época, com aquelas bobagens de usarem roupas iguais e o mesmo corte de cabelo. Lembre-se de tudo aquilo e, depois, do acidente, quem sabe, talvez *houvesse* alguma telepatia quando Kirstie estava no hospital, não há como termos certeza se havia alguma relação entre suas mentes, da mesma forma que se relacionavam no berço, dormindo na mesma cama, uma sugando o polegar da outra.

Angus continua calado durante meu solilóquio, mas ele segura a caneca com tanta força que eu consigo ver o esbranquiçar das juntas das suas mãos, devido ao esforço que faz, como se fosse jogar a caneca em meu rosto. Ele está com muita raiva e pode ser violento. Eu estou assustada, mas não muito. Angus vai me bater, jogar a caneca do Castelo de Edimburgo em meu rosto. Eu estou lhe dizendo que sua gêmea favorita está morta e que a minha tinha ressuscitado.

Mas não importa. Eu tenho que falar.

— A menina, naquele quarto, é Lydia. Não é a Kirstie. Nós cremamos Kirstie, Lydia ainda está viva.

Agora sim, lá vem, uma reação.

Angus toma o último gole do seu chá e coloca a caneca na mesa manchada. A lua está branca e arrepiante lá fora, eu a vejo pela janela. Desafiadora.

— Sei que é Lydia — fala ele, finalmente.

Olho para ele, petrificada.

Ele encolhe os ombros diante do meu espanto. Ele também está tenso.

— Percebi isso já há algum tempo.

Fico boba.

Ele suspira profundamente.

— Acho melhor modificarmos a certidão de óbito.

Meu silêncio é doentio.

Angus se levanta e vai até a cozinha. Há barulho de panelas e pratos nas prateleiras. Beany entra na sala de jantar, para e olha para mim, suas garras compridas tinham arranhado o chão gelado. Precisamos de um carpete aqui ou vários tapetes. Tudo é tão vazio, frio e difícil.

Não sei como encontro forças para reagir. Vou até a cozinha, onde Angus está lavando as xícaras sob o jato de água que cai da torneira na grande pia de cerâmica. Nossa água esguicha, ora com força, ora parando, como a chuva de uma tempestade transbordando por uma calha. Os dedos grossos do meu marido lavam e limpam as xícaras obsessivamente.

— Josh e Molly nos convidaram para jantar na próxima quinta-feira. Eles vão receber alguns amigos de Londres, haverá um grande casamento em Kinloch.

— Angus.

— E também ouvi algumas boas notícias no Selkie. Parece que vão instalar uma antena móvel de celular, atrás de Duisdale, o que nos permitirá alcance de sinal. Não teremos mais que dirigir até aquele maldito morro.

— Gus!

Suas costas estão propositadamente viradas para mim enquanto ele lava a louça. Ele está olhando pela janela escura da cozinha, que dá para o continente, além das planícies da maré e da série de colinas baixas e uniformes atrás de Selkie, um horizonte do mais profundo azul em contraste com as estrelas e a bruma.

Mas eu consigo ver seu rosto refletido no vidro da janela por causa das luzes da cozinha. Ele não se dá conta. Eu vejo a intensa ira em seu bonito rosto, dominado pela raiva reprimida.

Por quê?

Ele me pega olhando para ele, e a expressão de raiva some bem depressa. Em seguida, ele coloca a caneca no escorredor de louças e se vira, pegando o pano de pratos e secando cuidadosamente os dedos.

— Há uns seis meses — finalmente fala, fazendo uma pausa ao largar o pano em cima da geladeira e olha para mim, novamente —, Lydia veio me contar que era Lydia. Que Kirstie tinha morrido. Que estávamos errados. Que você entendeu errado. Que todos nós tínhamos entendido tudo errado.

O cão está na cozinha, choramingando, sem razão aparente. Talvez sentindo a tensão? Angus olha para Beany e tenta acalmá-lo, acenando com a cabeça.

— Também percebi o cachorro. Seu comportamento diferente com Lydia.

— Beany? Você...

— Então, juntando as coisas... pensei... enfim... pensei que Lydia poderia estar certa. Ou, ao menos, dizendo a verdade. Por isso peguei aquele brinquedinho.

— Ela pediu o brinquedo?

— Não.

— Não? Como assim? Não entendo...

— Foi um teste, Sarah. Só um teste, como você fez.

Fico parada. Ouço os ratos na despensa. Por que Beany não os mata? O cão anda triste, moroso, deprimido, com medo.

— Como assim? Que tipo de *teste*?

— Para ver como ela reagiria. Para testar Lydia. Ou testar Kirstie. Para ver se ela reagiria de modo estranho diante do seu próprio brinquedo, o brinquedo de Lydia.

— E funcionou?

— Funcionou! Peguei o dragãozinho sem ela saber. Tirei-o da caixa do sótão e o misturei com todos os outros brinquedos. E fiquei olhando, sem que ela soubesse, para ver como reagiria.

— Você ficou observando escondido?

— Sim! E, assim que ela viu o dragão lá, o pegou imediatamente. Foi tão evidente! Ela preferiu o brinquedo de que Lydia mais gostava. Foi um ato muito espontâneo, mas também categórico.

Mas é claro! Agora eu entendo. A lógica é evidente e gratificante. Aquele é Angus, coerente e sensível, brilhante e criativo: um construtor, alguém capaz de resolver um problema. Ele pensou em fazer um teste sutil com a nossa filha, com um brinquedo. Bem menos angustiante do que o meu.

— Mas, se você já sabia de tudo ou suspeitava, então você concorda? Você realmente acha que é Lydia?

Angus se inclina para trás, apoiando as mãos na borda da pia enquanto olha para mim. Desafiador ou, talvez, com desprezo? Ou é apenas a minha imaginação? Minha confusão é um redemoinho, e eu estou me afogando.

— Mas, Gus, por que não me contou, *na época*?

— Não quis te chatear. Não tinha certeza absoluta.

— Não quis me chatear? Meu Deus!

— O que você queria, Sarah? O que você queria que eu fizesse? Você ainda nem tinha superado, nem tinha superado a morte de Kirstie. Queria que eu chegasse e dissesse: "Ah, então, você entendeu tudo errado no acidente! Confundiu a filha". Por favor, Sarah! Como eu faria isso? Para piorar seu sofrimento?

Sua feição carrancuda fica mais suave. Não chega a sorrir, mas não é mais uma expressão furiosa. Angus balança a cabeça e, assim que o faz, vejo um brilho em seus olhos, a umidade da emoção. Não chegam a ser lágrimas, mas quase. E eu fico triste por ele do mesmo modo que estou triste por todos nós. Deve ser muito difícil para ele lidar com tudo sozinho. E eis-me aqui, acusando. Durante meses, ele conviveu com um fato desesperador da melhor maneira que conseguiu. E ele perdeu Kirstie, quando pensou que tinha perdido Lydia.

— Então, ela é Lydia? — pergunto.

— Sim. É o que ela acha, e parece que é verdade. Não temos muito o que fazer. É Lydia, Sarah. Kirstie morreu. Lá. É isso. Pronto.

Ele engole sua emoção e abre os braços, do outro lado da cozinha, chamando-me. Meu coração pede que eu me renda. Já estou cansada dessa hostilidade sempre reascendendo entre nós. Precisamos nos unir, ser uma família e seguir em frente juntos. Lydia Moorcroft e seus pais. Cruzo a cozinha e me aninho em seu abraço, descansando meu rosto em seu ombro.

— Vamos lá! Vamos jantar. Você, eu, Lydia e Beany, o cão inútil — diz ele.

Tento rir e quase consigo. E, assim, vamos até a sala. Angus faz uma bela fogueira e eu preparo um espaguete.

— Lydia, Lydie-lo! — chama Angus, do corredor, em direção ao quarto de Lydia.

Ela vem correndo. E este é um momento, um daqueles momentos — quando ela o abraça o mais forte que consegue, na altura de sua cintura, e ele desarruma seus cabelos loiros, e beija a sua cabeça dizendo: Lydia, Lydia —, e eu entendo o porquê daquilo.

Ele a chama de Lydia, eu a chamo de Lydia, ela acha que ela é Lydia. Ela é Lydia. Pronto!

Como é fácil mudar de identidade.

Fácil demais?

Precisamos oficializar. Não basta mudar um nome pelo outro, uma identidade pela outra, como se fosse uma atividade cotidiana. Teremos que fazer algo sério e simbólico. Talvez um funeral. Sim, certamente um funeral. Minha filha Kirstie está morta e o fato precisa ser honrado apropriadamente.

Mas aquilo pode esperar. Neste exato momento, eu quero que esta noite seja uma decisão, um ponto final, uma espécie de catarse para nós. E assim é, desde o instante em que eu tinha preparado o jantar e Angus termina de lavar a louça, de novo, e Lydia está brincando com Beany no tapete diante da reluzente e confortante lareira.

Depois, eu me lembro da expressão de Angus refletida na janela. Ele estava nervoso. Havia uma profunda e violenta ira ali. Era como se ele tivesse descoberto um terrível segredo e me odiasse por isso; mas que segredo era esse?

Meu marido vai até a sala e se agacha em frente à lareira.

Eu o observo enquanto ele mexe no fogo, reorganizando os gravetos, abanando até a chama tomar corpo, surgindo uma tonalidade vermelha entre as toras de madeira carbonizadas e fazendo voar faíscas douradas. Ele é másculo. O homem e o fogo. Eu gosto da virilidade de Angus: alto e moreno, um clichê sexy.

Mas ainda há algo estranho no que ele tinha dito. Ele iria deixar Lydia continuar sendo Kirstie, possivelmente para sempre, apenas para não me magoar? Sério? Aquilo faz sentido? Sei que fiz o mesmo com ele, mas foi apenas por algumas semanas, e eu sempre tive a intenção de lhe contar no momento certo. Será que ele permitiu que isso continuasse só porque ele preferia a Kirstie? Por isso não falou nada? Ainda assim, parecia bizarro e errado.

Angus senta ao meu lado no sofá e coloca um braço sobre meus ombros. Novamente aquele momento perfeito, ou quase. Nós três, uma família. No aconchego da nossa casa, que agora já é meio habitável, o banheiro está rebocado, metade das paredes pintadas. A cozinha ainda me irrita, mas está limpa e dá para usar. E aqui estamos: o cachorro, a filha, a brilhante noite fria lá fora, o piscar do farol, em sincronia com todos os outros faróis ao longo da costa solitária, de Hyskeir e Waternish até Chanonry e South Rona.

É exatamente com isso que eu sonhava todas aquelas noites, olhando a tela do *laptop* e as imagens cristalinas de Eilean Torran, com a casa à beira-mar. Todo o resto e tudo o mais estavam perdoados ou esquecidos.

Mas eu tinha que me esforçar para não recuar ao toque do meu marido. Sinto que Angus sabe de mais alguma coisa e não quer me contar. E, independentemente do que é, deve ser muito ruim para ele ter mentido por tantos meses, catorze talvez, e continuar mentindo.

Ou talvez eu deva me controlar e deixar as coisas fluírem.

O fogo estala. Lydia brinca. Nosso melancólico cachorro ronca e sonha, seu focinho tremendo. Angus lê um grande livro de um arquiteto japonês de igrejas de concreto chamado Tadao Ando. Eu saboreio um pouco de vinho e bocejo, com um pouco de sono, mas ainda tenho algumas coisas a fazer antes de dormir. Preciso arrumar o material escolar de Lydia.

Vou ao meu quarto e acendo a fraca luz. Há um papel dobrado em cima da cama. Um bilhete?

Meu coração dispara. Na parte de cima do bilhete há letras grandes de criança.

Para Mamãe.

Meus dedos estão tremendo — e eu não sei ao certo por quê — quando abro o bilhete e leio. Agora, meu coração também treme.

Mamãe. Ela está aqui, conosco. Kirstie.

12

Angus estava sentado no quarto, esperando Sarah se arrumar para o jantar na casa dos Freedland. Houve um tempo em que tal momento era um interlúdio sensual: sua esposa se viraria, pedindo-lhe para fechar a parte de trás do seu vestido; ele seria compelido a beijar seu delicado e alvo pescoço e então sentiria seu perfume, *de um lado, de outro...*

Agora ele tinha que resistir ao impulso de sair correndo dali, ou pior. Durante quanto tempo ele conseguiria fazer isso? *E agora ele tinha que fingir que Kirstie era Lydia.*

Sua esposa calçou os sapatos, quase pronta. Angus observou os belos músculos de seus ombros, revelados pelas costas nuas do vestido, enquanto ela se curvava para ajustar a meia-calça. A maciez da sua pele, acima do seu quadril, a beleza sutil, ainda resplandecente. Ele ainda a desejava, mas agora não havia mais sentido.

Talvez, com o tempo, pudesse convencer a si mesmo de que Kirstie era Lydia. Ele achava que já sabia de tudo, que tinha entendido tudo, mas *havia* algo estranho. Kirstie estava diferente, ela *estava* agindo feito Lydia. O cachorro *estava* se comportando de forma bizarra e diferente. E ele acreditou no que Sarah disse sobre o grito. Será que Angus também se enganara?

Não, isso era tolice. Ele estava se perdendo naqueles pensamentos, um labirinto sem saída.

— Posso ir buscar a Lydia? — perguntou sem rodeios. — Angus? Ei? A Lydia! Precisamos que Lydia esteja pronta! Agora. Você pode fazer isso, por favor?

Suas instruções foram objetivas e calculadas. Como tudo que ela dizia ultimamente. Era como se houvesse nas entrelinhas *sabemos que estamos vivendo um pesadelo, mas precisamos tentar. Ou fingir.*

— Sim, certo.

Ele foi em direção ao quarto de Kirstie. Não, foi em direção ao quarto de Lydia. Ele tinha que fingir que era Lydia. Por enquanto precisava começar a acreditar que era Lydia, para manter a estabilidade da família. Era como aprender um novo idioma, era preciso pensar nesse idioma.

Angus bateu e abriu a porta.

Sua garotinha já estava pronta, desconfortavelmente, com um vestido de festa e sandálias de lantejoulas, em pé, ali, no meio do quarto. Calada e solitária. Por que ela estava agindo assim? O comportamento da sua filha o irritava cada vez mais. Sentiu novamente um formigamento de pânico. O tempo estava passando. Ele tinha que salvá-la desta loucura, mas não sabia como.

— Será que tem outras crianças lá, papai?

— Talvez — mentiu ele —, acho que Gemma Conway tem filhos.

— Gemma quem?

— Conway. Você vai gostar dela. Ela é uma pouco esquisita, mas sabe tudo sobre tudo...

— Não é verdade, papai, ninguém sabe tudo sobre tudo, só Deus, talvez, e nem sei se ELE é tão inteligente assim para saber tudo...

Angus olhou para a filha. Aquilo era novidade. Aquela conversa sobre Deus. Onde ela teria aprendido? A Escola Kylerdale era de uma igreja da Escócia, mas não parecia ser do tipo que misturava as coisas. Talvez ela tivesse feito novos amigos religiosos. O povo das Hébridas era bem devoto em alguns locais; eles ainda trancavam alguns campos de jogos durante o Sabá em Lewis.

Foi então que se lembrou de que sua filha não tinha amigos. Ela vivia dizendo "Papai, ninguém quer brincar comigo".

Aquilo lhe cortara o coração, pois não era de admirar que ninguém quisesse brincar com ela, todas as outras crianças deviam achar que ela era louca. A menina com a irmã morta que ressuscitou. Uma aberração.

E tudo por culpa da mãe. Será que ele conseguiria perdoá-la algum dia? Ele sempre a perdoava, várias vezes. Ele precisava amar e perdoar Sarah mais uma vez, mas não sabia se conseguiria.

Por muitas vezes, ele sentiu o violento sentimento oposto ao amor.

— Certo! Vamos! — gritou ele no corredor. — Sarah? Sarah!

— Estou pronta!

Os três se encontraram na cozinha. Angus pegou a lanterna e conduziu sua pequena família pelo caminho de seixos da praia do farol, onde subiram a bordo do bote e seguiram por Sound até Selkie.

Era uma noite fria, clara e nítida. As estrelas estavam perfeitamente refletidas nas águas do canal, sem ondas no mar. Knoydart se assemelhava a uma fileira de mulheres de burca preta em um horizonte carmesim muito escuro, e os braços de mar brilhavam sob a lua.

Angus atracou o barco no cais de Selkie, onde as velas dos outros barcos sob o vento emanavam um som de boas-vindas.

A breve viagem de carro até a casa de Josh foi silenciosa, cada membro da família olhando por uma janela diferente, para uma escuridão diferente.

Ele imaginou se deveria ter cancelado tal compromisso social, considerando os horrores da desorientação de sua filha, considerando *toda a situação*. Mas Sarah insistiu que era preciso continuar com a rotina normal. Mesmo se tivessem que fazer um esforço enorme precisavam fingir que estava tudo bem, como se isso pudesse, magicamente, fazer com que as coisas ficassem bem.

Então, lá estavam eles, em um simulacro de bonitas roupas de Londres, entrando naquela imensa casa e lá, naquela enorme cozinha com panelas caras de cobre, estava Molly. Rindo ao lado do fogão Aga, a sra. Bountiful de pé perto das bandejas de canapés. Dois outros casais bebericavam Aperol Spritz em taças elegantes perto da mesa da cozinha e por todos os lugares. Angus sentiu o cheiro de comida decente, algo que ele sentia falta em Torran, por causa de sua cozinha primitiva.

— É só um porco assado, receio — disse Molly, desculpando-se ao pegar seus casacos. — Nada no nível de estrelas Michelin esta noite.

Entraram na sala ampla, com as enormes janelas e a vista preciosa de Sound of Sleat e diversas taças de champanhe espalhadas.

— Eu tenho uma boa bebida: Trentodoc da Ferrari, a verdadeira champanhe italiana, nada desse lixo de prosecco — disse Josh.

— Como você sabe, Josh? Você não bebe há mais de dez anos!

— Posso afirmar apenas pelas borbulhas. Eu ainda posso fazer bolhas.

Todo mundo parecia se divertir. Molly apresentou os casais, gentilmente. Gemma Conway, que Angus já tinha conhecido em Londres, com Josh, e seu marido Charles (rico, londrino, negociante de obras de arte). Em seguida, um jovem casal americano, Matt e Fulvia (ricos, nova-iorquinos, banqueiros). Não havia outras crianças. Os casais estavam ali para o grande casamento elegante em Kinloch, para o qual ele e Sarah não tinham sido convidados.

Angus não se importava com o casamento, estava preocupado com a filha. Sozinha, de novo? Por que nenhuma dessas pessoas ridículas tinha trazido ao menos uma criança? Alguém para ela brincar. Angus conteve sua irritação quando os outros adultos cumprimentaram Lydia, por obrigação, durante cerca de três minutos de evidente tédio e, logo em seguida, voltaram para suas taças de espumante italiano e sua conversa adulta.

Depois disso, sua filha ficou ali, calada e sozinha, com seu leopardo debaixo do braço, e Angus desejava, avidamente, salvá-la daquilo tudo e levá-la dali para viver em Torran. Só os dois. Na ilha de sua família, Eilean Torran.

O lugar ao qual pertenciam. Onde sua avó tinha sido feliz. Onde ele tinha sido feliz junto com o irmão quando crianças. Onde ele poderia viver feliz com sua menininha.

Angus ouviu e viu quando sua filha perguntou à mãe se ela poderia ir ao andar superior jogar videogame.

— Mamãe, por favor, posso jogar no telefone do papai? Tem o jogo da Vovó Nervosa e um monte de outros jogos.

— Mas...

— Por favor, mamãe, eu fico quietinha.

Sarah revirou os olhos, significativamente, para Angus, mas ele não queria forçar Lydia a ficar ali, onde ela se entediaria e, possivelmente, começaria a fazer birra. E ele conhecia bem as suas birras, sabia do que ela era capaz.

Sua filha estava assustada, e ele sabia por quê.

— Ela pode ir, se quiser — sussurrou para Sarah.

Sua esposa acenou com a cabeça e foi pedir para Molly, assim que ela voltou da cozinha. Molly estava corada por causa de sua atividade na cozinha e distraída com seus afazeres.

— Claro! É claro que ela pode subir. Puxa vida, eu gostaria que houvesse mais crianças aqui para Kirs..., hum, hum, para Lydia, para brincar com ela...

Molly fez uma pausa, visivelmente constrangida. Josh fez uma careta para a esposa. Ele e Molly tinham sido advertidos sobre Kirstie-Lydia no dia anterior. O deslize de Molly era perfeitamente compreensível, mas constrangedor. Os outros hóspedes pareciam não saber nada a respeito. Um silêncio confuso reinou pelo ambiente.

— Pois, então, não é por falta de tentativas. Desse jeito, teremos que adotar as malditas lhamas — brincou Josh.

Molly sorriu desconfortavelmente e o momento passou. Houve troca de gentilezas. O casamento foi o tema inicial da conversa, seguido pelo clima. Charles perguntou a Sarah sobre preços de imóveis e valores monetários em Torran e férias nas Maldivas, e como a conversa abordava o estilo classe média surgiu um ressentimento em Angus.

Essas pessoas ricas com suas casas de campo, seus leilões e suas posturas estúpidas, o que é que eles sabem? Essas pessoas nunca tiveram que se preocupar com nada. Por que ele estava ouvindo aquela tagarelice burguesa? Sua avó era uma fazendeira; sua mãe, uma professora humilde; seu pai, um estivador bêbado que batia na mulher, um alcoólatra. Angus *sabia*, mas eles não.

Angus bebeu.

E bebeu.

E ficou cismado. Ficou imaginando se era capaz de continuar com aquilo por apenas mais um minuto. Ele queria sair quando serviram lagostim acompanhado da excelente maionese de Molly e pão fresco.

A comida estava previsivelmente deliciosa. Seu humor estava piorando. Ele queria dizer em voz alta: minha vida não é nada, está caindo aos pedaços, minha filha está louca, e, às vezes, tenho terríveis e graves fantasias desejando ferir a minha mulher porque ela pretende fazer um funeral para uma criança que ainda está viva.

Ele queria falar aquilo, calmamente. Queria ver todas aquelas pessoas abismadas, olhando horrorizadas.

— Precisamos que as taxas de juros continuem a baixar, é claro — disse Angus, em vez disso.

— Oh, e vão. Outro aumento acabaria com o país completamente! Haveria pessoas odiadas em Pall Mall.

Mais vinho foi servido, em abundância. Angus notou que sua mulher estava bebendo demais... na verdade, quase tanto quanto ele.

— Ah, sim, só mais um.

Só mais um, mais um, e mais um.

O prato principal foi leitão caipira com torresmo crocante, molho de ameixas e um vegetal da moda, que ele não conseguiu identificar, e logo a conversa mudou para o tema morte e fantasmas.

Por que diabos eles estavam falando sobre isso. Naquele momento?

Angus foi buscar sua décima taça de vinho. Ele voltou, sentou e ficou imaginando se os seus dentes estariam manchados pelo vinho.

— Chatwin entende disso. Em seu livro australiano, ele afirma que nosso medo de fantasmas, na verdade, é o medo de predadores, de sermos a presa — explicou Gemma Conway.

— Lembro de ter lido que podemos simular fantasmas, ou o efeito fantasma, submetendo outras pessoas a grunhidos subsônicos, que não conseguimos ouvir, o mesmo grunhido usado por predadores para aterrorizar suas presas — disse Molly, deixando seu garfo apoiado no prato.

— Sério?

— Sim, isso foi testado com pessoas. O ruído subsônico não consegue ser captado pelo ouvido, mas nós o ouvimos em nossas mentes; por isso, o pavor é inominável quando as pessoas descrevem experimentos fantasmagóricos!

Experimente se colocar em meu lugar, pensou Angus, tente se colocar em meu lugar e no lugar da minha filha, há uns seis meses, em Camden, se deseja um Pavor Inominável.

Ele olhou para as pessoas da mesa. Sua mulher ainda parecia aflita, engolindo o vinho rapidamente. E estava calada, é claro. Do nada, do passado, pela própria incompreensão, mal conhecendo a si mesmo, Angus sentiu uma inesperada compaixão, uma súbita sensação de fraternidade e mutualidade. Seja lá o que o afastasse de Sarah — e era tanta coisa, tanta coisa —, eles estavam passando por aquele pesadelo juntos. Ele quase conseguia perdoá-la; afinal, ela era sua companheira.

E ele já a tinha amado, muito intensamente.

Mas como era possível? Como ele ainda poderia manter tal sentimento por Sarah enquanto sonhava acordado desejando vorazmente fazê-la sofrer pelo que ela tinha feito? Talvez, quando o casal tem um filho sempre exista uma conexão residual de amor, mesmo que este afunde. Ainda assim, o amor ainda estaria lá embaixo, como um navio afundado.

E quando se compartilha a *morte* de uma criança, há uma ligação eterna. E eles não só tinham compartilhado a morte de uma criança, mas a tinham compartilhado duas vezes, e agora ressuscitavam a outra. Ele e Sarah, ladrões de túmulos. Necromantes. Ressuscitadores de mortos.

Angus estava bêbado e confuso, mas não se importava.

— É por isso que as pessoas ficam assustadas em casas antigas, adegas, igrejas. Esses lugares têm ecos e ressonâncias, timbres do ar, graças à topografia, e estas vibrações de ar causam as mesmas vibrações subsônicas, como predadores rosnando — continuava Molly.

— Quase uma explicação perfeita para fantasmas.

— Todo mundo tem vinho?

— O leitão está muito bom, Molly, você acertou no ponto!

— Dizem que, quando as pessoas são atacadas por gatos, entram em uma espécie de transe, um estado zen.

— Como é que eles sabem? E se os pobres desgraçados foram atacados por tigres? Será que perguntam a eles lá no céu?

— Charles! — brincou Gemma, batendo em seu marido.

— E, se essa teoria estiver correta, isso torna toda a Bíblia uma espécie de rosnado de Deus, ameaçando a todos com a morte! — falou a mulher de Nova York.

— O poder da voz de Jeová. Incendiário! Este vinho é mesmo um Rioja, Josh? Gran Reserva certamente, é fantástico!

— Quero mais vinho, sim — disse Angus. — Obrigado!

Ele encheu sua taça e bebeu a metade em um gole profundo.

— Será que isso refuta a existência de Deus? O fato de poder ser explicado como um medo dos predadores, da morte?

— Eu sempre tive a opinião de que estamos destinados a crer; afinal, as crianças acreditam por natureza, elas possuem uma fé instintiva.

Quando meus filhos tinham 6 anos, simplesmente acreditavam. Agora, que estão crescidos, são ateus. Isso é bem triste — interveio Charles.

— Crianças também acreditam no Papai Noel. E no coelhinho da Páscoa.

Charles ignorou sua esposa.

— Seria a vida uma espécie de corrosão? A pura e verdadeira alma crente de uma criança enfraquecendo, ao longo do tempo, corrompida pelo tempo...

— Você não leu Nietzsche o suficiente, Charles, por isso pensa dessa forma.

— Achei que você tivesse dito que o problema dele era pornografia na internet! — falou Josh, e todos riram.

Josh brincou com seu velho amigo novamente e Gemma fez uma piada depreciativa sobre calorias, mas Angus olhou para Charles, imaginando se ele era, na verdade, realmente inteligente. De vez em quando, aquele irritante negociante de obras de arte londrino dizia algo surpreendente ou diferente que nem todos tinham conhecimento. No entanto, algumas vezes, como naquele preciso momento, Angus queria concordar com aquelas observações com veemência, e se perguntou se Charles, o negociante de obras de arte, fazia ideia do efeito que causou.

— A minha própria morte não é assim, tão intolerável. O problema é a morte daqueles que amo, porque parte de mim morre com eles. Assim, qualquer forma de amor é uma forma de suicídio — complementou Charles.

Angus ficou olhando. E bebendo. E ouvindo. E Josh falava sobre rúgbi com Gemma e Sarah. Angus queria apertar a mão daquele homem, inclinar-se e dizer "Sim, isso é tão verdadeiro, todos estão errados. Por que o ignoram? Tudo que você disse está absolutamente *certo*: a morte daqueles que amamos é muito pior do que a nossa própria morte e, é verdade, qualquer forma de amor é uma forma de suicídio, você destrói a si mesmo, sucumbe, mata algo em si, conscientemente, se realmente amar".

— Vou pegar a Lydia — avisou Sarah, que já estava em pé, ao seu lado.

— Sim, sim. Boa ideia — confirmou Angus, olhando para cima, despertado de seu devaneio, limpando o vinho dos lábios.

Os pratos foram retirados. Angus ajudou. Em seguida, ele voltou carregando pratos para a sobremesa — sorvete de pão preto com uma generosa calda de caramelo. Sua filha, *Lydia*, estava com a mãe, diante da imensa janela escura com vista para Sound.

— Ela quer sorvete? — perguntou Molly.

— Ah, sim, querida, sorvete, o seu favorito! — avisou Sarah, tocando no ombro de Lydia.

Angus ficou observando. Havia algo errado com sua filha.

Lydia estava olhando pela janela escura. A imagem da lua refletida nas águas, as silhuetas de amieiros e abetos. Mas as janelas sem cortinas refletiam também, é claro, a luz dentro da sala: a mesa e as cadeiras, os quadros nas paredes, os adultos e suas bebidas. E a garotinha de vestido parada ali, ao lado da mãe.

Angus percebeu o que estava acontecendo. Tarde demais.

— Saia daqui, vá embora, eu te odeio! — gritou Lydia.

E ela correu para a janela de vidro, com seus pequenos punhos levantados — e o vidro se quebrou, estilhaçando-se em mil pedaços, em um estrondo terrível. E, então, houve muito sangue. Tanto sangue! Sangue demais.

13

Vejo o terror no rosto de Angus e no rosto de Molly, mas seus medos não são nada se comparados ao meu. Sinto que já estive ali antes, em Devon.

Lydia grita de novo, afastando-se da janela quebrada, suas mãos ensanguentadas, inteiramente vermelhas, posicionadas verticalmente no ar, como um cirurgião esperando para colocar as luvas.

Angus e eu nos aproximamos da nossa filha, hesitantes, tremendo, como se estivéssemos nos aproximando de um animal feroz, pois ela recua à medida que avançamos. Mas, enquanto ela recua, Lydia olha para mim, desesperada, como se estivesse com medo *de si mesma*.

— Sim, Maxwell Lodge, no vilarejo Ornsay, a oitocentos metros de Selkie, perto da capela. Sim, sim, por favor, venham depressa, POR FAVOR — ouço Josh atrás de mim, chamando a ambulância.

— Lydia...

— Lydie-lo...

Ela não responde. Ali parada, com as mãos vermelhas, em súplica, ela continua a recuar. Seu silêncio é quase tão terrível quanto o sangramento.

— Meu Deus...

— Lydia...

— Josh, chame a droga da ambulância!?

— Eu chamei, eu, eu...

— Lydia, querida, Lydie...

— Traga um pouco de água, Molly, e ataduras... Molly!

— Lydia, está tudo bem, tudo bem, calma, deixe-me...

— Manheeeeeeeeeeeeeeee. O que aconteceu comigo?

Mesmo ao falar, Lydia continua recuando, com as mãos levantadas, o sangue escorre pelo cotovelo nu, agora pingando no chão reluzente de madeira.

— Por favor, Lydia?

Atrás de mim, Molly surge com uma bacia de água, panos e ataduras, e mais uma vez Angus e eu tentamos nos aproximar de Lydia, de joelhos, acenando com os braços, mas ela recua, cada vez para mais longe, sangrando. Será que ela cortou uma artéria ou são apenas lacerações profundas?

Eu estou ajoelhada em cima de algo duro e pontudo. Vidro.

Fico parada, mas Angus passa rápido por mim, pega Lydia no canto e a segura de encontro ao seu peito. Ela está muito chocada para fugir dele.

— Lave as mãos dela, limpe o sangue, precisamos ver a gravidade dos cortes — grita Angus para mim. — Josh...

— A ambulância está chegando, dez minutos.

— Querida, querida, querida.

Agora, Angus está balançando Lydia para trás e para a frente em seus braços.

— *Shhh, shhh, shhh* — diz ele, confortando-a.

Eu me inclino e começo a limpar o sangue dos seus dedos com os panos frios e o balde de água de Molly. O sangue serpenteia na água como se fosse fumaça vermelha. Com alívio, percebo que os cortes não são tão sérios. Minha filha tinha cortado as palmas das mãos e os dedos, e rasgado a pele em vários lugares, mas não parece ter atingido uma artéria. As feridas não são tão profundas.

Mas há muito sangue, e vários panos ficam encharcados. Molly os tira dali como se fosse uma enfermeira.

— Meu Deus — sussurrava Angus, enquanto a abraça bem firme. — Meu Deus!

Molly traz lenços umedecidos, pomadas e mais ataduras.

— Ei — digo —, Lydia, *querida*...

Ela parece tão vulnerável ali, nos braços do pai, em seu vestido de festa, com aquelas borboletas bordadas em lantejoulas cor-de-rosa. Parece tão jovem e tão frágil. Suas meias brancas e sandálias rosa bebê estão salpicadas de sangue e há uma pequena mancha redonda de sangue em um dos seus joelhos.

O que posso fazer? Eu sei que ela está infeliz, sei que ela é pequena demais para tanta infelicidade. Eu não tinha esquecido o bilhete na minha cama. *Kirstie ainda está aqui*. Por que ela tinha escrito aquilo? O que está inquietando a sua mente? Que tipo de angústia e dúvida? Minha dor luta com o meu medo, que se soma à minha culpa, enquanto eu lavo seus dedinhos e tiro o excesso de sangue.

— Querida... Lydia. O que foi que aconteceu? — tento novamente.

É claro que eu sei o que tinha acontecido. Ou eu posso muito bem deduzir. Ela olhou pela janela e se viu, mas ela viu a imagem de sua falecida irmã. A confusão de identidade a conduzia para locais cada vez mais obscuros.

Sentada no colo do pai, Lydia balança a cabeça e abraça seu pai, bem forte. Ele está acariciando os cabelos dela, suavemente, carinhosamente.

— Nada — responde ela, mas sem olhar para mim.

Continuo limpando as manchas de sangue, que já estão quase acabando. Meus próprios dedos estão tremendo. Realmente cheguei a pensar que ela tivesse cortado os pulsos, em uma horrível tentativa de suicídio infantil, ou, talvez, devido ao medo do fantasma dentro de si mesma, o fantasma que se tornou.

— Lydia, por que você quebrou a janela?

— Não precisamos perguntar isso agora, não aqui, neste exato momento! Pelo amor de Deus — pede Angus, encarando-me.

Eu o ignoro. O que ele sabe? Ele não estava lá, em Devon, naquela tarde. Ele nunca tinha passado por aquilo antes. Ele não esteve naquele lugar terrível, ouvindo um grito e descobrindo que sua filha está morta.

— Querida, o que havia de errado com a janela? Era como um espelho?

Lydia inspira profundamente e abraça o pai mais uma vez. Logo depois, ela senta e me deixa limpar o resto do sangue por entre os nós dos seus dedos.

Ela pode precisar de pontos, com certeza irá precisar de emplastros e bandagens. Mais do que tudo, Lydia precisa de amor, calma e paz, e um fim para toda essa angústia — e eu não sei como conseguiríamos fazer isso.

Molly está de quatro, juntando os pedaços de cacos de vidro com uma vassourinha e uma pá. Eu me encolho, culpada.

— Sinto muito, Molly.

— Ah, por favor... — Ela me conforta, balançando a cabeça e me oferecendo um sorriso com imensa compaixão, o que me faz sentir ainda pior.

Viro para a minha filha. Eu quero saber.

— Lydia?

De repente, ela arregala os olhos e observa a janela quebrada, o escuro e irregular vazio, cercado de pontas de vidro.

— Foi Kirstie, ela estava aqui, ela estava na janela, mamãe. Eu a vi, mas não foi do mesmo jeito da última vez. Ela estava dizendo coisas, coisas ruins, foi assustador, mamãe, mas... eu... eu... — fala com sua voz trêmula, ao virar-se para mim.

— Está tudo bem — diz Angus —, calma, Joaninha, calma.

Fico olhando para ele.

Joaninha?

Era como ele costumava chamar a Kirstie. *Joaninha*. O nome vinha de um bonequinho de um anúncio de TV quando a mãe dele ainda era criança: ela o ensinou. *João Bobo, balança, balança, mas não cai*. Como ela era menina e nada boba, ele deu o apelido de Joaninha a Kirstie, porque ela era impetuosa, sua favorita, a que escalava árvores e costumava fazer coisas divertidas com o papai. Ela subia no topo das árvores e nunca caía. *Joaninha*.

Ele a está chamando de *Joaninha*. Ele está abraçando Lydia e a chamando de *Joaninha*, do mesmo jeito que ele firmemente abraçaria Kirstie. Abraçando-a e beijando-a. Aquilo significa que ele ainda acha que ela é Kirstie? Ele sabe de algo que eu não sei? Ou isso é apenas o terror do momento?

— Minha Joaninha — repete ele —, não precisa nos dizer nada, se não quiser.

— Não — responde Lydia, balançando a cabeça e olhando para mim —, eu quero falar. Mamãe?

Ela estende os braços em minha direção, abraça-me e sentamos juntas. Mãe e filha, no tapete turco da moda, com ela em meu colo, e ela inspira e expira por alguns segundos.

— Kirstie estava na janela lá em cima também e eu não consegui fazê-la parar. Cada vez que eu olhava, ela estava lá, sempre. Ela está morta e, mesmo assim, ela está no espelho lá em casa, e agora ela está aqui e começa a dizer coisas, mamãe, coisas ruins, horríveis. Desta vez foi diferente, mamãe, e isso me deixa com medo. Estou com muito medo dela. Faça ela ir embora agora, por favor, faça ela ir embora, ela está na ilha, na escola e agora ela está em toda parte.

— Ok, ok... — acalmo minha filha, acariciando sua cabeça. — Ok.

— A ambulância chegou — diz Josh, surgindo à porta, de novo, sem graça e pálido.

Provavelmente, a ambulância não é mais necessária e, certamente, não precisamos de uma sirene chamando a atenção em Portree. Mesmo assim, levamos Lydia até lá e entramos no veículo. Josh e Molly, os norte-americanos e Charles e Gemma Conway murmuraram despedidas sinceras, e lá estamos nós, a pequena e aflita família, pelas estradas escuras de Skye, passando pelas montanhas coroadas por estrelas, sentados na parte de trás da ambulância com um paramédico calado, e Angus e eu também não falamos.

Lydia está na maca, com as mãos levemente enfaixadas. Agora, ela está inerte e triste, indiferente, sem expressão. A ambulância corre rápido. Eu não sei o que dizer. Não há nada a dizer. Portree nos cumprimenta com suas rotatórias, com o trânsito, os dois supermercados e a delegacia de polícia e sinto vontade de voltar para Londres. Pela primeira vez.

Na Sala de Emergência do pequeno e novo hospital de Portree costuram os dedos de Lydia com vários pontos delicados, passam pomadas e cremes calmantes e fazem curativos. Enfermeiras com sotaque das Hébridas demonstram muita compaixão e prestatividade e, ainda assim, nem eu, nem Angus falamos nada. Apenas nos entreolhamos.

Ao terminarem o atendimento, os motoristas da ambulância fazem a gentileza de nos levar de volta a Ornsay; assim, não precisamos pagar um táxi. Afinal, Angus e eu, é claro, ultrapassamos o limite de álcool permitido para dirigir. Eram apenas oitocentos metros de Selkie até o local do jantar, então não nos preocupamos em ficar sóbrios para dirigir. Agora, isso parece horrível. Mais uma vergonha para somar com todas as outras. Somos um casal vergonhoso. Pessoas horríveis. Os piores pais do mundo. Perdemos uma filha em uma queda e, agora, estamos perdendo a outra.

Nós merecemos tudo isso.

Angus aciona o motor do barco e cruzamos as águas escuras de volta para Torran. Chegando lá, coloco Lydia na cama e vamos para a "Cama do Almirante". Angus tenta me abraçar, mas eu o afasto. Preciso ficar sozinha com os meus pensamentos. Ele a chamou de Joaninha. O que isso significa?

Naquela noite, tenho um sonho: eu estou na cozinha cortando o cabelo e, assim que me olho no espelho, percebo que estou careca. Olho para baixo e vejo que estou nua e que as pessoas podem me ver pelas janelas escuras. Eu não sei quem são essas pessoas, mas elas ficam me olhando. Então sinto um beijo gélido em meus lábios e, quando acordo, sinto vontade de me masturbar, meus dedos entre as minhas coxas. São quatro horas da manhã.

Mas logo que encosto meu rosto de volta no travesseiro, sinto a avassaladora avalanche do remorso e da culpa, como se minha mente estivesse repleta de lama escura, agitada pelo sonho. O que isso significava? É o sentimento de culpa por causa do meu caso? Há tantos anos? Ou a culpa de não estar presente, de não ser uma boa mãe quando minha filha caiu?

Angus está roncando, alheio a tudo. A lua se agiganta na janela, acima de Sound of Sleat, ao longo dos pinheiros escoceses verdes escuros de Camuscross, ao longo da fila de iates brancos com seus aparatos despojados para o inverno.

Naquela manhã, não fazemos nada. Obviamente, Lydia não vai para a escola com as mãos ainda enfaixadas e com os olhos ainda obscurecidos pela infelicidade. Angus parece satisfeito por ficar em casa cuidando da nossa filha. Nós três bebemos chá e suco e, em seguida, Lydia vai comigo até a janela e olhamos para uma foca solitária sobre uma rocha em Salmadair, grunhindo triste. Parece aleijada, como uma criatura sem membros.

Depois, penduro algumas roupas no varal. O dia está frio, mas brilhante e ventoso. Observo o braço de mar: Loch Alsh, Loch Hourn e Loch na Dal, todos aqueles rios e estuários, iluminados pelo deslumbrante sol de inverno, enquanto as nuvens formam imagens. Hoje, os lagos parecem muito frios e, ainda assim, tão serenos.

Há um grande barco azul na água, o *Atlantis*. Eu conheço aquele barco, já o vira antes. É um dos barcos para passeios turísticos fora de Kyle, mostrando aos turistas o que existe abaixo das águas frias:

as comunidades de algas marrons, dançando lentamente, como cortesãos encantados; as ervas daninhas profundas e escuras e os tubarões. E a pulsante água-viva violeta, arrastando seus tentáculos melancolicamente.

Ouvi dizer que algumas daquelas águas-vivas são venenosas, com seus ferrões. Sempre pensei que não fosse verdade. De alguma forma injusta. As águas frias do norte não combinam com os perigos tropicais.

Depois de pendurar as últimas camisas, o vestido e as meias de Lydia sem manchas de sangue, olho mais uma vez para o barco e, em seguida, sigo rumo à casa do farol.

Angus está com Lydia no colo e eles estão lendo os livros de Charlie e Lola, do mesmo modo que ele costumava ler Charlie e Lola para as gêmeas, anos atrás. Olho para eles. Com certeza, ela é velha demais para aqueles livros e, de repente, ela parece um pouco velha demais para estar no colo do pai. Esqueço que ela está crescendo, apesar de todos os horrores. Angus sempre gostou de pegar Kirstie no colo.

Mas, talvez, toda essa regressão seja reconfortante. Olho para o chão, o livro de Charlie e Lola que está lá é *Eu Nunca Vou Comer Tomate*. O que eles estão lendo se chama *Ligeiramente Invisível*.

Lembro do *Ligeiramente Invisível*. Acho que fala sobre o amigo invisível e imaginário de Lola, Soren Lorensen. Ele aparece nos livros como um fantasma, apenas meio desenhado, gélido e cinza.

Kirstie sempre gostou de ler sobre Soren Lorensen, o amigo imaginário de Lola.

Então, mais uma vez, penso obsessivamente no bilhete que estava sobre a cama. Eu não o esqueci nessa última semana, apesar dos sustos. Minha garotinha escreveu aquele bilhete. Só podia ser ela. Ninguém mais poderia ter escrito, a menos que Angus estivesse tentando me enlouquecer. E mesmo se ele estivesse tentando fazer isso — embora não pareça haver nenhuma possível motivação para tal —, certamente não haveria como ele imitar aquela letra, não com tanta precisão.

Mas a letra de Lydia e Kirstie, é claro, era idêntica. Lydia poderia muito bem ter feito aquilo, era a letra dela, o que significava que ela realmente o fez. Ela escreveu.

E o que eu faço a respeito? Bater em Lydia até que confesse? Por que ela precisa sofrer quando a culpa é nossa? Chamamos Lydia de Kirstie durante um ano por engano, porque cometemos um erro trágico e estúpido. A própria cabecinha de Lydia ainda deve estar muito confusa em relação ao lugar onde Kirstie estaria agora.

O remorso aumenta. Eu tenho que me livrar daquele peso.

— Vou pegar o bote — aviso a Angus.

— Ok — concorda ele, encolhendo os ombros.

— Preciso espairecer, sair um pouco daqui.

— Claro — assente, com um sorriso amarelo.

A tensão entre nós continua, enfraquecida apenas pelo horror do último dia. Estamos exaustos demais para desconfiar um do outro. Mas a desconfiança irá voltar aos poucos.

— Vou fazer algumas compras em Broadford.

— Ok.

Ele nem mesmo olha para mim dessa vez, ajudando Lydia, que tinha as mãos enfaixadas, a virar a página.

Esta visão me incomoda, então eu saio, pego o bote e vou até o cais de Selkie. Dali, caminho até a casa dos Freedland, rapidamente entro no caro e dirijo os seis a oito quilômetros da Península de Sleat até Tokavaig. Eu quero ver a famosa vista dos Cuillins através de Eisort.

O vento está forte e gelado, poderoso, tentando me impedir de abrir a porta do carro. Fecho o zíper de minha jaqueta até o queixo, coloco as mãos nos bolsos e caminho pela praia, olhando e pensando.

A iluminação daqui me fascina ainda mais do que a de Torran. Não é tão bonita quanto Torran, mas muda de posição com uma rapidez incrível, com véus de chuva e nuvens escondidas nos picos das montanhas, timidamente realçando o brilho dourado da luz solar, refletida e inclinada.

Os Cuillins sombrios lembram uma fileira de inquisidores de capuzes pretos. Suas montanhas parecem romper as pesadas nuvens passageiras, condensando-as com chuva, embora as nuvens ainda se formem e se inclinem em sua interminável turbulência e agonia, aparentemente sem padrão.

Mas há um padrão aqui, e, se eu observar os Cuillins por tempo suficiente, através das águas de Eisort, certamente o descobriria.

Angus amava Kirstie. Mas tinha feito algo que a aborreceu. Ele a amava. Mas ela estava com medo dele?

O padrão. *O padrão.* Se eu pensar bastante, posso descobrir o padrão.

Ainda não tínhamos escolhido a igreja para o funeral de Kirstie.

14

Os dias se misturam, como as nuvens sobre Sgurr Alasdair. Angus trabalha dois ou três dias por semana. Eu tento encontrar trabalhos como *freelancer*. Recebo e-mails de terapeutas de Londres que lamentam pelo meu sofrimento com a morte de Kirstie. Parece trivial, ultrapassado e irrelevante. Tudo isso. Comparado ao que está acontecendo com a nossa filha neste exato momento.

Lydia precisa voltar à escola ou nunca iremos prosperar em Torran, mas ela está bem relutante. As mãos enfaixadas são uma desculpa para ficar em casa, mas, com os curativos removidos e o assentimento de Angus, ela deve tentar novamente em Kylerdale.

Na manhã seguinte, saímos de barco, como uma família, atravessando as águas rumo a Selkie. Lydia parece extremamente infeliz e apreensiva, perdida em seu enorme uniforme escolar e seus sapatos estranhos. Seu rosto acanhado à espreita através do capuz de sua jaqueta rosa.

Angus me beija no rosto e entra no carro de Josh, que lhe daria uma carona até Portree. Invejo aquele momento: ele tem um emprego e parece estar feliz. Pelo menos, assim, ele sai da ilha, sai de Sleat, e tem contato com outras pessoas.

Dirijo pensativa, levando Lydia até Kylerdale. A manhã está amena, com indícios de chuva. Todas as crianças saem dos carros e correm felizes, direto para as salas, tirando seus casacos e brincando umas com as outras. Todas, exceto minha filha, que se aproxima dos portões da escola a pequenos passos. Serei forçada a carregá-la?

— Vamos lá, Lydia.

— Não quero.

— Hoje será melhor. As primeiras semanas são mais difíceis, mas vai melhorar.

— E se ninguém quiser brincar comigo de novo?

Ignoro minha complacência.

— *Vão* querer, meu amor. Precisa tentar para ver. Vamos lá! Há várias crianças novas aqui, assim como você.

— Quero a Kirstie.

— A Kirstie não está mais aqui. Mas você pode brincar com as outras meninas e meninos. Vamos lá!

— Papai gosta da Kirstie, ele também quer que ela volte.

Que comentário é esse?

— Vamos lá. Deixe-me pegar seu casaco, você não precisa mais dele agora — apresso-me em dizer.

Conduzindo-a até a porta de vidro, troco um olhar silencioso com Sally Ferguson. Ela olha para a minha filha.

— Olá, Lydia. Como vai? Está tudo bem agora?

Sem resposta.

— Lydia, diga olá! — incentivo, colocando a mão em seu ombro.

Ainda sem resposta.

— Lydia?

— Olá — fala tímida e relutantemente.

— Tenho certeza de que hoje será um ótimo dia! A senhorita Rowlandson está contando histórias sobre piratas — explica Sally, descontraidamente.

— Viu, só, Lydia? Piratas! Você ama piratas!

Gentilmente, empurro as costas da minha filha, direcionando-a rumo ao corredor, e, lentamente, muito lentamente, ela caminha, olhando para o chão, o próprio retrato da introversão. Fico observando até que ela desaparece, engolida pelo corredor da escola.

— Nós avisamos as outras crianças que Lydia perdeu a irmã. Estamos tentando sensibilizá-los; assim, evitamos que a provoquem — tranquiliza-me Sally Ferguson.

Eu deveria estar aliviada, mas não estou convencida de que isso é o melhor. Agora, minha filha está indelevelmente marcada como uma estranha, como a menina que perdeu a irmã gêmea, sua irmã fantasma. Talvez as outras crianças já tivessem ouvido falar sobre o incidente na casa dos Freedland. Ah, sim, é aquela garota louca que quebrou a janela porque viu um fantasma. *Vejam as cicatrizes em suas mãos.*

— Obrigada, estarei de volta às três e quinze para buscá-la.

E estou. Dez minutos antes das três eu já estou esperando ansiosamente no portão da escola, com outras mães e alguns casais de pais que eu não conheço. Desejo, com tristeza, conhecer aquelas pessoas, pois assim poderia ter uma conversa casual. Lydia me veria interagindo e, seguindo o exemplo, poderia interagir com seus colegas também. Mas eu sou muito tímida para conversar com estes estranhos, estes pais confiantes com seus imponentes 4x4 e sua cumplicidade, o que me faz sentir ainda mais culpa, imaginando que a timidez incapacitante de Lydia era uma herança minha.

Kirstie provavelmente interagiria bem melhor aqui. Ela circularia entre as pessoas, cantando suas músicas, fazendo com que as outras crianças rissem. Mas Lydia não.

As crianças saem na hora prevista. Garotinhos correndo para os braços das mães, meninas saindo de mãos dadas. Aos poucos, todos vão surgindo e são recepcionados. Lentamente, os pais e as crianças se dispersam, até que fico sozinha ali, a última mãe que resta no pátio, no escuro entardecer de inverno. Quando minha filha surge, infeliz, ao lado de uma jovem professora loira, que presumo ser a srta. Rowlandson, conduzindo-a em minha direção.

— Lydia! Como foi? Você se divertiu? Foi legal hoje? E as histórias sobre os piratas?

Eu queria perguntar se alguém brincou com ela ou se ela fingiu que Kirstie estava viva.

Lydia segura a minha mão e eu olho para a jovem professora, que sorri levemente e cora flagrantemente, retornando à sua sala de aula.

Lydia não diz nada, nem no carro e nem no barco. Está muda. Agradece a comida apenas com um obrigada bem baixinho, mas não diz mais nada e vai para o quarto ler. Depois, ela caminha pela praia sob o luar e olha para as reluzentes piscinas naturais que mostram o reflexo prateado da lua. Eu a observo da cozinha. Minha filha, Lydia Moorcroft, uma solitária menininha em uma ilha, em meio à escuridão. Quintessencialmente sozinha.

E assim os dias vão passando, sempre nublados, tranquilos e meio chuvosos. Planejamos o funeral. Angus concorda em resolver a maior parte da papelada e dar os telefonemas, já que ele sai mais da ilha. Sinto sua relutância. Levo Lydia à escola todos os dias, e ela sempre calada. Eu a busco todos os dias, e ela sempre calada. Sempre a última a sair da sala de aula.

Na quarta manhã, chego mais cedo à escola: vou tentar algo diferente. Sentindo uma grande culpa, empurro Lydia para dentro de um grupo de meninas da sua idade e da sua turma, reunidas no portão da escola e, então, finjo atender meu celular.

Lydia não tem escolha: ela precisa interagir ou ficará lá terrivelmente isolada.

Observo, fingindo conversar ao telefone. Lydia parece tentar conversar, mas o grupo a ignora. Ela olha desesperadamente para trás, para mim, buscando apoio ou consolo, mas ajo como se estivesse distraída, entretida em minha ligação. Mas me aproximo, espionando.

Minhas esperanças aumentam. Parece que Lydia vai falar com uma coleguinha, vai se comunicar. Ela está se aproximando timidamente de uma garota morena, magra e aparentemente confiante, que conversava com seus amigos.

— Grace, posso te contar sobre o meu leopardo? — fala, com a voz trêmula.

A garota — Grace — vira-se para Lydia. Olha para minha filha da cabeça aos pés e, então, dá de ombros, sem nem mesmo responder. Em vez disso, vira para o outro lado e fala com seus outros amigos. Então, todo o grupo de meninas sai alegremente, deixando Lydia ali, olhando para seus próprios sapatos. Desprezada.

Inadmissível.

Enxugo minhas lágrimas mal-escondidas, assim que a deixo dentro do prédio da escola, enquanto caminho até o carro, entro e dou a partida. Espero que as lágrimas cessem, mas não param. Meu pranto dura o caminho todo até Broadford, onde eu consigo acessar o wi-fi e responder meus e-mails. E, ao meio-dia, o desejo se torna irresistível.

Eu tenho que ver com os meus próprios olhos.

Volto para o carro e dirijo bem depressa, descendo a Sleat Road rumo à Escola Kylerdale, em seu verde promontório sob o vento agitado. O sol gelado e reluzente tinha emergido, fazendo Knoydart brilhar, com tons de dourado e bronze, além do mar prateado.

É o fim do horário de almoço. Todas as crianças irão para o pátio. Quero observar Lydia novamente: ver se as coisas tinham melhorado. Eu preciso descobrir se ela está interagindo ou se está sendo provocada e sendo motivo de zombaria.

Mas não quero ser vista; por isso, sigo por um caminho pouco usado que passa ao lado do pátio e conduz à praia de seixos logo adiante: o espinhoso matagal de inverno me esconde das crianças gritando felizes além da treliça.

As meninas brincam de amarelinha e os meninos estão misturados. Observo todos os pequenos rostos corados, as meias brancas e as calças azuis, procurando o cabelo loiro da minha filha. Não a vejo. Aparentemente, todas as crianças estão ali brincando. Mas e a Lydia?

Será que ela não tinha saído? Estaria lendo sozinha? Espero que não. Ela tinha que estar ali, tomara, tomara que esteja ali fora, brincando com alguém.

Lá está ela!

Fecho meus olhos e me tranquilizo. Em seguida, observo com mais calma.

Lydia está em pé, no canto mais distante do pátio, totalmente sozinha. A criança mais próxima, um menininho, está a uns nove metros de distância e de costas para ela. Mas, mesmo estando visivelmente sozinha, Lydia está fazendo algo. O que é?

Chego mais perto, ainda escondida pelas árvores e arbustos.

Agora que estou a poucos metros de distância, percebo que Lydia está de costas para a escola, de costas para seus colegas, em outro mundo.

Ela parece muito solitária, mas, ainda assim, ela está conversando, animadamente. Vejo seus lábios se movendo, os braços se mexendo. Ela está falando com o ar, com as árvores e com a treliça, e ela está sorrindo e rindo, de verdade.

Agora consigo ouvi-la.

— Nã, nã, ni, na, não. Sim, saímos às três. Sa... sa... não... sim, prontooo, eee!.Euuu... nnnn. Mmmmm. Nã... na, na, na, na.

Enquanto fala aquilo, Lydia balança os braços; então, para e escuta, como se alguém conversasse com ela.

Mas ninguém está falando com ela. Então, ela balança a cabeça, ri e balbucia mais algumas palavras.

É a linguagem sem sentido que ela compartilhava com Kirstie. As gêmeas sempre faziam isso. Nós nunca entendemos o que significava.

Lydia está conversando com sua irmã morta.

15

— *"An t-Eilean Sgithenac"*, a ilha alada: Skye — disse Josh, virando o volante, enquanto iam para o sul. — Foi a única coisa em gaélico que aprendi.

Angus não disse nada. A manhã estava reluzente e muito fria. Talvez a primeira verdadeira manhã de inverno.

— Molly aprendeu um pouco mais, ela conhece todos aqueles termos Celtas. Mas é tudo tão sombrio. Assim... você sabe aquela pequena enseada perto de Ardvasar, Port na Faganaich? É realmente linda, não é? — riu Josh e continuou. — Daí você descobre seu significado! Na verdade, significa Porto dos Abandonados. Sério! *Porto dos Abandonados.* Não é encantador?

Josh acelerou subindo uma colina, momentaneamente deixando o mar para trás, embora em Skye o mar nunca pudesse ser deixado para trás por muito tempo. Ele abriu uma janela e inalou o ar fresco gelado.

— Inverno! Finalmente! Como eu amo! Um frio maravilhoso! Mas onde foi que eu parei? Ah... sim... havia um lago ali. Lagan alguma coisa, Lagan...

— Lagan inis na Cnaimh.

— Isso! Eu sempre esqueço que você é daqui! Isso!

— Lagan inis. Que significa — Molly me disse ontem à noite — *Clareira dos ossos*. Meu Senhor! Por quê? O que isso faz com o mercado imobiliário? Você gostaria de comprar um agradável bangalô na Clareira dos Ossos? Não? Ok, mas estamos construindo um condomínio, ah... sim, no Cume das Bruxas da Noite.

Josh riu de sua própria piada. Angus ficou em silêncio. Ele já conhecia o pitoresco e macabro folclore local. Lembrava-se de cada palavra de todas as histórias que sua avó costumava contar. Estavam consagradas em sua memória. Férias assustadoras e felizes. Fogueiras em Torran com seu irmão. Seu pai não estava lá. Todos felizes, ouvindo as antigas histórias. *A linda estrada que serpenteava ao redor da encosta, que conduzia à vida e à morte, o lugar das antigas fadas...*

Angus olhou pela janela do carro de Josh. Agora, Torran estava escondida pelos promontórios. Ele pensou em Lydia — Lydia — e Sarah, as duas, sozinhas, na casa do farol. Sarah e... Lydia. Ele precisava aceitar que era Lydia. Pelo bem de todos. Era seu dever. Sua filha, com a alma avariada e com as mãos e pulsos cheios de cicatrizes. Ela tinha sido ferida pela vida, pela morte, por Angus.

E por sua mãe.

O carro sacudiu. Estavam cruzando o topo da península de Sleat, de leste a oeste, pegando a estrada para Tokavaig. A estrada estreita cruzava um extenso terreno pantanoso cheio de buracos, cheio de pequenas lagoas prateadas com águas trêmulas devido às pequenas gaivotas. Não era um lugar bonito, mas, em breve, avistariam Loch Eisort.

— Já estamos quase chegando. É só atravessar a floresta cheia de carvalhos, aveleiras e olmos escoceses.

— Minha avó adorava esse lugar — grunhiu Angus. — Ela dizia que era um bosque sagrado, chamado Doir'an Druidean, o bosque das Guerras.

— Sério? Verdade? O Bosque das Guerras! De novo! Isso é realmente inestimável. Fala sério, meu amigo, você precisa contar isso à Molly!

Por que Josh estava tão animado? Angus imaginava que seu amigo estava tentando manter um clima alegre, depois do terrível evento do último jantar. Josh e Molly não mencionaram o incidente desde então. Mas deveriam entrar no assunto logo, logo.

O carro se desviou de algumas velhas árvores retorcidas e uma cúpula de rochas basálticas. Depois, seguiu a árdua descida até a costa ocidental de Sleat e a pequena aldeia de Ord.

A vista era exatamente como Angus lembrava: espetacular. Atrás deles, as amplas e verdes encostas cobertas de urze, arborizadas com carvalhos e amieiros, com suaves inclinações diante do sereno cinza-azulado Loch Eisort, que refletia, por sua vez, a tranquila grandiosidade dos Cuillins Negros e Vermelhos através das águas.

Ao sul, estava Soay. E Sgurr Alasdair apontava no horizonte ocidental, com seus altos picos cobertos de neve, vislumbrados nas águas abandonadas.

Era tão lindo que Angus sentiu vontade de chorar. Um breve impulso. Por Lydia, por Kirstie e até mesmo por Sarah, por todos eles.

Os dois homens saíram do carro e caminharam até o melancólico e gelado lago. Uma ave marinha clamou de uma ilha ao longe. Uma garça voava solitária e lentamente em direção a Loch a'Ghlinne.

— Você está bem, amigo? — perguntou Josh, sem rodeios.

— Sim, sim. Estou bem.

— É só que você está meio quieto? É por que... você... você ainda... você sabe, se quiser falar a respeito...

Angus deu de ombros, impotente. Na verdade, naquele momento, ele queria contar tudo ao amigo. Precisava desabafar com alguém, explicar e compartilhar o pesadelo revelado em Torran. Sua esposa, suas filhas e um passado que jamais poderia ser desvendado.

A garça virou um pontinho no azul e depois sumiu. Angus decidiu: ele contaria a Josh.

Angus balançou a cabeça, pegou uma pedra redonda e plana e a jogou na água. Um, dois, três, *splash*!

— E, então, por que me trouxe aqui? — perguntou, virando-se para Josh.

— Porque precisamos de você para construir.

— O quê?

— Acha possível construir algo aqui?

Angus olhou.

— Eu? Construir? Como assim, Josh? Tudo aqui é propriedade dos Macdonald. Tudo em Tokavaig e Ord. Não?

Josh sorriu.

— Molly e eu compramos um pedaço de terra, logo ali em cima, há alguns anos. Ali, um pouco depois do arame farpado, o terreno com os abrunheiros na cerca.

Angus acenou, confirmando.

— Quase dois mil metros quadrados, talvez um pouco mais — explicou Josh.

— Dois mil metros quadrados de urtigas e aveleiras? Muito bom para os rouxinóis, mas é uma área de preservação!

— Conseguimos semana passada uma autorização para construir.

— Conseguiram? — perguntou Angus, boquiaberto.

— Sim, conseguimos. Na verdade, a permissão é para uma casa de cinco quartos, e adoraríamos que o projeto fosse seu, meu amigo. Queremos um lugar bonito, algo imponente, digno de premiação, que aproveitasse o máximo da vista.

Angus olhou para o terreno, que descia até as areias de Loch Shore. Imediatamente, seus pensamentos fervilharam. Já conseguia imaginar: primeiro, nivelaria metade do lote. Depois, usaria os materiais mais puros e simples: pedra, madeira, aço, ardósia. E, então, iluminaria incrivelmente o lugar, com janelas do chão até o teto e uma parede de vidro. Assim, o lugar se fundiria entre o ar, o céu e o mar. À noite, iria brilhar.

— Gus?

— Vai ficar incrível!

— Ha, ha, ha — sorriu Josh. — Isso é um sim? Que bom! Nossa intenção é alugar, quem sabe, para artistas no inverno e turistas no verão.

— Você tem dinheiro?

— Cada centavo, meu amigo! Molly herdou uma bolada da avó. Tirei a sorte grande! Dei o golpe do baú! — riu. — Vamos até a minha casa. Vou lhe mostrar a papelada toda!

Caminhando de volta ao carro, Angus estava um pouco surpreso. Ficou imaginando se era uma forma de Josh e Molly ajudá-los naquele momento de angústia. Se fosse isso, tudo bem, sem problemas. Ele estava pateticamente agradecido pela chance de construir algo incrível, um projeto real!

Josh dirigiu até sua grande casa arejada, com a enorme cozinha de inox e as panelas de mirtilos cozinhando sobre o fogão, e Molly o fazendo provar sua nova geleia. E lá estava a enorme janela da sala de estar.

Angus tentou não pensar naquilo. Tentou não olhar para a janela, que já estava consertada, enquanto Josh enchia a mesa da sala de jantar com os papéis para lhe mostrar: a autorização para construção, o investimento necessário. Um sonho que viraria realidade: a casa dos Freedland em Tokavaig, vencedor do Prêmio de Arquitetura da Escócia, por Angus Moorcroft.

Na cabeça de Angus, já era uma casa, não um chalé: afinal, seria *grande*. Talvez ele pudesse misturar um pouco de revestimento de lariço com pedras. É claro que iria incorporar painéis solares. Talvez pudesse transformar toda a face norte em uma porta de vidro deslizante. Assim, literalmente, a casa se abriria para o lago...

Por um tempo, Angus ficou alegremente distraído, embriagado pelo chá vermelho de rooibos e sonhando acordado. Talvez as coisas mudassem agora. Enquanto a tarde se desvanecia no escuro do inverno, Angus sabia que a hora tinha chegado. Ele ia contar a Josh.

Ao menos, metade da verdade.

Os papéis foram guardados. Angus vestiu o casaco e olhou para o amigo, como quem diz "Vou dar uma passada rápida no Selkie. Que acha de me fazer companhia? Poderíamos conversar um pouco mais".

O cheiro doce de geleia de mirtilos enchia a casa. Josh olhou para Angus como quem havia entendido. Ambos se despediram de Molly e desceram a colina, através do crepúsculo de inverno, direto ao bar. Angus inalou o ar frio de Ornsay enquanto caminhavam; o gelo misturado aos odores — lagosta, madeira serrada e algas podres.

— Vamos sentar lá fora — sugeriu Angus —, assim teremos mais privacidade.

Josh olhou de soslaio e concordou. Angus entrou no bar, comprou duas bebidas e voltou à mesa. Em seguida, pôs os copos sobre a mesa de madeira e olhou em direção ao farol de Torran, cujo feixe de luz agora era visível, na fria tranquilidade do crepúsculo.

Angus tomou um gole de uísque, tentando tomar coragem.

— E então, companheiro, como está Lydia, agora? Ela está melhor? — perguntou Josh, quebrando o silêncio.

Angus encolheu os ombros e bebeu mais um ardente gole de uísque saboreando seu álcool.

— Está... meio... sei lá... estranha.

— Como assim?

— Conversando com a irmã morta, agindo como se Kirstie estivesse... ou melhor... *está* ali, com ela.

— Isso é frequente?

— É. Muito. Ela faz isso na escola, em casa, no carro. Às vezes é só uma conversa normal, mas em outras é naquela linguagem de gêmeos, muito estranha. De vez em quando, ela se mexe, como se a irmã gêmea estivesse lá, interagindo fisicamente. Uma coisa muito estranha de ver.

— Certo, certo. Meu Deus.

— Concluí que foi isso que a assustou lá na sua casa. Ela pensou ter visto o fantasma da irmã na janela, no reflexo.

— Claro! Isso assustaria qualquer um, não é? Meu Deus! Sinto muito. — hesitou Josh, bebendo mais um pouco de suco. Então, inclinou-se alguns centímetros para a frente. — Você acha que ela realmente acredita nisso, Gus? Será que sua filha... ela...

— Você está perguntando se ela enlouqueceu ou se existe mesmo um fantasma? Ou se ela está só fingindo?

— Hã...

— Com certeza, não há nenhum fantasma — completou Angus, olhando para Josh, sem piscar —, mas ela também não está doida.

Josh franziu a testa.

— Então, acha que ela está fingindo? É isso? Por que ela faria isso? Olha, você não precisa me contar, mas...

Angus não respondeu imediatamente, sentindo a amargura invadindo o seu ser. E a necessidade de desabafar. Ele estava cansado de mentir, de enganar as pessoas perto dele. Mas ele teria coragem de ser sincero? Ele não conseguiria e nem podia contar toda a verdade — jamais! Mas poderia desabafar um pouco, apenas uma parte.

Depois de mais uma bebida.

Angus levantou seu copo vazio.

— Outra? — assentiu Josh.

— Um Ardbeg duplo, mas eu pago. Você não precisa sustentar meu alcoolismo, Josh — afirmou, procurando dinheiro no bolso da frente da calça jeans.

— Só desta vez eu vou subsidiar seu vício.

Josh pegou o copo de Angus e sumiu dentro no bar. Ouviu-se um fraco barulho de música quando a porta se abriu e fechou. Pela porta de vidro, o salão do Selkie parecia um ambiente alegre e movimentado. Parecia que todos os moradores da região estavam lá para tomar seus uísques e cervejas, desfrutando de um fim de semana de tranquilidade, falando sobre futebol e cavalos, e sobre a nova família esquisita de Torran.

Angus se inclinou para a frente com os braços cruzados sobre a mesa, sua testa descansando sobre eles, olhando para a escuridão. E foi interrompido pela porta do bar que se abriu.

— Ei — incentivou Josh, ao trazer as bebidas à mesa —, Gus, sem essa, não é o fim do mundo.

Angus olhou para cima.

— É sim!

Josh suspirou e sentou à sua frente, no escuro. Uma vez acomodando as bebidas sobre a mesa, ele desembrulhou um maço de cigarros.

Angus ergueu uma sobrancelha: *Josh Freedland, fumando?*

Josh encolheu os ombros.

— É um vício secreto. Você não pode contar à Molly! Pois é, eu fumo, de vez em quando, nos finais de semana. Quer um?

— Não, obrigado.

Mais silêncio. Apenas o som da respiração do mar e do vento nas bétulas.

Angus olhou à sua esquerda, para Torran, o modesto farol e a casa caiada. Ele mal enxergava as luzes da sua pequena cozinha, por entre a escuridão e a neblina. O que estaria acontecendo na casa de Torran agora?

Angus fechou seus olhos. Tentou imaginar. Abriu os olhos.

— Josh, você perguntou sobre Lydia.

— Perguntei.

— Você quer mesmo saber a verdade?

— Claro, mas só se você quiser me contar.

— Sim, eu quero. Eu acho. Sim, sim, eu quero! Você sempre me disse que fazia bem desabafar, e parece que isso realmente ajuda, não é? Foi assim que você conseguiu largar as drogas, certo? Foi o que ensinaram nas reuniões dos Narcóticos Anônimos, não é?

— Isso mesmo!

— Certo, mas o que vou contar é segredo absoluto, e você nunca deve contar a ninguém. Entendeu? Ninguém mesmo, NUNCA!

Josh balançou a cabeça no escuro crepúsculo noturno, concordando.

— Entendi.

— Certo. Muito bem.

Angus respirou fundo e esfregou a mão sobre sua boca, sentindo sua barba cerrada. O ar gelado parecia denso. O orvalho caía em Sound.

— Primeiro, preciso situá-lo no cenário — explicou, com suas palavras misturadas à nebulização do ar da noite.

— Certo.

— Você lembra que Sarah sempre preferiu Lydia. Não era segredo que Lydia era a favorita dela.

— Todos os pais têm seus favoritos, creio eu.

— Sim, mas era mais que isso. Ela realmente preferia a Lydia, a criança sossegada e sensível, como ela, que gostava de ler. Ela preferia tanto a Lydia, que isso se tornou angustiante para Kirstie. Eu tentei equilibrar as coisas, dando mais atenção à Kirstie, mas não adiantou. O amor de pai não é tão importante ou impressionante. Nem chega perto do amor de mãe, pelo menos não quando as crianças são tão pequenas.

Uma pausa. Angus não conseguia ver a expressão do amigo na escuridão. Ainda bem. Aquilo parecia tornar sua confissão mais anônima, como se fosse um confessionário religioso, em uma igreja, a um padre, sem revelar os rostos.

— Alguns dias antes do acidente, Kirstie me disse que odiava a mãe por causa disso e eu fui muito categórico com ela. Na verdade, fui grosso. Eu nunca tinha me alterado com as meninas, nunca. Mas eu estava bêbado, e perdi o controle — balançou a cabeça, e continuou —, e Kirstie ficou muito magoada, como era de esperar. Primeiro, sua mãe demonstra claramente que prefere a sua irmã gêmea e, depois, o pai grita com ela?

Josh continuou em silêncio. Seu cigarro brilhou, enquanto Angus falava.

— E, então, aconteceu o acidente. Você já conhece a história, a varanda. Depois disso, Sarah desmoronou, todos nós desmoronamos, e tudo foi piorando, e piorando... E então, seis meses atrás... — continuou Angus, fazendo uma pausa, bebendo um profundo gole de uísque, para tomar coragem. — Seis meses atrás, minha filha que sobreviveu veio me contar uma coisa. Ela disse: "Papai, eu fiz uma coisa terrível. Eu fiz uma coisa muito ruim. Eu matei a minha irmã. Eu a empurrei. Mamãe sempre gostou mais dela, e agora ela se foi."

— Meu Deus... — disse Josh, bem baixinho.

— Nem me diga...

— Meu Senhor... — soltou Josh, novamente, apagando o cigarro debaixo do salto de sua bota.

O silêncio que veio em seguida foi doloroso.

— Mas, Gus... — disse ele, finalmente —, será que... ela... realmente a matou? Você acreditou nela? Acreditou?

Angus suspirou.

— Sim, acho que sim. Mas ela tinha só 6 anos quando isso aconteceu, 7 quando me contou. Será que ela sabia o que estava dizendo? Será que eles sabem o que dizem nessa idade? A questão é que sua explicação fazia sentido, Josh. Ela tinha um motivo, a preferência absurda de sua mãe por Lydia. Fazia sentido. Veja, por que as lesões de Lydia foram tão graves de uma queda de seis metros? As crianças normalmente sobrevivem a quedas como essa, dessa altura. Então... por quê?

— Por quê...?

— Porque ela caiu do último andar, e não do primeiro. Kirstie me disse que elas estavam... no último andar; então correram até a varanda, e foi quando Kirstie empurrou Lydia...

— Ainda não consegui entender.

Angus fez nova pausa, respirou.

— Foi assim: ela a empurrou do último andar e então, creio eu, ela correu para o primeiro andar para olhar da sacada o que tinha feito...

dando a impressão de que... foi quando Sarah chegou e a encontrou gritando *Lydia caiu, Lydia caiu*. Isso explicaria o que provavelmente aconteceu. Kirstie matou a irmã. Isso já aconteceu antes com gêmeos idênticos, eu pesquisei. Existem relatos. Há muita rivalidade entre gêmeos idênticos. O que pode acabar em assassinato.

— Certo, mas... — Josh balançou a cabeça, sem que Angus pudesse ver. — O que isso tem a ver com a troca de identidade?

— Quando Kirstie me contou o que fez, entrei em pânico. Fiquei completamente desorientado. Kirstie estava determinada a contar tudo para a mãe, seus amigos, professores, para todos. E Sarah estava muito frágil naquele momento, não achei que ela aguentaria saber de uma coisa daquelas. Kirstie também queria contar à polícia, porque estava se sentindo muito culpada. Ela estava acabada, minha única filha. Então, eu me desesperei.

— Por quê?

— Por quê!? O que acontece a uma criança de 6 anos acusada de assassinato? O que a polícia faz? Nada? Imagine?! Investigações? Com certeza, investigam. Havia evidências circunstanciais contra ela. Então eu tive que silenciá-la, acalmá-la, levá-la a desacreditar em si mesma.

— E...?

— Eu fiz o que pude. Achei que ela não deveria mais falar nada a respeito disso. Então, pedi que jamais mencionasse o ocorrido, nem comigo, nem com ninguém. Falei que não queria mais saber daquilo e que ninguém precisava saber. Depois, expliquei a ela que Lydia não estava realmente morta.

— *O quê*?!

— Expliquei que ninguém morre de verdade, que os mortos vão para o céu, mas que parte deles sempre fica conosco. Contei-lhe que Lydia acordou no hospital, falei que Lydia tinha voltado. Dei a ela o brinquedo favorito de Lydia e disse: "Veja só, ela ainda está aqui!" Eu a convenci de que gêmeas são especiais e que elas nunca morrem porque são uma única pessoa e que, se uma sobrevive, a outra fica dentro dela. Eu insuflei a outra identidade dentro dela! Eu disse que ela era Kirstie, mas que sempre traria Lydia com ela, porque eram gêmeas e agora ela poderia viver pelas duas. E então reforcei que tudo era um grande, um enorme segredo entre ela e papai, e ela jamais poderia contar isso a alguém ou falar a respeito, nunca mais... e tudo isso porque fiquei com muito medo de que Kirstie dissesse a verdade, acabando totalmente com a minha família, porque...

Angus olhou diretamente para a escuridão, no rosto do amigo.

— Pense, Josh. Pense... Se minha filha contasse isso à mãe, aos avós, aos professores e aos amigos, "Sou uma assassina, ajudem-me, eu matei minha própria irmã", seria o nosso fim. Para sempre. Não superaríamos isso jamais, pois não seria mais um acidente. Jamais. Nem pensar!

A porta do bar se abriu de repente, e um bêbado saiu ao relento.

— Então *você* semeou a confusão na cabeça da menina, dizendo que ela era Lydia e, ao mesmo tempo, Kirstie. E agora ela acha que é Lydia por causa do que você disse? — falou por fim Josh.

— Exatamente. Primeiro eu a acalmei, pois era tudo o que eu queria naquele momento, e deu certo, mas então a confusão em sua cabeça reapareceu. Da forma mais terrível. Com ela achando que é a Lydia...

— Mas, na verdade, ela é a Kirstie?

— É.

— Mas e o grito?

— É só um grito, não prova nada.

— E o cachorro? E o que você contou sobre o cachorro?

— Os animais se readaptam ao gêmeo sobrevivente de diferentes maneiras, eles tentam protegê-lo. Mas eu fico imaginando, ainda, se o cachorro presenciou alguma coisa. Se sentiu alguma coisa. Ele estava com as meninas quando tudo aconteceu, e nunca mais foi o mesmo. Sei que parece loucura, mas tudo isso parece loucura.

— Então Lydia, na verdade, é Kirstie.

— É.

— E você sabe disso — começou Josh, sacudindo a cabeça mais uma vez, na escuridão — Você sabe que é uma mentira. Sabe que ela é realmente a Kirstie. Ainda assim você vai continuar com essa farsa? Vai mesmo deixar sua mulher fazer um funeral para Kirstie? — Sua voz cada vez mais incisiva, no gélido ar. — Sério, Gus? É muita *maluquice*! Como pode *fazer* isso?!

— Mas não tenho escolha! Não posso contar a verdade a ninguém, você é o único que sabe! Se eu contar a Sarah, ela vai desmoronar. Isso não vai ajudar em nada! Ela pode odiar a filha que sobreviveu para sempre! E por que não deixar Lydia viva, se isso mantém a paz? Acho melhor deixar a mãe ter sua filha favorita de volta. Por enquanto — suspirou Angus, ferozmente —, e sabe do quê mais? Às vezes, ultimamente, eu realmente penso nela como Lydia, como se ela realmente fosse Lydia, eu esqueço. E ela age como Lydia. Isso acontece em casos de gêmeos idênticos, quando um morre. A questão é: o que importa mesmo é que a verdade não venha à tona; que, provavelmente, uma das minhas filhas matou a outra!

— Mas Kirstie ainda *está* aqui. Ainda está aqui agora. Ainda dentro de Lydia.

— Sim.

— Presa dentro de Lydia. Lutando pelo seu espaço.

— Sim.

— Meu Deus! — disse Josh. — Que confusão!

Angus assentiu, sentindo certa exaustão, mas também certo alívio. Agora que tinha desabafado, sentia-se melhor. Mas os outros problemas continuavam; as verdades mais profundas continuavam escondidas: a sua própria culpa; o envolvimento de Sarah; a responsabilidade de Sarah. Coisas que ele não podia contar a ninguém.

O farol cintilou sobre Sound. Angus pensou em sua pequena e frágil família, lá longe, na casa de Torran. Seu anseio de vingança permanecia. Sua filha tinha morrido. E a chama da injustiça ainda estava acesa.

16

É sexta-feira, com possibilidade de neve, quando eu vou a Kylerdale buscar Lydia. Eu estou desesperada para ajudar a minha filha. Ela precisa de amigos ou estará perdida. Ela precisa de esperança para vislumbrar algum futuro, precisa de pessoas para conversar que não sejam fantasmas.

Observo as diversas construções beirando as águas de Sleat. As ondas acinzentadas são impulsionadas pelo vento, tudo parece sombrio, fazendo com que os alegres desenhos pintados e os animais de madeira do parque infantil pareçam totalmente incongruentes, invasores surreais de um estúpido mundo feliz.

Uma jovem e pálida mulher está sozinha, parada junto ao portão, olhando para a porta de vidro da escola, e as inscrições motivadoras dizendo "Shleite e Sgoil". Reconheço aquela mulher. Lydia havia me dito que era a mãe de Emily: Julia Durrant.

Emily Durrant é outra menina inglesa em Kylerdale, e parece ser a única criança com quem Lydia poderia conversar. Pelo menos, é a única que Lydia mencionou mais de uma vez pelo nome, sempre que eu, cuidadosamente, ansiosamente, fingia questionar a minha filha casualmente com um "Ei, como foi hoje na escola?"

Eu não tenho a mínima ideia se Emily gosta de Lydia. Provavelmente não. Creio que nenhuma das crianças de Kylerdale gosta ou sequer conhece a minha filha. Eles devem achá-la estranha e perturbada.

Mas eu não tenho alternativa; então, deixo a timidez de lado e me aproximo de Julia Durrant, com seu casaco roxo e suas botas de couro. Seu rosto delgado forma vincos em um olhar severo, mesmo antes de eu falar.

— Olá, sou Sarah Moorcroft.

— Ah, olá.

— Mãe da Lydia Moorcroft.

— Ah, sim, claro! Desculpe.

— Eu estava pensando, será que sua filha gostaria de brincar com a minha amanhã? Moramos em Torran Island, aquela do farol. Pensei que poderiam brincar por algumas horas, começando, talvez, a partir das onze da manhã. Podemos ir buscá-la!

— Bom...

Ela parece assustada. Quem pode culpá-la? Mas eu preciso persistir. Não posso deixar Lydia afundar cada vez mais na louca solidão. Eu devo estar sendo grosseira e agressiva. Uma mãe horrível e intrometida.

— É que, para ser franca, Lydia está meio solitária; por isso, *realmente* adoraríamos se Emily viesse brincar com ela por um dia. Às onze estaria bom? Vocês já têm compromisso? Nós faremos tudo, seria incrível.

— Na verdade... nós tínhamos... é...

Claramente, ela quer dizer não, mas está vacilando, porque não lhe dei nenhuma escolha. Lamento por colocar a mulher em tal situação, acuada por mim. Coitada. Mas eu tenho que convencê-la; então, uso as armas que tenho.

— Claro que Lydia ainda está bem confusa depois do acidente da irmã. Você deve ter ouvido falar da irmã que morreu, sua irmã gêmea; por isso ela está com... com dificuldades para se adaptar, e seria tão importante para ela brincar com Emily...

O que Julia Durrant pode dizer agora? *"Oh, não dou a mínima que sua filha tenha perdido a irmã? Não ligo se você é uma mãe de luto de uma criança difícil e solitária?"*

Vejo a resistência se desintegrando em sua expressão. Ela fica sem jeito, provavelmente está sentindo pena de mim — e daí? Desde que concorde, tudo bem.

— Ok — diz ela, forçando um sorriso. — Você sabe onde moramos, não é? Ao lado do Correio, na colina.

— Sim, sim, que ótimo! — respondo, retribuindo com um sorriso igualmente falso. — Lydia ficará tão feliz! Angus, meu marido, irá pegá-la às onze e a levaremos de volta às três da tarde, antes que escureça. Que ótimo! Obrigada!

Depois disso, ambas nos viramos e ficamos olhando para a porta de vidro enquanto as crianças saem da escola Como sempre, Lydia é a última criança relutante em sair pela porta, depois que todos os seus colegas, sorrindo e brincando se dispersavam.

Eu a observo enquanto ela vem ao meu encontro. Pelo menos as cicatrizes em suas mãos não estão mais tão feias.

Assusto-me com meu próprio pensamento. Tal é a extensão do meu otimismo, que eu estou olhando apenas pelo lado positivo: *as cicatrizes não estão mais tão feias.*

— Oi!

Coloco meu braço em seu ombro e a conduzo até o carro.

— Como foi na escola?

— Nada.

— Como?

— Podemos ir para casa, mamãe?

— Ah, sim, é claro.

Dou a partida e pegamos a estrada.

— Tenho boas notícias para você, querida.

Olho pelo espelho retrovisor. Lydia olha para mim. Esperançosa, ainda que cética. Meu sentimento de pena cresce, e hesito. Depois falo:

— Emily virá brincar com você amanhã.

Lydia não fala nada, enquanto absorve a novidade. Ela me olha pelo espelho. Pisca uma vez, duas. Então, consigo vislumbrar a suavidade da triste esperança em seus grandes olhos azuis. O silêncio continua enquanto ela demora a pensar.

Eu sei que os finais de semana em Torran Island são dolorosamente solitários para Lydia. Pior que a solidão da escola, onde, por mais desolada que estivesse, sozinha no pátio, ainda assim está cercada por crianças, assiste às aulas e pelo menos os professores cuidam dela.

Em Torran, ela tem apenas a mim. E Angus. E o céu, as nuvens, as focas cinzentas e os cisnes selvagens indo para o sul por causa do frio. Mesmo assim, eu ainda amo Torran — ou, ao menos, quero que amemos Torran, apesar do sofrimento e da dor —, então quero que Lydia ame também. E, para isso, ela precisa de companhia na ilha.

Portanto, eu espero e acredito que ela ficará satisfeita com esta notícia: um final de semana brincando.

— Sério? — questiona ela, finalmente.

— Sim.

— Alguém vem *brincar* comigo? Brincar *comigo*?

— Sim, sério! Com você. A mãe dela acabou de me perguntar se Emily poderia vir. Não vai ser divertido?

Minha filha olha para mim e, em seguida, explode em um grande, brilhante e esperançoso sorriso. O maior que vi em seu rosto em muitas semanas, talvez meses. Então, ela tenta disfarçar, envergonhada por estar tão satisfeita. E eu me delicio com seu sorriso. Mas estou aterrorizada. E se der tudo errado? Ela criou uma enorme expectativa. Agora não há como voltar atrás.

Tento controlar sua excitação, mas não é fácil. Durante o jantar, ela fica me perguntando a que horas Emily viria, pedindo se ela pode vir mais cedo, irritando Angus. Mas Angus está sensível, ou distante, o tempo todo agora. Seu humor começa a parecer com a vista de Torran durante uma tempestade: ele está ali, conosco, bem ali, mas ao mesmo tempo parece não estar.

Desde aquele jantar, nos distanciamos ainda mais. Eu já não sei mais o que ele está pensando. E ele, também, certamente já não sabe mais o que eu realmente estou pensando. Quando trabalhamos na reforma da casa, usamos sinais e monossílabos, como se não falássemos fluentemente a mesma língua.

Talvez fosse porque sofremos muito — cada qual do seu jeito, individualmente —, e agora estamos afastados. Talvez porque agora ele me assusta, com sua raiva mal disfarçada — do mundo, da casa, da vida e talvez até de mim. O estranho é que, ainda assim, eu o desejo, mesmo que tudo o mais em nosso relacionamento pareça fraturado e deformado, mesmo que não haja mais nenhuma esperança.

Mas eu não tenho forças para consertar nosso relacionamento agora. Meus pensamentos estão focados em minha filha.

Às nove, coloco Lydia na cama. Eu estou tão exausta por causa de suas perguntas e tagarelice que vou deitar cedo, logo depois dela.

Às sete e meia da manhã, Lydia me cutuca para me acordar, parada, ali, em pé, no quarto frio, vestindo seu pijama, com o rosto corado e animado.

— Mamãe, mamãe, cadê a Emily?

Eu resmungo, com sono. Angus continua dormindo profundamente no outro lado da cama.

— O quê?

— A Emily! Onde ela está? Minha nova amiga. Mamãe, você disse que ela vinha!

Balanço minhas pernas para fora da cama e bocejo até meu queixo estalar.

— Mamãe?

— Ela vem, querida, mas não já...

— Quando ela vem, mamãe? Quando?

— Oh, meu Deus, Lydie-lo, logo, logo. Vou preparar seu café da manhã.

Vestindo meu roupão, entro na cozinha e a primeira coisa que vejo quase me faz vomitar. Há uma ratazana morta, afogada em um frasco de óleo. Do seu pequeno cadáver vazava um sangue escuro, que forma arabescos no óleo esverdeado. Meu Deus! Torran.

De onde vinham esses vis roedores? Os ratos, as ratazanas e os musaranhos? Eles são incontáveis e não têm nenhuma piedade. Espantando meu desgosto, abro a porta e jogo o óleo e seu pequeno cadáver negro na praia gelada, para que seja levado pela maré, e volto para dentro, pensando sobre o dia em que minha filha irá passar brincando com uma amiguinha. De repente, percebo que, mesmo sem acreditar em Deus, eu estou orando.

Por favor, Deus, faça dar certo. Por favor, Deus, vou acreditar em você se fizer isso, se fizer com que tudo corra bem.

E, finalmente, Emily chega.

São onze e meia e eu estou em pé, diante da porta da cozinha, observando Angus no barco, desviando das rochas de Salmadair, com uma criança à sua direita: Emily Durrant. Mesmo de longe, noto a cautela da pequena menina, em sua postura. Lydia não foi junto no barco, porque ela quer recepcionar Emily na ilha, em sua ilha.

Lydia e eu caminhamos até a praia do farol para cumprimentar Emily Durrant. Minha filha está pulando para cima e para baixo com suas botas azuis. O dia está úmido e enevoado, mas ao menos não está chovendo. Assim, as meninas poderão explorar as piscinas naturais, tocar os fósseis nas pedras, desbravar a praia em busca de seus ricos tesouros: garrafas plásticas de água Nestlé, caixas de peixe de Peterhead e Lossiemouth, galhadas descartadas pelos cervos, flutuando sobre a maré vinda da ilha de Jura.

— Oi, Emily! — falo.

A pequena e sardenta menina ruiva me olha com timidez e insegurança enquanto Angus a ajuda a sair do barco. Lydia olha para Emily como se ela fosse uma celebridade. Lydia está encantada, maravilhada, deslumbrada, com sua nova amiga, que veio à sua ilha! Emily usa uma jaqueta preta e botas pretas novas.

— Lydia, diga oi à Emily.

— Oi-Emily-obrigada-por-ter-vindo — diz minha filha, tudo de uma vez, e então corre para abraçar Emily.

Isso é, obviamente, muito invasivo e exagerado para Emily Durrant, pois ela reage empurrando Lydia e fazendo uma careta.

Intervenho rapidamente e separo as meninas, segurando as duas pelas mãos.

— Muito bem, vamos lá dentro beber um pouco de suco de laranja? Comer alguns biscoitos? E depois, Lydia, você pode mostrar a Emily todas as suas piscinas naturais favoritas!

— Sim, sim! — confirma Lydia, pulando. — Emily, você quer ver todas as nossas piscinas naturais?

Emily dá de ombros, sem sorrir, quando passamos pela porta da cozinha.

— Tudo bem — responde, então.

Simpatizo imensamente com a pequena Emily; ela não é cruel ou fria, apenas não conhece a minha filha e foi forçada a vir aqui. Mas isso não me impedirá de continuar. Eu só espero que a bondade de Lydia e o tímido charme da minha doce e encantadora filha — tão delicada e engraçada quando alguém a conhece — fará a parte difícil e criará o vínculo.

Angus olha para mim ao passar pela casa, dando a entender que é responsabilidade *minha* se aquele dia não der certo. Ignorando tal fato, sirvo biscoitos e suco às meninas e, então, abotoo seus casacos, para que possam ir à praia brincar. Eu estou tentando ser afável e descontraída como se nós fizéssemos aquilo o tempo todo, sempre que possível.

— Obrigada, mamãe, obrigada, mamãe!

Lydia está tremendo de felicidade enquanto abotoo seu casaco. Ela está tão emocionada com sua nova amiguinha! Emily, ao contrário, fica ali, calada e chateada, mas tentando ser o mais educada possível para uma menina de 7 anos, ou seja, não muito. Ela murmura um pequeno agradecimento pela comida e pela bebida e segue lentamente a minha filha, excepcionalmente barulhenta, pela porta da cozinha afora.

— Vamos lá, Emily, vamos pegar conchas e ver caranguejos, mexilhões e focas! Posso te mostrar? Posso?

É doloroso ouvir as súplicas de Lydia, quase implorando. Então, fecho a porta da cozinha e medito sobre as minhas esperanças, desejando que se deem bem sozinhas, sem esperar muito.

Angus passa novamente pela cozinha; beija-me na bochecha. Sua barba estava espetando, nada sexy.

— Preciso encontrar Josh em Tokavaig e depois vou a Portree pela manhã para o escritório. Talvez tenha que dormir lá.

— Ok.

Controlo a minha inveja. Ele tem trabalho a fazer. Eu tenho que cuidar de Lydia.

— Mas voltarei para pegar Emily.

— Certo.

— Lá pelas três.

Novamente percebo que nossa conversa está reduzida aonde vou, por que vou, quem usará o bote, quem comprará a comida hoje. Talvez porque estejamos com medo de falar sobre coisas mais importantes, como o que está acontecendo com Lydia. Talvez apenas tenhamos a esperança de que, se não falarmos a respeito, o problema derreterá, como os primeiros flocos de neve nas encostas mais baixas de Ladhar Bheinn.

Ele abre a porta para o ar refrescante e segue até a praia do farol. Assim que a porta abre, finjo para mim mesma que eu *não* estou olhando para Lydia e Emily, mas eu estou. Eu quero ser uma mãe que não interfere, que consegue deixar a filha brincar livremente com a amiga, mas eu também sou a mãe ansiosa de uma filha sem amigas e estou cheia de preocupações.

Ouço o ruído do motor de popa, e Angus desaparece em Salmadair. Por um instante fico parada ali, junto à janela da cozinha, observando um maçarico-real sobre uma pedra, perto do mar, que está bicando um caramujo, jogando algas por cima dele. Em seguida, pula em um pé sobre o pedregulho escorregadio e se agita, irritado por causa da umidade, emitindo um lamento solitário.

Lydia.

Ela está lá, na praia, à beira da maré. Minha filha está dentro das piscinas naturais, observando. Ela está sozinha. Onde está Emily?

Eu tenho que checar.

Fechando meu casaco, ando, casualmente, pelo caminho até a areia e o cascalho.

— Lydia, cadê sua nova amiga?

Minha voz está absurdamente calma.

Agora, Lydia está cavando para tirar alguma coisa da areia com uma vareta. Suas botas estão manchadas de lama cinza e algas verdes e seu cabelo loiro suave está desgrenhado, selvagem, quase animalesco. O capuz dela está abaixado, como uma criança da ilha.

— Lydia?

Ela olha para cima, com uma expressão meio de culpa, meio de tristeza.

— Emily não quis brincar da mesma coisa que eu, mamãe. Ela queria ver o farol, que é chato né? Então eu vim para cá.

Sinto o pânico da solidão naquela afirmação. Já faz tanto tempo, que Lydia não sabe mais como socializar, compartilhar, como ser uma amiga.

— Lydia, você não pode fazer *sempre* só aquilo que você quer. Às vezes, você tem que fazer o que seus amigos querem. Onde ela está?

Silêncio.

— Onde ela está?

O terror da ansiedade comprime a minha garganta.

— Querida, onde está Emily?

— Eu já disse! No farol.

Ela bate o pé, bem nervosa, mas eu ainda vejo a esperança e a dor em seus olhos.

— Ok, então, vamos lá falar com ela. Tenho certeza de que podemos encontrar alguma coisa que vocês duas queiram fazer.

Seguro a mão de minha desanimada filha e a conduzo pelo caminho. Juntas, caminhamos em sincronia até o farol, e lá está Emily Durrant, parecendo completamente cansada, entediada e com frio, as mãos nos bolsos do casaco, de pé, junto à grade do farol.

— Sra. Moorcroft, posso voltar para casa agora? — pede ela, terminantemente. — Quero encontrar meus amigos na vila hoje à tarde.

Imediatamente, olho para a minha filha.

Lydia parece angustiada e magoada com aquele pedido cruel. As lágrimas estão perto de inundar seus olhos azuis.

Mas, é claro, Emily apenas está sendo sincera. Lydia não é sua amiga e provavelmente nunca será.

De alguma forma, contenho minha raiva maternal, o desejo de proteger Lydia, pois estou determinada a tentar mais uma vez.

— Ei, meninas, por que não brincamos de jogar pedras?

— Mas eu quero ir para *casa* — argumenta Emily, fazendo careta.

— Ainda não, Emily, ainda é muito cedo. Mas podemos nos divertir um pouco antes disso. O que acha de procurarmos pedras atrás do farol?

É uma das brincadeiras favoritas de Lydia: procurar pedras, ao longo do trecho plano de água, que as ondas levavam para debaixo do farol. Ela adora brincar disso com o papai.

Emily suspira profundamente.

— Por favor, venha, Emily. Podemos brincar de procurar pedras. Posso te mostrar. Por favor, posso mostrar como se faz?

— Ah, tudo bem, então.

Juntas, descemos cuidadosamente pelos blocos de basalto até o trecho plano de água. Tivemos que escalar e pular as rochas, passando pelas algas marinhas em decomposição. Emily franze o nariz.

Quando chegamos à pequena praia, Lydia pega uma pedra redonda e a mostra para Emily.

— É assim: você tem que achar uma pedra redonda e, então, jogá-la como um disco!

Emily balança a cabeça, claramente desinteressada. Lydia se inclina para trás e pega outra pedra.

— Sua vez, sua vez, Emily! — incentiva Lydia, dando três pulinhos.

Emily não se mexe.

— Vou tentar encontrar uma pedra para você, Emily! Quer que eu ache uma pedra para você? — tenta Lydia, mais uma vez.

Fico observando sem saber como ajudar.

Com cuidado, Lydia procura na pequena praia de seixos uma pedra bem redonda e a entrega para Emily, que a pega, olha para mim e depois para o mar e, em seguida, apaticamente joga a pedra, que cai em linha reta na água. Em seguida, Emily enfia as mãos nos bolsos.

Lydia olha para Emily, desesperada. Eu não sei se devo intervir ou como intervir.

— Já imaginou se todos no mundo quisessem fazer uma fila para ver uma lagarta? — diz Lydia, pelo menos.

Emily não responde.

— Imagine só, imagine que, se formassem a fila, você precisaria ter um grande restaurante, mas não haveria ninguém para preparar a comida, porque todos estariam na fila! — continua Lydia.

É uma daquelas fantasias da minha filha, suas frases sem sentido, que ela costumava compartilhar com Kirstie, quando ambas caíam em gargalhadas, incrementando cada vez mais suas frases absurdas.

— Posso ir para casa *agora*? — pergunta Emily, balançando a cabeça, encolhendo os ombros diante da ideia de Lydia e olhando para mim.

Não é culpa de Emily Durrant, mas eu quero muito dar um tapa nela.

Estou prestes a desistir, querendo chamar Angus e dizer para buscar a menina, ou eu mesma arrastarei Emily, a pé, pelos lodaçais, na maré baixa — o que acontece em menos de uma hora, à uma da tarde.

— Emily, você quer jogar Vovó Nervosa no telefone grande? — pergunta Lydia.

E isso muda tudo. Emily Durrant realmente parece curiosa. O *telefone grande* é o iPad, que compramos quando tínhamos dinheiro.

— É um iPad — explico a Emily. — Com muitos jogos.

Emily Durrant franze a testa, mas é uma expressão diferente, quase agradável, um misto de confusão e interesse.

— Meu pai não deixa a gente jogar no computador ou coisas assim. Ele diz que isso não é bom para crianças. Mas eu posso jogar aqui?

— CLARO! Claro que você pode, querida. — Nem me preocupo se isso pode aborrecer os Durrant, pois só penso em salvar o dia. — Vamos lá meninas, vamos lá dentro, vocês podem jogar no iPad e eu vou preparar o almoço! Que tal?

Aquilo deu certo! Emily Durrant parece entusiasmada de verdade. Consequentemente, nós três escalamos as rochas de volta rumo a casa, onde as acomodo na sala de estar, junto à lareira acesa crepitando e com o reluzente iPad. Emily se anima quando um jogo começa. Lydia lhe mostra como passar o primeiro nível do seu jogo favorito: como impedir a vovó nervosa de atingir o vidro.

As meninas se entreolham e sorriem juntas, como amigas, como irmãs, como Lydia e Kirstie costumavam fazer, e eu faço outra pequena oração de agradecimento, hesitante. Esperançosa, saio da sala de estar e vou até a cozinha. Quero preparar macarrão com molho à bolonhesa. Todas as crianças gostam de massa com molho de carne moída.

Continuo a ouvi-las, rindo e conversando, na sala de estar. O alívio é intenso. Não é exatamente o que eu pretendia, o que eu havia imaginado. Não são duas meninas correndo por nossa bela ilha, caçando conchas e búzios, apontando para focas que nadam acima do rio Kinloch: são duas crianças debruçadas sobre um iPad, dentro de casa. Poderíamos estar em Londres. Poderíamos estar em qualquer lugar. Mas isso deu certo e, sem dúvida, pode ser o começo de algo melhor.

Os minutos passam, em devaneios de puro alívio. Escorro o *penne*, faço o molho cuidadosamente e aprecio, de quando em quando, a vista da baía de Ornsay e as montanhas além de Camuscross, pela janela da cozinha. A beleza de Torran e Ornsay é subjugada hoje, mas, ainda assim, impressionante. É sempre impressionante. O céu e o mar, pálidos e cinzentos. A coloração castanho-avermelhada das plantas mortas no inverno. O barrir dos cisnes selvagens.

O som de uma menina gritando.

O quê?

É Emily. E ela está berrando.

Desesperadamente.

Fico ali parada, sem reação. Paralisada pelo medo, por não saber o que está acontecendo. *Não, não novamente. Por favor, não.*

O reflexo assume o comando do meu corpo e corro até a sala, que está vazia, mas, então, ouço o grito de novo — e está vindo do meu quarto e de Angus, aquele com a Cama do Almirante, e então eu entro no quarto: Emily está em pé, em um canto, chorando freneticamente. E apontando para Lydia.

— Ela! Ela! Ela!

Lydia está sentada na cama e também está chorando, mas de modo diferente. Desamparada, taciturna. Aquelas lágrimas silenciosas que me assustam.

— Meninas, o que foi?! O que aconteceu?!

Emily urra como um animal e sai correndo do quarto, passando rapidamente por mim. Tento segurá-la, mas ela é rápida demais. O que eu faço? Eu não posso deixá-la correr até à praia, para as rochas, não naquele estado histérico. Ela pode cair, algo ruim poderia acontecer. Então, vou atrás de Emily até a cozinha, onde a acuo em um canto, ao lado da geladeira. Ela está tremendo, tremendo, chorando, gritando e gritando, sem parar.

— Ela! Foi ela! Falando! Ela! No espelho! No espelho!

— Emily, por favor, acalme-se... é só... — mas eu não sei o que dizer.

— Quero ir para casa! Quero ir para casa! Eu quero a minha mãe. Quero ir para casa! — grita Emily em meu rosto.

— Mamãe...

Eu me viro.

Lydia está na porta da cozinha, com uma expressão angustiada, parada ali, com suas meias cor-de-rosa e seus pequenos jeans.

— Sinto muito, mamãe... eu só... eu só falei que Kirstie também queria brincar. Só isso...

Aquilo provoca gritos ainda mais altos de Emily: ela olha aterrorizada para a minha filha e tenta se afastar, recuar.

— Quero ir para casa! Poooor favooor, por favor, fique longe de mim, quero ir embora! Fiquem longe de mim!

17

Angus chega depressa. Trinta minutos depois que telefonei — ele estava em Ord, que tinha um sinal razoável de celular —, vejo o bote surgir, em torno das rochas de Salmadair.

Enquanto isso, eu tinha acalmado Emily Durrant. Ela ainda está tremendo, mas as lágrimas tinham parado. Eu lhe dei alguns biscoitos com achocolatado e a mantive longe de Lydia.

Eu tenho que manter as outras crianças longe da minha filha.

Lydia está deitada no sofá da sala, fingindo ler um livro. Ela parece muito solitária — e culpada, também: como se ela tivesse falhado em algo muito importante.

E o pior de tudo: ela realmente tinha.

Depois disso, eu não consigo imaginar como ela fará amizade com qualquer pessoa em Kylerdale. Independentemente do que ela fez para assustar Emily — falar na sua linguagem de gêmeas? Fingir falar com Kirstie? Falar da irmã fantasma? —, a menina irá contar para todos na escola, todas as crianças vão acreditar nela e Lydia se tornará, ainda mais, a garota estranha de Torran. A assustadora e solitária menina com as vozes em sua cabeça.

E os Durrant certamente me odiarão, por diversas razões: por deixar sua filha jogos eletrônicos, por deixar sua filha triste e aterrorizada.

Estamos condenados. Talvez tenha sido um trágico erro nos mudarmos para cá.

— Onde ela está? — pergunta Angus, ao entrar na cozinha e ver Emily, de pé, no canto mais distante da cozinha. — Onde está Lydia?

— Na sala — sussurro —, ela está bem, considerando...

— Mmm.

Ele está me olhando como quem diz: seu dia especial foi uma catástrofe.

É minha culpa, eu planejei tudo isso, e tudo tinha dado horrivelmente errado.

— Por favor, Angus, só leve a Emily para casa.

— Vou levar.

Ele vai até Emily e a segura pela mão, bem desajeitadamente, conduzindo-a para a tarde iluminada. Eu lhe alcanço a bolsa de Emily, com seu brinquedo dentro. Os dois caminham rumo ao barco e, assim que ouço o barulho do motor, caio em desespero e volto para dentro.

Estamos aqui, apenas Lydia e eu. Sozinhas. Espio pela porta da sala de estar. Ela ainda está lendo, mas não exatamente lendo.

— Querida...

Ela nem sequer olha para mim. Seu rosto branquinho está coberto de lágrimas. A casa está muito silenciosa, apenas o uivar do vento, o barulho das ondas e o crepitar das madeiras na lareira. Desejo ter uma televisão. Gostaria que tivéssemos uns cem televisores. Gostaria de voltar para Londres. Eu não posso crer que estou desejando isso, mas creio que estou.

Só que não podemos voltar atrás. Estamos presos em uma ilha.

Temos pouquíssimo dinheiro. *Eu* não tenho nenhum dinheiro. Estamos investindo tudo em Torran, temos apenas o suficiente para uma reforma básica; e se vendermos a ilha agora não ganharemos nada. Perderíamos tudo e iremos à falência.

A noite transcorre em um silêncio assustador. O domingo é apático e sem graça; nossa filha fica em seu quarto. Sinto que, se for tentar consolá-la, poderia piorar as coisas. Mas o que mais devo fazer? Angus não está ajudando. Na segunda-feira de manhã, ele mal fala comigo: há raiva em suas atitudes, ele não consegue esconder. Ele fecha seu punho sobre a mesa arrumada com o café da manhã, como se estivesse prestes a me dar um soco.

E começo a sentir um medo genuíno dessa raiva, a violência reprimida que ela sugere. Afinal de contas, Angus bateu no chefe. E seu pai, bêbado, bateu em sua mãe até quase matá-la. Angus poderia ser diferente? Evidentemente, ele bebe e está sempre com raiva. Não creio que encostaria a mão em Lydia, mas eu já não me sinto totalmente segura ao seu lado. Tão perto.

Ele se levanta, sem dizer uma palavra, e coloca sua louça do café da manhã na pia. Dou de ombros e o deixo levar Lydia para a escola. Afinal, eu não consigo enfrentar as mães e os pais no portão; principalmente a mãe de Emily Durrant. Lydia também está calada. Todos ficamos silenciados.

Uma vez sozinha, tiro o telefone do gancho. Não quero ser perturbada, preciso de um tempo para pensar.

Então, vou ao nosso quarto e deito lá, durante cinco ou seis sombrias e silenciosas horas, olhando para o teto e suas manchas de umidade. Penso no que minha mãe disse sobre o comportamento estranho de Kirstie um pouco antes do acidente. O fato de Angus ter chegado mais tarde naquela noite depois de estar com Imogen.

Há algum *indício* aqui. O que é? Sinto como se estivesse olhando para um quebra-cabeça 3D e, se deixar meus olhos relaxarem, a solução surgirá.

Descansando meu rosto piedosamente em minhas mãos, meus olhos lentamente desfocam e olho vagamente por todo o quarto. Dou-me conta de fixar o olhar na estimada cômoda de Angus. Um dos móveis que *tinha* que vir de Londres para cá.

O móvel já existia antes de nos casamos. Um presente de sua avó: uma antiga cômoda vitoriana escocesa. As gavetas têm chave e ele as mantém trancadas.

Mas eu sei onde ele guarda a chave. Vi, algumas vezes, sem querer, quando ele a pegou; afinal de contas, estávamos casados há dez anos. É impossível não ver tais coisas em dez anos. Provavelmente, ele não sabe que eu sei, mas eu sei.

Atravessando o quarto, olho atrás da cômoda e aqui está. Encaixada em uma fresta, atrás do móvel.

Paro por um instante. O que estou fazendo?

A chave entra com facilidade na primeira fechadura. Puxo as alças de bronze, abrindo a gaveta de cima.

A casa está muito gelada.

Ouço as gaivotas mergulhando através dos ventos de Torran, com seu grito carente, irritante e acusador.

A gaveta está cheia de revistas e documentos, papelada de trabalho, periódicos de arquitetura, alguns autografados por especialistas do ramo, como Richard Rogers, Renzo Piano e outras pessoas que eu não conheço. E uma pasta de currículos e portfólios. Fotos de obras, mapas e projetos.

Destranco a próxima gaveta e a abro. Esta parece mais promissora, embora eu não faça ideia do que poderia ser. Há cartas e livros. Pego uma carta e a ergo, à luz, para conseguir ver no escurecer da tarde. É a letra da sua avó.

Querido Angus, estou escrevendo de Torran para contar que temos um casal de lontras em reprodução! Você precisa vir aqui para vê-los. Eles brincam o dia todo na praia do farol, é lindo...

Eu me sinto culpada, com uma sensação de estar fazendo a coisa errada ao ler aquilo. O que estou fazendo? Bisbilhotando nas coisas do meu marido?

Ainda assim não confio mais nele; afinal, ele contou muitas mentiras: sobre o brinquedo, sobre a troca de identidade. E eu também estou cada vez com mais medo dele. Então, preciso saber. Quero entender o que está acontecendo. Largando aquela carta, procuro por outra.

Um ruído estremece o ar. Um rangido no chão. É Angus de volta? Já? São quase três horas e a maré está baixa. Ele poderia ter atravessado os lodaçais a pé. Mas por que ele faria isso?

O estalo se repete. O terror atua como uma gelada injeção intramuscular.

Por que Kirstie estava com medo de Angus no dia em que morreu? Será que foi vítima de sua violência? Será que ele bateu nela?

O ruído cessa. Deve ser a dobradiça da porta dos fundos da cozinha rangendo. Provavelmente não a fechei direito.

A dedução traz o alívio e volto à segunda gaveta novamente. Jogo as cartas no chão. Mais uma de sua avó, outra da mãe, uma terceira de seu irmão, escrita com uma letra horrível de estudante. E também encontro duas cartas datilografadas sobre seu pai e sua certidão de óbito. E então — meus dedos formigam com uma ansiedade inexplicável — eu encontro.

Uma cópia de *Anna Karenina.*

Anna Karenina?

Angus não costuma ler romances. Ele devora jornais e revistas de arquitetura, e pode facilmente se interessar por um volume de história militar, como a maioria dos homens.

Mas romance? Jamais.

Por que ele tem uma cópia de *Anna Karenina*? E por que estaria escondida?

Pego o volume e folheio as primeiras páginas. Meus dedos paralisam quando chego na terceira página.

Há uma breve inscrição manuscrita, embaixo do título.

Para nós, então... Com amor, Immy, bj bj bj

Eu conheço aquela caligrafia dos cartões de Natal e de aniversário, e dos sarcásticos e espirituosos postais de Umbria e do Loire, de cada verão. Convivi com aquela letra por toda a minha vida adulta.

Pertence a Imogen Evertsen.

Minha melhor amiga, Immy.

E ela tinha escrito "com amor" e acrescentou três beijos? Em um famoso romance sobre adultério?

Imogen Evertsen?

Minha respiração provoca um leve vapor no quarto gélido. Desejo, urgentemente, olhar todo o conteúdo que ainda há na cômoda, mas não posso, pois sou novamente interrompida por um ruído. E aquele som é inconfundível.

Há alguém na casa. A porta bate e ouço passos.

18

É Angus? O que eu faço? E se ele me pegar bisbilhotando em suas coisas? A ameaça de sua violência se torna, subitamente, muito real.

Junto todas as cartas e as coloco depressa na gaveta, desesperada, freneticamente, embora tentando fazer aquilo em silêncio. A última carta é amontoada em seu lugar e eu me viro.

Contando meus próprios batimentos cardíacos.

Os passos cessaram, mas ouço um estrondo. Definitivamente, há alguém na cozinha, e certamente entrou pela porta dos fundos, sabendo que não estava trancada.

Portanto, deve ser Angus.

Preciso fechar as duas gavetas rapidamente, sem fazer barulho, devagar, devagar. Fecho a primeira, mas com um ruído muito alto. Hesito, totalmente tensa.

Passos novamente. Aquilo é uma voz? A voz de uma criança, de uma menininha? Será que Angus tinha voltado para casa com Lydia? Por que ele a pegaria mais cedo na escola? Se não era Lydia, quem poderia ser?

Então, faz-se um silêncio.

Se eram vozes, pararam. Mas, assim que fecho a segunda gaveta, ouço o barulho de passos, de novo. São passos lentos e cuidadosos.

Tenho a assustadora impressão de que alguém anda furtivamente. Quem quer que esteja na casa, está tentando ser o mais silencioso possível enquanto se aproxima. Por quê?

Uma porta range, quase imperceptivelmente. É a porta da sala de jantar, reconheço o som. Isso significa que a pessoa, o intruso, quem quer que fosse — certamente Angus? — está se aproximando lentamente de mim neste quarto. Preciso me apressar. Energicamente, tranco a gaveta do meio e, em seguida, vou trancar a de cima, mas a chave desliza por entre os meus dedos suados e fico tateando, desesperada, as tábuas do assoalho. Agora o quarto está escuro, pois o inverno já domina lá fora. Onde, onde está a chave? Eu estou ajoelhada, em meu jeans, no chão, feito um assaltante. Isso é patético e errado, mas tenho que encontrar a chave.

Pronto!

Acabando com meu pânico pungente, tranco a gaveta de cima e coloco a chave no esconderijo. Levanto, viro-me, começo a alisar minha camisa e tento parecer normal, assim que os passos atingem o corredor e a porta do quarto balança, abrindo lentamente.

Não vejo nada.

Fico olhando para o retângulo vazio que conduz à sala. A pintura malfeita do dançarino escocês me encara no silêncio.

— Olá?

Silêncio.

— Olá??

O silêncio parece um uivo, um grito penetrante. Mas a coisa mais barulhenta na casa é o meu coração, batendo depressa. Quem está na casa e por que está brincando daquele jeito? Por que alguém queria me assustar? Tenho certeza de que ouvi passos, não foi uma ilusão. Há alguém ali.

— Olá? Quem é? Quem está aí? Quem é?

Nada.

— Pare com isso! Angus!? Lydia?! Parem!

A escuridão se intensifica. A luz da tarde de inverno desaparece tão rapidamente quanto em um dia nublado. Por que eu não tinha acendido as luzes antes? A casa está envolta no mais puro negrume. O mar vai e vem, exausto. Bem devagar, caminho até a porta e perscruto. A sala me espera, vazia. Vejo as formas do mobiliário na sala de jantar. Está tudo sombrio e incrivelmente gelado. A casa de Torran sempre é gelada, mas agora está muito mais. Percebo que estou tremendo.

Inclino-me e acendo a luz, que era fraca, sessenta watts. Não fazia muita diferença se comparada à luz da lua.

— Brilha, brilha, estrelinha... quero ver você brilhar...

É uma voz de menina, vindo do quarto de Lydia.

— Faz de conta que é só minha... só pra ti irei cantar...

Mas é a voz de Kirstie. Porque eu conheço aquela música, é a sua favorita . É a canção de ninar que seu pai costumava cantar para ela. A voz de Kirstie está abafada e distante, mas, ainda assim, cadenciada e feliz.

— Brilha, brilha, estrelinha... brilha, brilha lá no céu... vou ficar aqui dormindo...

Eu me controlo. Não pode ser Kirstie, obviamente. Ela está morta.

Portanto, só pode ser Lydia, em seu quarto, fingindo ser Kirstie. Mas como ela tinha entrado no quarto? Por que ela está aqui? Será que Angus a trouxera mais cedo? Por que ela está cantando como a Kirstie?

— Lydia! Lydia!

Vou correndo até o quarto, mas a porta está fechada. Giro a maçaneta e empurro a porta, hesitando, dolorosamente, no último instante, completamente dominada pelo medo obsceno de que eu iria encontrar Kirstie ali, com seu chapéu azul, alegre, brincando, saltitante. Viva. Ou talvez estará estatelada sobre a cama, sangrando e morrendo, do jeito que estava em Devon, depois da queda. *Um corpo sangrando, cantando.*

Minha imaginação parece mais um pesadelo.

Tomando coragem, abro a porta e olho dentro do quarto e lá está Lydia, em seu uniforme escolar, debaixo do seu grosso casaco rosa, olhando, emotiva, pela janela, para o mar e para a costa até Ardvasar, em uma única e grande escuridão, sob o céu estrelado. Seu quarto está incompreensivelmente gelado.

— Mas, Lydia, querida... por quê?

Ela se vira e sorri tristemente para mim. Seu uniforme escolar ainda está muito grande. Ela parece solitária, da mesma forma que eu já tinha observado. Meu coração palpita de tanta pena.

— Você estava cantando?

— Kirstie estava cantando — responde ela, simplesmente —, como sempre faz. Eu estava ouvindo e dançando. Mas ela já foi embora.

Ignoro aquilo, pois não consigo lidar com as consequências. Minha filha está realmente ficando louca.

— O que você está fazendo aqui Lydia? — questiono, olhando o meu relógio, são só três horas e a saída da escola devia acontecer só agora. — Lydia! Lydie-lo... O que aconteceu? Como você... eu não... Por quê?

— Fui eu. Eu a trouxe — quebra o encanto o barítono de Angus que estava de pé, junto à porta, alto e ameaçador —, pois me ligaram da escola.

Meu marido olha expressivamente para mim. Seu colarinho está sujo.

— Ligaram para falar de Lydia. Pediram que eu fosse buscá-la— explica, olhando pelo quarto espartano de Lydia, a girafa de pelúcia sobre a cama, o livro *Charlie e Lola* no chão. — Meu Deus! Por que está tão frio aqui? Temos que consertar o aquecimento — afirma Angus, olhando para mim de maneira significativa.

Eu abraço Lydia e ela sorri, sem expressão, mais uma vez, e então, nós, os pais atenciosos, saímos do quarto. Angus e eu fechamos a porta e ficamos em pé, um ao lado do outro, no corredor. Eu sinto vontade de me afastar. Ele está muito perto, muito alto, muito másculo.

— A secretária da escola me ligou dizendo que não conseguiu falar com você. Ela disse que Lydia estava muito triste. Muito desesperada. Pois Emily Durrant se recusou a ficar na mesma sala que ela. E, logo depois, muitas outras crianças fizeram o mesmo. Então me pediram para pegá-la mais cedo.

— Mas por quê...

Angus parece mais velho, cansado. Seus olhos castanhos buscam os meus.

— Eles querem que ela fique em casa por uma semana — suspira ele, de modo firme, esfregando o queixo —, eu até tentei falar com Lydia, mas você sabe com quem ela se parece, aquele maldito silêncio.

Ele para por ali; afinal, era insulto o suficiente.

Sinto vontade de bater nele! Não esqueci o livro! *Imogen Evertsen*? Mas, agora, minha prioridade é Lydia.

— Por que uma semana? E depois? O que vai acontecer?

— Não sei. Apenas pediram um tempo para as coisas se acalmarem. Então fui buscá-la e a trouxe para casa — explica, encolhendo os ombros.

— Você entrou furtivamente na casa... eu... eu... Você me deu o maior susto...

— Para ser sincero, não imaginei que houvesse alguém aqui, as luzes estavam todas apagadas.

Ele está mentindo. De novo. Eu sei. *Ele está mentindo*. Os olhos vidrados nos meus. Talvez ele saiba que eu olhei na cômoda. E talvez até saiba que encontrei o livro *e nem se importa*. Mas e Lydia? Como ela deve estar se sentindo agora?

— Preciso falar com ela.

— Não sei se é um bom momento...

Empurrando sua grande e controladora mão, abro a porta do quarto de Lydia, provocando um rangido. Ela está sentada em sua cama, com os olhos vidrados, lendo *Charlie e Lola* de novo. Como ela costumava fazer, anos atrás. Deveria ser como um alimento reconfortante. Ela quer se reanimar. Quero que seu quarto seja mais iluminado e mais quente. Esse frio é abominável.

— Lydia, o que aconteceu na escola?

Ela continua em silêncio, lendo.

— Querida, preciso saber se alguém fez alguma coisa ruim para você.

Apenas o barulho do mar, sussurrando para as areias e para as rochas.

— Lydia... — recomeço, sentando na lateral da cama e a acariciando —, Lydia. Por favor, fale comigo.

— Nada.

Novamente aquela resposta. Igualzinha à sua mãe.

— Lydie-lo, por favor...

— Nada — fala, erguendo o rosto, e seus olhos parecem incendiar. — Nada! Não aconteceu nada!

Acaricio seu braço novamente, mas ela reage com ainda mais fúria.

— Saia daqui!

Lydia está gritando comigo. Seu rostinho pálido e bonito está corado de raiva e a testa franzida pela adversidade.

— Saia daqui, eu te odeio, eu te odeio...

— Lyd...

Estendo a outra mão, mas Lydia me dá um tapa, com força, muito mais força do que eu imaginava que ela teria. Dói muito.

— SAIA DAQUIIIIIII!

— Ok, ok.

— SAIA DAQUIIIIIII!

— Certo, estou saindo...

E recuo, derrotada, acabada, a pior das mães. Vou até à porta e a abro, batendo-a atrás de mim, deixando minha filha sozinha em seu quarto. Eu a ouço soluçando como o mar, tão forte quanto as gaivotas de Camuscross, mas não há mais nada que eu possa fazer.

Olho para a porta, e está escrito *Quarto DA LYDIA. Não entre sem bater*! em letras brilhantes douradas. Controlo as lágrimas; afinal, meu choro em nada ajudaria. Como minhas emoções podem ajudar?

— Eu ouvi tudo — intromete-se uma voz profunda e tranquila.

Angus está ali, de pé no corredor, diante da porta aberta que leva à sala. Ouço o crepitar da lenha na fogueira e vejo as luzes das chamas calorosas.

— Ei...

Seus braços estão abertos. Ele quer me abraçar. Eu quero bater nele, bem forte! Mas uma parte de mim quer abraçá-lo.

Porque eu ainda quero sexo.

Sexo é tudo que eu *mais* desejo naquele momento. Muito. Acho que, provavelmente, é um desejo sexual por ciúme. É aquele livro assinado por Imogen que me deixou com ciúmes, e com mais desejo. Eu quero possuí-lo, marcá-lo, provar que ele ainda é meu, da mesma forma que ele fez comigo.

Eu também só quero sexo. Nunca é o suficiente.

Ele se aproxima.

— Você já fez tudo que podia. Não há mais nada que possamos fazer — afirma, chegando mais perto. — Ela ainda está confusa, é claro. Mas ela vai ficar bem. Ela vai ficar. Talvez ela precise de ajuda. Talvez todos nós precisemos de ajuda. Talvez você devesse falar com aquele cara de novo, aquele de Glasgow. Como ele se chama, mesmo? Kellaway?

Sua mão procura a minha. Percebo que ele também me deseja.

Suavizando o meu olhar, entreabro meus lábios e levanto meu rosto em sua direção, e ele afunda sua boca junto à minha. E nos beijamos como não fazíamos há mais de um mês. Talvez três meses.

Tiramos as roupas fervorosamente, como adolescentes. Arranco sua blusa enquanto ele desabotoa meu jeans. Dominados pela atração, cambaleamos vertiginosamente pela sala. Ele me pega no colo e me carrega, do jeito que eu queria ser carregada.

Faça isso, Angus Moorcroft. Trepe comigo!

E ele me penetra. A sensação é boa. Exatamente do jeito que eu quero. Fodendo com força, como sempre, do jeito que costumávamos fazer. Nada de preliminares, nada de bobagens, eu só quero senti-lo dentro de mim, resolvendo quaisquer dúvidas em apenas alguns minutos.

Seus beijos são poderosos e intensos. Ele morde meu ombro enquanto me vira e me penetra novamente. Agarro-me aos travesseiros, sentindo ele me beijar e me morder.

— Amo você, Sarah.

— Foda-se!

— Sarah!

— Mais forte — sussurro, com o rosto no travesseiro.

— Ah...

Uma de suas mãos está ao redor do meu pescoço, apertando minha cabeça contra o travesseiro, como se fosse quebrá-lo em um piscar de olhos. Olho para ele e vejo o brilho da raiva em seus olhos; então, o empurro para cima e para trás, empurrando-o para fora de mim e fico por cima. Eu estou excitada e brilhando de suor, magoada, pronta para gozar, pego sua mão e a coloco em volta do meu pescoço novamente.

— Vamos! Foda-me, do mesmo jeito que fodeu Imogen!

Ele não reage. Nem pisca. Seu polegar continua apertando firme a minha garganta, minha traqueia. Ele pode esmagá-la, pois é forte o suficiente. Ao contrário, ele olha dentro dos meus olhos firmemente e com raiva, ergue-me e me empurra para trás, penetrando-me de novo.

— Ela gozou? Ela gozou quando você transou com ela? Foi assim que fizeram?

Ele continua metendo em mim, sua mão forte pressionando meu pescoço alvo. E eu o imagino transando com ela, fodendo a minha melhor amiga. Eu quero odiá-lo, e eu o odeio. E enquanto eu o odeio vem o orgasmo, meu orgasmo, vertiginosamente irresistível.

Enquanto o meu orgasmo se intensifica, em ondas, ele goza também: caindo sobre mim, sem respirar, e, em seguida, respirando com força. E então, recuando, ele se deita ao meu lado. Dois corações batendo com força, e o mar do lado de fora da janela.

— Nunca tive um caso com Imogen — diz ele.

19

— Há um livro, na sua cômoda, com uma dedicatória dela.

Estamos deitados de costas, nus, suados, debaixo do edredom, olhando para o teto, com aquela enorme mancha de umidade, que parece ainda maior com a luz fraca da lâmpada de cabeceira.

O crepúsculo tinha virado escuridão, a janela está aberta para o mar estrelado.

— Você olhou?

— Estava assinado. *Com amor, Immy, beijo, beijo, beijo.*

Ele não diz nada.

Eu me viro e olho para ele, brevemente, seu perfil bonito, tranquilo, olhando para cima, como um daqueles cavaleiros dos túmulos das igrejas, esculpidos em pedra. Então, torno a me deitar, olhando para cima.

— Ela lhe deu um romance. Sobre adultério? Você nem gosta de romances. Ela assinou com amor e beijos. E agora você me diz que *não* está transando com ela.

— Não estou transando, nem tendo um caso com ela.

E, então, o silêncio. Uma pausa reveladora, fatal.

— Mas dormimos juntos uma vez — diz, suspirando.

A brisa fria balança as cortinas.

Eu me controlo.

— Quando foi isso, Angus? Foi naquela noite? A noite do acidente? — faço a pergunta óbvia.

Sinto quando ele se vira, em minha direção, sobre o travesseiro.

— Não, Sarah! Meu Deus, não! Tudo que eu disse naquela época era verdade! Só passei lá ao sair do trabalho. Acredite!

Eu hesito. Talvez eu acredite nele. Parece convincente.

Mas...

— Mas você disse que transou com ela.

Ele suspira novamente.

— Foi depois, Sarah. Depois que Kirstie caiu, você ficou tão... assim, você sabe, tão imersa em sua tristeza, alucinada pela dor.

— E você não?

— Não. Não estou dizendo isso, claro que não. Meu Deus! Eu também fiquei muito mal, é claro, à minha maneira, bebendo muito. Mas você se tornou intocável. Não me deixava nem chegar perto.

Não me lembro disso. Não me lembro de ser *intocável*. Mas deixarei isso pra lá, por enquanto.

— E, então, você foi buscar consolo com Imogen? Minha melhor amiga? Alguém para lhe dar carinho?

— Eu só precisava de uma amiga. Você se tornou inatingível. E sempre fomos muito próximos, Immy e eu, sempre. Quero dizer, ela estava conosco até na noite em que nos conhecemos, lembra?

Recuso-me a olhar para ele. Prefiro olhar o teto. Ouço um pássaro solitário lá fora, sibilando e guinchando. Agora sei por que Imogen Evertsen continuou ao meu lado, quando tantos outros amigos se afastaram. Ela se sentia culpada. Mas sua culpa tornou a nossa amizade estranha, e para sempre diferente.

— Eu ainda preciso saber — viro-me um pouco. — Me fala, Angus. Quando você dormiu com ela?

Ele dá um longo suspiro.

— Foi... foi quando eu estava destroçado... talvez um mês depois do acidente. Tínhamos bebido. Estávamos conversando. Ela começou... ela se inclinou e me beijou. Foi ela que começou. É claro... eu correspondi, mas... mas depois eu acabei com isso. Tudo acabou ali, depois da primeira noite. Eu não quis continuar.

— E o livro?

— Ela o mandou uma semana depois. Nem sei por quê.

Fico pensando. Então, Angus não quis. Mas quando foi que ele não quis? Será que transaram a noite toda? Um fim de semana? Será que eles se beijaram e riram pela manhã? Eu me importo? Eu estou menos vingativa do que o esperado, mais indiferente. Aquilo parece tão pequeno... Passei de temer a desprezar meu marido. E, mesmo agora, quando eu o quero longe de mim, eu me pergunto o que eu faria sem ele, já que estamos presos nesta ilha.

Eu ainda preciso dele, praticamente do mesmo modo que o odeio.

— Sarah, eu queria uma amiga para conversar sobre o acidente. Acredite em mim. Mas Imogen confundiu tudo. E, depois, ela foi tomada pela culpa, de verdade.

— Que merda de gentileza, não? Sentindo-se culpada depois de transar com o meu marido!

— Eu não queria ter um caso. O que mais posso dizer?

— Por que guardou o livro?

— Não sei, Sarah. Eu... só guardei. É a mais pura verdade. Eu nunca quis nada sério, e quando ela veio, toda romântica, eu disse que não íamos continuar com aquilo e, desde então, temos sido bons amigos. Ela ainda ama você, realmente ama. Ela se sente muito mal pela situação ter chegado a esse ponto.

— Devo mandar um cartão de agradecimento? Ou, quem sabe, um livro?

Agora, ele está olhando pela janela, apreciando o mar através da janela. Sinto isso, vejo pelo canto dos olhos.

— Você parece ter esquecido! Mas eu já te perdoei uma vez!

Minha raiva é instantânea.

— Você está se referindo ao meu "caso"? Sério?

— Sarah...

— Depois que as gêmeas nasceram? Depois que você me ignorou durante um ano, quando você vivia irritado e me deixou sozinha com as fraldas e duas gêmeas chorando? Totalmente sozinha?

— Ainda assim, eu te perdoei.

— Mas eu não dormi com o seu *melhor amigo*, não é, Angus? Dormi? Será que eu seria capaz de transar com o seu *melhor amigo*? Será? Logo depois que sua filha morreu?

Ele fica em silêncio.

— Certo. Você acha que é diferente. Entendi — finalmente diz.

— Que bom para você.

— Mas, por favor, talvez haja alguma perspectiva.

— *O quê*?

— Não aconteceu nada, Sarah. Nada emocional. Se você consegue me odiar e odiar Imogen, ao menos nos odeie pelo que realmente fizemos, e não pelo que você acha que fizemos.

— Acho que consigo administrar o meu ódio sozinha.

— Sarah!

Ignorando-o, levanto-me da cama e coloco meu vestido grosso de lã. As tábuas do chão estão frias e congelam meus pés descalços. Vou até a janela. A lua está enorme sobre as pequenas ilhas. Uma noite de inverno sem nuvens. Deveria ser algo incrível. É algo incrível. Aquele lugar é tão implacavelmente incrível, totalmente sem fim. Independentemente do que estivesse acontecendo ao redor, a beleza continua, como um terrível pesadelo.

Angus dá mais desculpas, mas eu mal escutava.

Pela primeira vez, vejo Angus como algo verdadeiramente inferior ao que ele era. Menos másculo, menos homem, menos companheiro, bem menos. Se eu pudesse, pegaria Lydia e sairia imediatamente pela porta, sem demora.

Mas eu não posso. Não tinha para onde ir. Minha melhor amiga, Imogen, não era mais a minha melhor amiga, e a casa dos meus pais traz tantas lembranças.

Estamos financeiramente presos em Torran, por enquanto. Eu estou presa com meu marido adúltero. Talvez, com o tempo, eu o perdoe. Talvez. Talvez três décadas seja o suficiente.

— Sarah — diz Angus mais uma vez, como se nunca fosse parar de dizer meu nome.

Mas eu saio do quarto e vou para a cozinha, pois estou com fome.

Preparo uma torrada para mim e sento à mesa. Mastigo ruidosamente, mecanicamente me alimentando, olhando para o telefone, pensando em Lydia.

Eu sei que preciso ligar para Kellaway. Angus está certo sobre isso, eu tenho que falar com Kellaway. Preciso falar com ele o mais rápido possível, preciso do seu parecer sobre aquilo. O que está acontecendo com a minha filha? Talvez ele possa me ajudar em relação ao que eu chamava de "casamento". Será que o meu mentiroso marido ainda esconde algo?

À noite, Angus e eu nos confrontamos mais uma vez.

Eu estou sentada na sala, olhando a chuva. Eu costumava gostar da chuva que varria o Sound desde o Estreito de Sleat. Ela parecia transformar tudo, de alguma forma, em uma triste canção gaélica: fluida e suave, lírica, ainda que indecifrável. O cenário era tão belo que as palavras desapareciam.

Agora, a chuva me irrita.

Angus entra na sala com um copo de uísque em sua mão. Ele tinha saído com o cachorro para um passeio. Beany deita perto do fogo, mordendo seu osso de brinquedo favorito, e Angus desaba na poltrona.

— Beany pegou um rato — conta ele.

— Ah, então só faltam três mil agora.

Ele sorri rapidamente, mas eu não. Seu sorriso desaparece.

O fogo estala. O vento lamenta a condição do telhado.

— Escute — argumenta ele, inclinando-se para a frente, irritantemente.

— Não quero ouvir.

— Imogen e eu, foi só uma noite. Só! Foi um erro entre pessoas bêbadas.

— Mas você fez sexo com a minha melhor amiga, um mês depois que nossa filha morreu.

— Mas...

— Sem mas, Angus. Você me traiu.

Uma expressão escura de raiva cobre seu rosto.

— Eu *te* traí?

— Traiu! E da pior forma! Enquanto eu estava de luto!

— Mas...

— Foi uma traição, não foi? Ou haveria outro nome para isso? O que foi então, Angus? Que nome você daria a isso? Uma rede de apoio?

Ele não diz nada, embora parecesse querer. Os dentes rangem em sua boca, eu vejo os músculos em movimento.

— Gus, quero que você durma no sofá.

Ele engole o uísque, lentamente.

— Claro! Por que diabos não iria querer? Temos tantos sofás!

— Não me venha com essa merda de autopiedade. Não agora!

Ele ri, com profunda amargura e me olha diretamente.

— Você leu tudo que estava escrito no *Anna Karenina*? Leu?

— Li a dedicatória, Angus. Por quê? Será que me esqueci de ver os coraçõezinhos que ela desenhou no meio do livro?

Ele exala e balança a cabeça. Parece muito chateado. Ele se abaixa e coça a orelha do seu amado cão e eu resisto ao impulso de sentir pena dele.

Angus dorme no sofá, conforme ordenei. De manhã, permaneço debaixo do edredom e escuto ele tomar banho e se vestir. Em seguida, reúne a papelada, os projetos da sua preciosa casa em Ord. Espero pelo som do motor de popa, indicando sua saída. Então, levanto para fazer o café da manhã para Lydia, depois me vestir e me preparar.

Lydia está no sofá, lendo *O Diário de um Banana*. Ela não vai para a escola até que as coisas se acalmem. A ideia de que as coisas se acalmariam parece misericordiosa em seu absurdo.

Fechando a porta que divide a sala de estar da sala de jantar, pego o velho telefone e disco o número do consultório de Kellaway, mas ele não está. Sua secretária informa que ele está trabalhando em casa nesta semana. Ela, é claro, não me dá o número da casa dele. *Deixe seu número e ele ligará em alguns dias.*

Mas eu não vou esperar alguns dias. Eu preciso falar com ele imediatamente. Então ligo para o serviço de Informações.

Quem sabe tenho sorte. Eu mereço um pouco de sorte.

Eu tenho uma vaga ideia de onde Kellaway mora, num bairro chique de Glasgow. Imogen mencionou isso; ela o encontrou lá quando o entrevistou.

Imogen. Minha ex-amiga. Vaca!

Atendem minha ligação: pergunto a respeito do dr. M. Kellaway de Glasgow. Quantos podem existir? Certamente apenas um ou dois. Isso só depende se ele divulgou seus dados.

E a minha sorte, ao que parece, está presente.

— M. Kellaway, Doutor, 49 Glasnevin Street; 014143397398.

Escrevo o número, a linha telefônica chia.

É uma tarde fria de terça-feira do mês de dezembro. Ele poderia estar fazendo compras de Natal com sua esposa. Poderia estar esquiando em Cairngorms. Eu não faço ideia.

— Alô. Malcolm Kellaway?

Mais sorte. Ele está em casa.

Agora eu tenho que direcionar a minha sorte. Eu só preciso mergulhar de cabeça.

— Olá, dr. Kellaway. Desculpe incomodá-lo em sua casa, mas é bastante urgente... é.... eu estou desesperada, realmente desesperada e preciso da sua ajuda.

Uma pausa longa e cheia de estática.

— É a sra. Moorcroft? Sarah Moorcroft?

— Sim!

— Certo — Seu tom de voz levemente rabugento —, como posso ajudá-la?

Eu já tinha me perguntado: como é que ele me ajudaria? E minha resposta é: ouvindo. Eu preciso compartilhar aquele drama assustador. Quero que ele ouça tudo o que aconteceu desde a última vez que o vi.

E assim, como uma mulher em seu leito de morte, urgentemente ditando seu testamento, fico recostada junto à janela da sala de jantar, observando os corvos voando acima das areias repletas de conchas de Salmadair, e conto tudo a ele: o grito, a birra com Sally Ferguson, a maldita janela quebrada, o fato de Angus saber, a reação histérica de Emily Durrant, os horrores na escola, até a música que ouvi, "Brilha, brilha estrelinha". Conto-lhe tudo.

Espero que ele se espante. Talvez ele esteja espantado. Mas sua voz permanece fria, profissional.

— Entendo. Sim.

— E, então? O que me aconselha, dr. Kellaway? Por favor, ajude-me. Estamos desesperados aqui, Lydia está se destruindo bem diante de mim, minha família está desmoronando, tudo está caindo aos pedaços.

— Na verdade, precisamos marcar uma consulta para discutirmos sobre terapias. Precisamos analisar tudo adequadamente, sra. Moorcroft.

— Sim, mas o que pode me dizer agora, aqui, bem aqui, agora. POR FAVOR.

— Por favor, acalme-se.

Não consigo me acalmar. Eu escuto as ondas lá fora. O que aconteceria se, de repente, elas apenas parassem?

— Se a sua filha é Lydia ou Kirstie, eu, é claro, não posso afirmar. Se você acredita que é Lydia, e ela aceita isso, e você já passou por todas essas situações, então, sim, é melhor persistir nessa suposição, não importa qual seja a verdade.

— Mas o que fazer em relação ao seu comportamento estranho, o canto, os espelhos, o... o... o....

— A senhora realmente quer meu parecer agora, deste modo? Por telefone?

— *Sim.*

— Pois bem. Eis uma possibilidade. Às vezes, a perda de um irmão gêmeo na infância pode causar no gêmeo sobrevivente uma espécie de... ah, ódio dos pais. Isso porque a criança confia implicitamente em seus pais, acreditando em sua capacidade de cuidar deles, entende? Quando um gêmeo morre, essa capacidade parental de manter a criança segura parece falhar catastroficamente, e isso pode ser percebido pelo gêmeo sobrevivente, como algo que os pais deveriam ter evitado. Essa é a verdade de todos os irmãos, mas muito mais aplicável aos gêmeos monozigóticos.

— O que *isso* significa?

— Lydia pode estar se afastando da senhora porque ela a culpa e não confia mais na mãe. Ela pode até desejar puni-la.

— O senhor está afirmando que ela pode achar que somos culpados pela morte de sua irmã?

— Sim e não. São apenas possibilidades. A senhora pediu a minha opinião, e são apenas opiniões, ideias... e... bem...

— O quê?

— Precisamos conversar pessoalmente.

— Não. Por favor. Fale comigo agora. Explique-me sobre todas essas coisas, sobre reflexos, e fotos.

— Espelhos são conhecidos por serem extremamente desconcertantes para gêmeos, a qualquer momento, assim como as fotos, como já expliquei. Mas há outros fatores a considerar.

— E?

— Deixe-me ver as anotações em meu computador. Fiz depois de sua última visita.

Eu espero. Fico observando a vista de Sound. Vejo um barco de caranguejos seguindo para o Loch na Dal, em direção ao pavilhão todo de branco, Kinloch, onde os Macdonald moravam. Os Macdonald de Macdonald, donos das Ilhas desde os anos 1200 da Idade Média. Há tanta história aqui! É muita história! E começo a odiar aquilo. Tudo que eu queria era uma nova chance. Algo novo. Não era o que estava acontecendo.

Muita história.

— Certo — volta Kellaway —, vamos lá! O gêmeo sobrevivente também pode se sentir culpado, seja por causa da morte do irmão, seja pelo fato de ter sido o escolhido para viver. Isso é bem comum. Mas essa culpa é agravada se os pais demonstraram ter alguma preferência pelo filho sobrevivente. É muito fácil os pais idealizarem a criança morta, especialmente se, na realidade, eles *preferiam* a criança que morreu. Então, devo perguntar se você ou seu marido, Angus, tinham predileção. Houve alguma preferência por uma filha em detrimento de outra? Por acaso, o pai preferia a Kirstie?

— Sim — respondo, anestesiada.

— Então... — Kellaway fica estranhamente em silêncio. — Nesse caso, devemos analisar outros fatores preocupantes — continua entre o ruído da linha telefônica. — É claro que a depressão é maior em pais e mães de gêmeos, em comparação a de filhos únicos, e ela é terrivelmente agravada se um gêmeo morre, principalmente se os próprios pais se sentem culpados. Então há, bem...

— O quê?

— Sabemos que a taxa de suicídio é elevada em gêmeos idênticos que perdem um irmão.

— O senhor está sugerindo que Lydia pode se matar?

O barco sumiu. As gaivotas bradam e reclamam.

— É uma possibilidade, assim como tantas outras. Robert Samuels, psiquiatra infantil, possui teorias relevantes, mas...

— Desculpe? Quem? O quê?

— Certo — diz ele, com voz firme —, sra. Moorcroft, agora realmente preciso desligar. Samuels é o nome. Já disse tudo que eu poderia por telefone. Lamento, mas não posso ir profissionalmente além, neste modo *ad hoc*. A senhora terá que vir ao consultório, e com urgência. Essas coisas são muito delicadas e complexas para falar tão informalmente pelo telefone. Por favor, peço que entre em contato na próxima segunda-feira, quando eu estiver de volta ao trabalho, e agende uma consulta assim que possível. Sra. Moorcroft? A senhora fará isso? Vou reservar um horário na minha agenda para a senhora na próxima semana. É imperativo que venha me ver logo. E, por favor, traga Lydia.

— Ok, está bem. Obrigada.

— Certo. E agora, por favor, mantenha a calma. Tente acalmar a sua filha e mantenha a boa convivência em sua vida familiar até a consulta da próxima semana.

O que ele está dizendo? Ele acha que eu estou entrando em pânico? Que eu estou perdendo o controle?

Eu não estou perdendo o controle. Só estou com raiva.

— Certo, obrigada — murmurei e desliguei o telefone, olhando para Sound.

Fico pensando.

Então, o que tudo aquilo significa? Crianças favoritas? Crianças preferidas? Suicídio??

Volto à sala. Lydia está dormindo no sofá, o livro tinha caído de suas mãos. Ela parece exausta e infeliz, até mesmo dormindo. Pegando um cobertor do armário eu o acomodo sobre ela, beijando sua testa franzida e incônscia.

Seu cabelo loiro está despenteado. Eu o prefiro assim, ligeiramente selvagem, pois compensava a formalidade da beleza simétrica de seu rosto. Ela e Kirstie eram muito bonitas. Angus e eu nos deleitávamos com aquilo. Todos adoravam as lindas gêmeas Moorcroft. Naquela época.

A lareira precisa de mais madeira. Pego alguns gravetos do cesto e jogo sobre as chamas. Enquanto observo o fogo aumentando, fico remoendo os pensamentos em minha cabeça. Angus e Kirstie, Angus e Kirstie.

Nós ainda temos que passar pelo funeral de Kirstie. Na sexta-feira. A filha favorita *dele*.

20

— Nada trouxemos para este mundo, e dele nada podemos levar. O Senhor é quem tira a vida e a dá.

Eu não acredito em nada daquilo. E não consigo acreditar nem mesmo na realidade: que estou em outra igreja, em outro funeral para a filha que morreu *de verdade*. Eu não consigo acreditar que minha família desmoronou. Que tudo tinha se transformando em cinzas.

O vigário entoa. Olho ao redor, desamparada.

A igreja Kilmore fica a quase um quilômetro do colégio de Lydia pela costa. É vitoriana, melancólica e simples à maneira escocesa, com um altar austero, bancos de carvalho sem entalhes e três altas janelas em arco que deixavam o local com uma iluminação pobre devido à luz solar escassa.

Há cerca de vinte pessoas lá, moradores e familiares próximos aos falecidos, sentados nos bancos desconfortáveis, nos memoriais para os filhos do sr. e sra. Macdonald, de Slea; mortos em Ypres e Gallipoli, no mar da África do Sul. Quatro filhos do Império Britânico, falecidos, mas não esquecidos.

Todas as crianças mortas.

— Senhor, permita-me saber o meu fim e o número de dias que me resta.

Angus me contou — antes de basicamente pararmos de conversar — que foi difícil encontrar um padre para fazer este serviço. O vigário local, ou reverendo, ou preceptor, ou seja lá como o chamam, não foi nada solícito. Era tudo muito estranho e desconcertante, talvez impróprio. Dois funerais para uma única criança morta?

Mas um amável padre de Broadford foi persuadido por Josh e Molly, e a escolha desta igreja foi óbvia — melancólica, mas nobremente situada, com vista para as ondas, através do cemitério em direção à distante Mallaig e à nostálgica Moidart.

Eu pesquisei um pouco. Havia uma história de adoração druida e violência entre clãs. Uma igreja anterior ficava nos úmidos e verdes arredores, mas fora corroída pelo vento e pela chuva das Hébridas, tornando-se uma ruína.

Estávamos na igreja vitoriana, minha mãe ao lado de Lydia, no mesmo banco, com Angus, alto, em seu terno escuro londrino, entre nós. Sua gravata não é totalmente preta, tinha pequenas bolinhas vermelhas. Eu as odiava. Eu o odiava. Ou, pelo menos, já não o amava. Ele está dormindo permanentemente no sofá.

Lydia está toda de preto: vestido preto, meias pretas, sapatos pretos. O preto realça seu cabelo loiro e a pele alva. Preto e gelo. Ela parece tranquila para a situação, serena. No entanto, o problema ainda está lá, o brilho de tristeza em seus olhos, como a promessa de neve em um dia límpido de inverno.

Minha mãe protege Lydia com o braço ao redor de seus ombros. Olho para a minha filha sobrevivente, ali, no mesmo banco, para sorrir para ela, encorajando-a. Mas ela não percebe: está olhando para a Bíblia diante dela, virando as páginas com suas pequenas mãos, que ainda tinham cicatrizes minúsculas, do episódio em que ela quebrou a janela da casa dos Freedland. Ela está absorta.

Lydia é uma leitora ávida.

— Poupa-me, Senhor! Ajuda-me a recuperar forças, antes que venha a morte e deixe de existir na Terra — continua o sacerdote com suas palavras especiais.

Aquela frase desperta em mim a vontade de chorar. Minhas lágrimas estavam contidas desde que tudo começou, mas agora estão perto de eclodir, vencendo-me. Tentando não chorar, pego um exemplar da mesma Bíblia que Lydia segurava e leio o que ela está lendo.

Am Bioball Gaidhlig.

É uma Bíblia escrita em gaélico.

Lydia está realmente lendo isso? Como ela entende gaélico? Sua escola é bilíngue, claro, mas ela só está lá há poucas semanas, e nem estava indo à escola no momento. No entanto, quando olho de novo ao longo do banco, lá está ela, aparentemente lendo gaélico, concentrada, os olhos tremulando da esquerda para a direita.

Talvez esteja apenas fingindo ler. Talvez como eu, está tentando se distrair; assim, não tem que pensar no funeral. Por que não? Indubitavelmente, ela nem deveria estar ali. Eu pensei em deixá-la longe daquela cerimônia, salvá-la do perigo, mas pareceu ainda mais errado ela não estar presente no funeral de sua irmã gêmea.

— Senhor, tu tens sido o nosso refúgio, de geração em geração.

Fecho meus olhos por um segundo.

— Tu reduzes o homem à destruição, e dizes: Tornai-vos, filhos dos homens.

Por quanto tempo eu ainda consigo segurar as lágrimas?

Vejo Angus olhando em minha direção, em tom de desaprovação. Ele nunca quis o funeral. No entanto, apesar de sua relutância, eu o deixei organizar praticamente tudo sozinho. Ele buscou o sacerdote, resolveu as alterações da certidão de óbito e notificou as autoridades a respeito do mal-entendido. Mas eu escolhi a liturgia. A mesma do funeral de Lydia — a Lydia que agora está ali, sentada, protegida pela minha mãe, a menos de dois metros de distância, naquela igreja gótica vitoriana gélida e cinzenta, com vistas para o Sound, em direção a Ardnamurchan.

A estranheza é envolvente. Como se todos nós tivéssemos caído nas águas profundas e frias de Lochalsh, nas quais as algas misteriosas dançavam lânguidas e enfeitiçadas.

— Das profundezas clamo a ti, ó Senhor. Senhor! Escutai a minha voz.

Escutar a minha voz? Que voz? A voz de Lydia? A voz de Kirstie? Observo a congregação naquela igreja. Há vozes aqui que eu mal conheço, moradores com quem nunca conversei. Molly e Josh os trouxeram, eu acho, para fazer número. Eles estão ali apenas por uma compaixão longínqua. *"Oh, aquele pobre casal das gêmeas, que engano terrível; temos que ir, podemos almoçar em Duisdale depois, lá eles servem escalope."*

Meu pai está no final do banco em seu velho terno preto que, hoje em dia, ele costumava usar apenas para funerais. Ele parece velho e cansado. Seu cabelo, que já tinha sido escuro e brilhante, agora era totalmente branco e esparso. Seus olhos azuis lacrimejantes ainda tinham certo brilho. Quando ele me vê olhando para o lado, oferece-me um sorriso fraco, ainda que esperançoso, tentando me tranquilizar, confortar. Ele também parece se sentir culpado.

Isso porque meu pai se sente culpado por tudo. A forma como ele gritava conosco quando éramos crianças. Sua infidelidade com a minha mãe e o fato dela ter permanecido ao seu lado — fazendo-o sentir mais culpa. A bebida que acabou com sua carreira o deixava ainda mais ressentido, um círculo vicioso de frustração masculina.

Assim como Angus.

Quando papai parou de gritar e de beber, e se aposentou com o pouco que conseguiu, aprendeu a fazer *cataplana* portuguesa na grande cozinha de Instow, onde sua grande alegria eram as gêmeas e suas maravilhosas férias em Devon.

— Eu sou a ressurreição e a vida; quem crê em mim, ainda que esteja morto, viverá.

Algo enterrado dentro de mim ecoa naquela passagem, ardentemente; afinal, no meu caso, é literalmente verdade: mesmo minha outra filha morrendo, pela segunda vez, minha Lydia é ressuscitada. Nasce de novo. E estava ali, a quase dois metros, lendo uma bíblia em gaélico, com os dedos cheios de cicatrizes.

Seguro o banco com força, como se eu pudesse nos manter ligados, segurando-nos ali, unidos.

— Todos de pé.

Levantamo-nos para cantar um salmo e eu gaguejo as palavras, olhando para Molly, do outro lado do corredor da igreja — ela fica ruborizada e me olha com aquela humilde expressão que significa "você consegue passar por tudo isso". A mesma expressão que todos tinham quando olhavam para mim.

— Pai Misericordioso, cujos anjos pequeninos ao céu pertencem; Conceda-nos crer que esta criança foi levada em custódia do teu amor eterno.

Está quase acabando. Eu vou conseguir. Minha pequena Kirstie, minha filhinha, está sendo perdoada. Sua morte está sendo reconhecida, sua alma, libertada para se juntar às nuvens que banham os Cuillins. E eu continuo a não acreditar em nada daquilo.

Provavelmente, Kirstie ainda está aqui. De sua própria maneira, em sua irmã gêmea.

O sacerdote profere suas palavras em um tom maior, indicando que nos aproximávamos do clímax.

— Ó Deus, cujo Filho mais querido toma as crianças em seus braços e as abençoa, dê-nos a graça, nós rogamos, de confiar a alma desta criança, Kirstie Moorcroft, ao teu infalível cuidado e amor.

Eu tenho uma fita em minha mão esquerda e a esmagava, com o punho, para me impedir de chorar. Quase acabando, Sarah, quase lá. Eu me lembro disso muito bem. Só mais uma linha. Tudo se repetindo, e tudo acaba.

— Que a graça de nosso Senhor Jesus Cristo, o amor de Deus e o Divino Espírito Santo estejam com todos nós. Amém.

O funeral acabou, o calvário está completo.

Agora estou chorando. Enquanto saímos, em fila, na fina e delicada garoa de um dia de dezembro em Skye, minhas lágrimas jorram livremente. A chuva está caindo no Sound de Shiel Bridge a Ardvasar, ora forte, ora fraca. Vejo Josh conversando com Angus. Meu pai segurava a mão de Lydia, minha mãe cambaleava. Queria que meu maldito irmão estivesse aqui para ajudar, mas ele está pescando salmão no Alasca. É o que achamos.

Então deixo as lágrimas fluir, como o granizo interminável sobre Sgurr nan Gillean.

— Que vista...

— Sim, e que pena.

— Bem, agora, sra. Moorcroft, por favor, venha sempre que quiser.

— Espero que a pequena esteja feliz na escola. Ouvi dizer que o mau tempo está a caminho.

Gaguejo minhas respostas, perplexa. Meus saltos pretos batendo no cascalho úmido da calçada da igreja. Quem eram aquelas pessoas? Com suas agradáveis mentiras e falsas gentilezas? Mas eu me sinto grata por sua presença, por protelar o momento. Enquanto há pessoas ao redor, o terrível clímax, que eu sei que chegará, está temporariamente adiado. Por isso eu aperto as mãos e aceito as palavras de consolo. Em seguida, entro em um carro que estava no portão da igreja e Josh conduz a mim e a Lydia até Selkie, onde ele e Molly nos ajudaram a organizar uma espécie de cortejo. Angus leva meus pais. Provavelmente faz isso para discutir com meu pai no carro.

Sento no banco de trás do carro de Josh, juntamente com Lydia, vestida de preto, meu braço em torno de seus ombros delgados.

— Mamãe, agora eu sou invisível? — pergunta Lydia, puxando a minha manga, assim que Josh dobra a esquina.

Já estou tão habituada com sua estranheza que mal me mexo, apenas dou de ombros.

— Vamos procurar por lontras depois — digo.

O carro sai da estrada principal e desce pelo vilarejo de Ornsay, com a bela imagem de Torran logo além. Uma ruptura nas nuvens abre espaço a um raio de luz brilhante, diretamente sobre a nossa casa caiada e nosso branco farol, além da acinzentada Knoydart e Sandaig. A cena é dramática, como se toda Torran fosse iluminada.

Um palco vazio, aguardando com impaciência os atores para a cena final.

Para onde estou indo? Um cortejo fúnebre?

Como é possível haver um cortejo para uma pessoa que tinha falecido há mais de um ano? Talvez é só mais uma desculpa para que todos possam se afogar na velha cerveja e no uísque duplo de Poit Dhubh.

Meu pai, é claro, não precisa de nenhuma desculpa. Vinte minutos depois que entramos no bar, ele já está no terceiro ou quarto copo. Eu já consigo ver as minúsculas gotas de suor em sua testa, enquanto ele discute com Angus. Eles nunca chegavam a um acordo. Dois aspirantes a machos alfa. A briga de galhadas nas florestas de Waternish.

A tensão daquele momento só piora seu antagonismo.

Passo por perto, só para escutar o rumo da conversa, perguntando-me se eu deveria tentar apaziguá-los ou se iria apenas me aborrecer. Papai segura o copo de puro malte escocês à luz invernal da janela.

— Aqui está o resultado da alquimia mística de destilação, transformando a pura água da chuva no líquido dourado da vida, dos Gaélicos imortais.

— Prefiro gim — diz Angus, olhando para ele.

— Como *estão* os puxadinhos, Angus?

— Magníficos, David, magníficos!

— Creio que esse tipo de arquitetura local, este material vernáculo, deve lhe permitir uma escapadinha para que esteja aqui, para uma taça.

— Sim. É o ideal para um alcoólatra como eu.

Meu pai ataca. Angus contra-ataca.

— E então, David, você parou de fazer os comerciais de TV? Sobre o que eram mesmo? Absorventes?

Como eles conseguiam discutir hoje? Depois do funeral de uma criança? Mas, pensando bem, por que deveriam parar? Por que não continuar? Nada jamais termina. De fato, tudo piora cada vez mais. Talvez estejam certos em apenas continuar levando, como sempre: suas mútuas provocações já são uma constante, algo normal, reconfortante e seguro.

Mas, mesmo que não devessem cessar, eu já tinha ouvido o suficiente desta escaramuça verbal para três vidas.

Virando à minha esquerda, vejo a minha mãe, de pé, apenas a metros de distância, um copo de vinho tinto na mão. Caminho em sua direção e faço uma careta, apontando para papai e Angus.

— Eles estão discutindo, para variar.

— Querida, eles gostam. Você sabe disso.

Ela coloca uma mão enrugada sobre o meu braço. Seus esperançosos olhos azuis estão tão brilhantes como sempre, como os da minha filha.

— Fico feliz que tenha acabado. Você conseguiu, Sarah. Estou orgulhosa de você. Nenhuma mãe deveria passar por tudo isso que você já passou — afirma ela, tomando um gole de vinho —, dois funerais! Dois!

— Mamãe...

— E você, está se sentindo melhor agora, querida? Como está seu coração? Você e Angus estão bem?

Eu não quero entrar naquele assunto. Não hoje. Não agora.

— Estamos bem.

— Tem certeza? É que vocês parecem... não sei, há algo estranho no ar, não há?

Olho para trás, sem piscar.

— Mamãe, estamos bem.

O que eu devia dizer a ela? "Mamãe, veja só, meu marido dormiu com minha melhor amiga, cerca de um mês depois que minha filha morreu!"

Pelo menos ninguém tinha mencionado a ausência de Imogen no funeral, talvez imaginassem o rompimento. Recebi vários e-mails de Imogen, implorando meu perdão e os ignorei, todos eles.

Minha mãe entende o significado do meu silêncio.

— E, então, a mudança ajudou? Aqui é um lugar tão lindo, apesar do clima. Agora consigo entender por que você ama tanto.

Concordo, acenando com a cabeça.

— E Lydia? Lydia! Sei que é terrível falar isso, mas há uma chance, querida, agora que Lydia está sozinha, que ela consiga levar uma vida mais normal. Você sabe, gêmeos são tão diferentes! Agora ela é mais normal, da forma mais terrível possível, é claro.

— Acho que sim.

Parte de mim quer se ofender com aquele comentário, mas eu não tenho mais energia. Talvez minha mãe esteja certa.

Ela toma um grande gole de vinho, e um pouco escorre pelo seu queixo.

— E é claro que elas sempre competiram, não é? Lydia e Kirstie? Lembro que você dizia que Lydia era a mais fraca, no útero. Os gêmeos brigam até pela nutrição, não é? Elas eram grandes amigas, inseparáveis, mas certamente brigavam por sua atenção, e Kirstie se queixava mais, não é?

Sobre o que ela está falando? Não importa, eu mal ouço. Vejo Lydia nos arredores. Lydia, em pé, na direção de Selkie olhando para fora, para a chuva, através da porta de vidro.

Como ela está lidando com aquela situação? O que ela está pensando? Ela está tão sozinha o quanto um ser humano consegue estar. O amor e a piedade me dominam como uma náusea, mais uma vez. Eu paro de falar com a minha mãe, e vou de encontro à Lydia, empurrando as pessoas que bebiam.

— Lydia, você está bem?

Ela se vira e dá um breve sorriso.

— Eu ainda estou aqui, mamãe, mas não estou. Não estou mais.

— Chateada com a chuva?

Ela franze a testa sem entender. Pego sua delicada mão, cheia de cicatrizes, e a beijo, passando a outra em sua bochecha rosada.

— Meu amor, você está olhando para a chuva.

— Ah... — suspira ela, sem expressão — Não. Não é a chuva. Na verdade, mamãe — aponta para a porta, seu braço fino elegante, quase como o braço de um adulto, em seu vestido preto de mangas compridas —, eu acabei de conversar com a Kirstie no carro. Mamãe, ela estava no espelho. Papai sabe.

— Mas...

— Mas agora ela foi embora. Eu me lembro do sacerdote dizendo que ela foi para o céu. Quis perguntar onde fica o céu.

— Lydia...

— Mas ninguém me dizia; então procurei a Kirstie, mamãe, porque não acho que ela está no céu, acho que ela está aqui com a gente, não está? Lembra quando brincávamos de esconde-esconde, mamãe, em Londres? Lembra?

Ah, sim. Eu lembro. A lembrança me deixa mais triste ainda. Mas eu preciso manter o controle, por Lydia.

— Claro, querida.

— Então, eu pensei que ela estava brincando de esconde-esconde, de novo. Procurei em todos os lugares em que costumávamos nos esconder quando brincávamos em casa, mamãe, e Kirstie estava espremida atrás daquele guarda-roupa, ali.

— O quê?

— Verdade, mamãe. Eu senti a mão dela.

Olho fixamente para a minha filha.

— Você sentiu a mão de sua irmã?

— Sim, mamãe, e foi assustador. Nunca tinha sentido. E não quero mais ver a Kirstie se ela for encostar em mim. É muito assustador.

Aquilo era muito assustador para *mim*, imagine para a minha filha.

— Lydia...

Como eu posso tranquilizá-la? Eu não faço ideia, porque Lydia parece estar regredindo. Ela parece ter 5 anos de idade em sua perplexidade.

Eu preciso de um psicólogo infantil. Vou marcar a consulta com Kellaway, na próxima semana.

Mas posso esperar até lá?

— Mamãe, você já falou com a Kirstie?

— Hã!?

— Você já a ouviu ou a viu? Sei que ela quer falar com você.

Como posso distrair a minha filha? Talvez eu devesse fazer algumas perguntas *sérias*; afinal, seria difícil piorar aquela situação.

— Vamos. Vamos lá fora. Deve haver lontras pelo píer.

Não deveria ter lontras pelo píer, mas eu queria falar com ela a sós. Obediente, Lydia me segue para o ar frio da tarde. A garoa tinha ido embora, deixando um fantasma de umidade para trás. Caminhamos juntas até o cais e nos ajoelhamos no concreto úmido, olhando para as rochas, o cascalho e as algas flutuando na maré.

Tentei aprender os nomes daquelas algas: macela-fétida, gera-leite, azevinho, as plantas que beiravam a costa do mar. Também tentei aprender os nomes dos pequenos peixes que viviam nas piscinas naturais de Torran: o peixe marrom-esverdeado, o peixe manteiga, o esgana-gata, com suas escamas de cor laranja-escarlate vívidas.

Mas ainda falta alguma coisa, algo vital. Eu não conseguia entender o idioma.

— Não estou vendo lontras. Nenhuma. Nunca vi nenhuma lontra, mamãe, ainda não.

— Elas se escondem — falo e arrisco mudar o rumo da conversa. — Lydia, você lembra se Kirstie estava chateada com o papai, hum, no final de semana em que ela caiu da varanda?

Minha filha me olha sem expressão.

— Ah, sim, estava.

O momento fica tenso.

— Por quê?

— Porque papai continuou beijando ela.

Uma gaivota grita, solitária e enlouquecida.

— Beijando?

— Sim, beijando e abraçando — confirma olhando para mim, sem piscar, fitando-me honestamente nos olhos —, e ela disse que estava com medo. Papai fazia isso demais, o tempo todo, o tempo todo.

Tento não demonstrar meus pensamentos, minhas memórias escabrosas, voltando no tempo. Angus beijava suas filhas, especialmente Kirstie. Ao longo dos anos, era ele que beijava e abraçava. Ele fazia a parte tátil.

Lembro-me de Lydia em seu colo depois do acidente com a janela. O sentimento de constrangimento, o pensamento repentino de que ela era muito velha para estar sentada no colo do pai. Mas ele gostou daquilo?

A gaivota voa para longe.

Sinto como se fosse estilhaçar em mil pedaços em pleno ar, espalhando-me pelo chão.

— Acho que ele a assustou, mamãe. Papai a assustou.

É isso? É isso que eu estava procurando e não enxergava?

— Lydia, escute a mamãe. Isso é muito importante. Você precisa me contar a verdade — falo, engolindo a indignação, a tristeza e a ansiedade, juntas —, você está me dizendo que papai beijou e abraçou a Kirstie de uma forma diferente? Uma forma que a deixou chateada e com medo?

— Sim, mamãe — responde Lydia, após uma pausa, e depois concordando, acenando com a cabeça.

— Você tem certeza?

— Ah, sim. Mas ela ainda amava o papai. Ele é o papai. Eu amo o papai. Podemos procurar as lontras na outra praia?

Contenho um forte impulso de gritar. Eu preciso me controlar. Eu tenho que sair dali e falar com Kellaway de novo, e tinha que ser AGORA! Quem se importava se é o cortejo fúnebre de Kirstie?

Meu pai tinha saído do bar, triste, cabisbaixo e bêbado, com um copo na mão.

Fui até ele.

— Fique com a Lydia — peço com feracidade. — Por favor, tome conta dela.

Ele balança a cabeça só um pouco e sorri embriagado, mas obedece e se inclina para puxar sua neta sob o queixo.

Pego meu celular e vou até o outro lado do cais, onde ninguém pode ouvir.

Primeiro, tento o número do consultório de Kellaway. Ninguém atende. Então, tento o número da residência. Ninguém atende.

E agora?

Fico ali, parada, durante vários instantes, olhando os lodaçais e a maré, em direção a Torran. A luminosidade havia mudado novamente, agora a ilha estava escura e Knoydart estava deslumbrante, envolto pelo verde e roxo escuro, pelos bosques de bétulas e o imenso vazio.

Kellaway. Lembro-me do que ele havia dito, a parte em que parou, quando pareceu hesitante. Era Samuels. O psiquiatra infantil, Robert Samuels.

Eu preciso da Internet para isso. Mas onde?

Tenho que sair dali. Atravessando o estacionamento, entro no carro da família. As chaves estão na ignição. Angus sempre faz isso, simplesmente deixa as chaves no lugar. Ninguém tranca as portas ou os carros por aqui e se orgulham da segurança que há pelas redondezas.

Pego as chaves e sinto o seu peso, como se fossem moedas estrangeiras valiosas. *Samuels, Samuels, Samuels.* E, então, coloco as chaves de novo na ignição e dou a partida, acelerando. Agora eu estou dirigindo, saindo do cortejo fúnebre da minha filha. Eu preciso andar apenas uns 1.600 metros até a colina. Lá, eu conseguiria o sinal 3G e o acesso à Internet.

Estaciono no cume da colina, como qualquer morador, e pego meu smartphone.

Digito as palavras no Google

Robert Samuels, psicólogo infantil.

A primeira coisa que aparece é sua Wiki Page. Ele trabalha na Universidade Johns Hopkins e é muito famoso.

Leio sua biografia. O vento sussurra nos abetos e pinheiros, como um leve coro de desaprovação.

Samuels é um homem atarefado. Ele tem muitos artigos publicados. Leio a lista: *A Privação da Psicologia na Infância, Comunicação através de Gestos com Crianças Surdas, Riscos Existentes em Meninos Pré-Púberes, Evidências de Abuso Paternal em Gêmeos.*

Meus olhos ficam vidrados naquelas palavras.

Evidências de Abuso Paternal em Gêmeos.

Clico no link, mas abre apenas um sumário de uma linha. *Níveis elevados de abuso sexual paternal em gêmeos idênticos: uma meta-análise e explicações propostas.*

Isso! Estou perto. Quase lá. Mas preciso ler o artigo inteiro.

Respiro profundamente e com calma. Em três cliques encontro uma cópia do artigo, mas o site exige pagamento. Pego o cartão da minha bolsa e digito os números, pagando pelo arquivo em PDF.

Leio tudo em vinte minutos, sentada em meu carro, enquanto o sol se põe sobre as pequenas colinas acima de Tokavaig.

É um artigo denso, mas curto. Parece que Samuels analisou dezenas de casos de abuso sexual cometido por pais de gêmeos, especialmente filhas gêmeas, normalmente com a favorita.

Eu li com o telefone tremulando em minha mão.

Sinais de abuso intensificam a rivalidade entre gêmeos: "autoflagelação pelo abusado e/ou seu irmão gêmeo", expressões inexplicáveis de culpa e vergonha, "uma falsa aparente felicidade", "o gêmeo não abusado pode apresentar tanto dano psicológico e perturbação mental quanto o gêmeo abusado, se forem excepcionalmente ligados e compartilharem segredos, como muitos gêmeos fazem". E, então, o golpe final: "a ocorrência de automutilação ou, até mesmo, de suicídio, é comum no gêmeo abusado."

Aquilo tudo parece tão normal! Eu aqui, sentada no carro, lendo esse artigo, tomando conhecimento de que meu marido, ao que parece, abusou sexualmente de Kirstie. Ou, pelo menos, havia *chegado* bem perto.

Como não percebi? Os abraços especiais entre o pai e Kirstie, entre o pai e sua pequena "Joaninha". Que nome idiota, que forma nojenta de carinho. E naqueles momentos, quando ele entrava no quarto da filha, à noite, quando Lydia estava acordada, lendo comigo, ficando sozinho com Kirstie.

É claro! É isso que eu não estava enxergando. Bem diante dos meus olhos! Angus estava abusando de Kirstie; por isso ela estava com medo dele. Ela sempre foi sua filha especial, sua favorita. Ele gostava que ela sentasse em seu joelho, sempre que possível. Tudo bem debaixo do meu nariz. Lydia confirmou. Samuels assinou embaixo.

Ele estava abusando dela. Ele a deixou confusa e assustada e, no fim, ela pulou. Foi suicídio. E muito daquela confusão e do estresse de Lydia consequentemente vem dali.

Porque Lydia sabia. Será que ela tinha testemunhado algum abuso? Talvez Kirstie tenha contado a ela, bem antes de pular. Isso deve tê-la chateado tanto, que chegou a fingir ser Kirstie para lidar com o trauma. Para fingir que, de alguma forma, sua irmã não tivesse morrido por causa do que seu pai fez. Lydia entrara em negação sobre tudo. Talvez a troca de identidades, durante o verão, tenha se dado na tentativa de evitar o papai.

São infinitas e desconcertantes possibilidades, mas todas apontam para a mesma conclusão: meu marido é o culpado pela morte da própria filha, e agora está levando a outra à ruína.

O que eu faço?

Eu podia ir à McLeods, a loja que vende tudo para caçar cervos, comprar uma grande espingarda, seguir para Selkie e matar meu marido. Bang! A raiva dentro de mim me corrói.

Meu Deus, eu preciso de vingança. Eu preciso. Eu preciso. Mas as minhas necessidades, neste momento, são irrelevantes. Eu não sou uma assassina, eu sou uma mãe. E o que importa é a minha filha, Lydia. Por enquanto, apesar da minha fúria, eu só preciso achar um jeito de ir embora dali para Lydia e eu escaparmos daquele horror.

Então eu preciso manter a calma e agir com inteligência.

Olho pela janela do carro: um pai está andando pela rua com sua filha pequena. Talvez seja um avô, ele parece velho. Encurvado em sua jaqueta Barbour e o cachecol vermelho de lá. Ele aponta para uma enorme gaivota descendo, rapidamente, preparando o bote, como um raio pelo céu.

Evidências de abuso sexual paternal.

A raiva aumenta dentro de mim: como fogo.

21

Soltando a corda, Angus entrou no barco com as compras para o final de semana.

O motor de popa ligou e tomou velocidade, cortando as águas. Já estava ficando muito escuro e o tempo estava se fechando de modo desagradável ao norte. Sinais de chuva pairavam no ar, os abetos de Salamandair balançavam com o vento cortante. Havia rumores de uma verdadeira tempestade na próxima semana, talvez este fosse seu primeiro indício.

A última coisa de que eles precisavam era de uma tempestade de inverno na Ilha do Trovão. Sim, o funeral ontem tinha transcorrido bem, considerando tudo. As pessoas foram, os rituais tinham sido concluídos.

Mas as negras rachaduras subjacentes na família permaneciam: a terrível confusão de Lydia, seu desprezo por Sarah, a desconfiança dela nele por causa de Imogen.

Ele dirigiu o barco depressa e fez uma careta para o céu tempestuoso.

Sua culpa era intensa. Ele podia não ter dormido com Imogen naquela noite, mas o flerte *tinha* começado na noite do acidente. O primeiro toque inesperado, a maneira diferente que olharam um para o outro, um olhar persistente. Ele percebera o que ela queria a partir daquela noite e, sim, ele a tinha encorajado ao ficar lá, naquela noite, por muito mais tempo do que o planejado. *Ah, posso ir para Instow mais tarde.*

A situação só ficou um pouco mais séria depois do acidente. Depois que Sarah desmoronou. E, no fim das contas, eles só transaram algumas vezes. Mas, por fim, Angus não continuou com Imogen — em nome da lealdade, mesmo que equivocada, a Sarah: a sua família. Desse modo, sua culpa e responsabilidade, por mais dolorosas que fossem, não eram nada em comparação com a culpa de Sarah.

A raiva urgia dentro dele. Tentou se acalmar, respirando profundamente aquele ar. Frio e chuvoso. O que aconteceria agora?

Lydia voltaria à escola na próxima semana. Como seria? Os professores de Kylerdale, talvez lamentando sua exclusão apressada, tinham ligado aos Moorcroft implorando: *Por favor, pedimos uma nova oportunidade.* Apesar de seus pedidos, Angus queria tentar uma escola diferente, ou talvez até aulas em casa, mas Sarah estava determinada a fazer uma última tentativa para que Lydia não se sentisse derrotada.

Mas se ela voltasse para Kylerdale, se ela fosse para qualquer escola agora, Angus previa todos os tipos de terror, que eram obscenos em sua loucura.

Talvez, então, uma verdadeira tempestade de inverno fosse apropriada: um cenário adequado diante da estranheza que se intensificava. Afinal, suas vidas tinham se tornado um melodrama, ou, quem sabe, uma espécie de teatro de máscaras no qual os três usavam disfarces.

As ondas batiam contra o pequeno bote. Ele estava feliz por chegar à praia de seixos, na casa do farol de Torran. Arrastando o barco para fora das garras da maré mais alta, soltou os sacos de compras nas pedras, quando a voz de Sarah soou do outro lado da escuridão.

Ele a viu correndo em sua direção, através do feixe de sua lanterna presa ao capacete. Mesmo na escuridão, era evidente que ela estava alarmada.

— Gus!

— O que foi?

— Beany!

Ele notou que Sarah estava usando apenas uma camisa, e estava encharcada. A chuva estava aumentando.

— O que aconteceu?

— Ele sumiu! Beany sumiu!

— Como assim?

— Eu estava na sala de jantar, pintando uma das paredes, quando Lydia entrou e disse que não conseguia encontrá-lo. Então, o procuramos por toda parte. Ele sumiu. Desapareceu! Mas...

— Não entendo como... Estamos em uma ilha!

— Podemos ouvi-lo, Angus.

— O quê?

O feixe da luz do farol iluminou o rosto de Sarah em uma luz resplandecente, e Angus viu a dor em sua expressão, percebendo o que ela queria dizer.

— Ele foi para os lodaçais? Meu Deus...

— Ele está preso em algum lugar. Ouvimos quando ele estava uivando, uns dez minutos atrás.

Ela fez um gesto amplo, na escuridão acinzentada que dividia Torran de Ornsay, a grande extensão de areia e rochas, e aqueles traiçoeiros, pungentes lodaçais das perigosas marés.

— Gus, temos que fazer alguma coisa, mas... Mas o quê? Lydia está desesperada! Não podemos simplesmente deixar que ele se afogue na lama, na próxima maré.

— Ok, ok.

Angus colocou uma mão tranquila sobre o ombro de Sarah e, assim que fez aquilo, ela se encolheu. Ela definitivamente *se encolheu*. O que ela pensou que ele faria? Havia uma nova expressão em seus olhos, que ela estava tentando esconder. Era uma expressão de "eu te odeio". Toda aquela raiva por causa de Imogen?

Ele afastou os pensamentos. Não tinha escolha. Trataria daquilo mais tarde.

— Vou pegar minha roupa impermeável.

Não levou nem cinco minutos para Angus vestir suas calças impermeáveis e sua capa de chuva. Ele enfiou suas calças dentro das grandes botas verdes de borracha. Sarah e Lydia olharam para ele assim que entrou na cozinha com uma corda amarrada na cintura. Ele acendeu a lanterna do seu capacete e a ajustou. Não seria fácil lá fora. A espessa névoa de Skye estava aumentando. Provavelmente, eram as piores condições para entrar na lama.

— Gus, por favor, tenha cuidado?

— Claro...

Ele assentiu com a cabeça para a esposa a fim de transmitir algum conforto. No entanto, seu sorriso preocupado foi, novamente, pouco convincente.

Lydia correu e o abraçou, fazendo barulho ao amassar o plástico de suas roupas impermeáveis. Angus olhou para sua única filha e sentiu uma onda de amor e proteção.

— Você sabe que não precisa fazer... — começou Sarah, mas logo se calou.

Agora, era como se todos fossem um, olhando pela janela da cozinha, vendo a chuva salpicando os lodaçais enquanto um som fraco, mas inconfundível, derivava ao vento: um cachorro uivando alto o suficiente a ponto de conseguirem ouvir através do vidro da janela.

O cachorro *dele*.

— Eu preciso, eu tenho que tentar.

— Por favor, salve o Beany, por favor, por favor! Papai, por favor. Ele vai se afogar se o deixarmos lá! Por favor! — pediu com voz trêmula por causa do choro.

Lydia o abraçou novamente, bem apertado em torno de sua cintura.

— Não se preocupe, Lydia! Vou trazer o Beany de volta!

Ele olhou para Sarah uma última vez, desnorteado. Que tipo de jogo ela estava fazendo? Como aquilo tinha acontecido? Mais uma vez, ele não tinha tempo para pensar naquilo. Entretanto, já estava feito, Beany estava lá fora, no escuro, e precisava ser resgatado.

Angus saiu da cozinha para a áspera chuva. O vento estava muito feroz naquele momento, e ainda havia o nevoeiro inundando todo o Estreito de Sound of Sleat, desde Kylerhea.

Colocando seu capuz de plástico, Angus marchou contra a umidade, debatendo-se em direção à calçada, seguindo a luz da lanterna. Aquela era a chuva típica do inverno de Ornsay, o tipo de chuva que ensopava duas vezes: primeiro, quando ela caía, depois, quando terminava, enchendo tudo de lama e de lodo.

A lama. A maldita lama!

— Beano! — gritou, sob a chuva. — Beano! Beany! Beany!

Nem sinal.

O vento que tirou seu capuz era tão brutal que obscurecia qualquer outro ruído. Angus arrancou o capuz da jaqueta impermeável. Se iria se molhar, ao menos dessa forma poderia ouvir melhor. Mas onde estava o cachorro? Os uivos e lamentos de Beany pareciam vir do extremo sul da baía de Ornsay, o lado oposto dos taciturnos lodaçais.

Era mesmo um cachorro uivando? Quem estava ali? O que havia ali? Tudo estava muito escuro. Um spaniel marrom escuro já seria muito difícil de enxergar à noite, na lama, em tempo límpido. Neste tempo, então... O nevoeiro foi engrossando ao longo da costa, escondendo tudo. Obscurecendo as luzes do vilarejo de Ornsay. Selkie estava completamente invisível, encapsulado pela névoa gelada.

— Beany? Cadê você! Sawney Bean? Sawney!

Nada.

A chuva era quase horizontal, dando ao vento uma sensação áspera, cortando seu rosto com frieza. Angus continuou andando, mas escorregou em uma pedra que surgiu do nada. O tombo foi sério. Ele caiu de joelhos, batendo a canela, muito dolorosamente, contra uma pedra.

— Merda! — gritou, colocando a mão na parte machucada e tentando se levantar. — Beany! Beany! Onde diabos você está? Beannnnyyy!

Levantando-se lentamente, Angus se curvou sob a chuva fria e se inclinou contra o vento. Inspirou profundamente. Ele sabia muito bem que, naquelas condições, possivelmente arriscaria a sua própria vida. O que Josh disse? *Em Skye, no inverno, ninguém consegue te ouvir gritar.* Ele poderia quebrar uma perna naquela horrível lama traiçoeira e ser sugado, ficar preso.

É claro que Sarah pediria ajuda, mas poderia levar mais de uma hora para alguém chegar até lá; afinal, as marés aumentavam muito rápido em Torran. Ele não se afogaria na hora, mas poderia congelar até a morte, aprisionado na gélida água.

— Beany!

Angus olhou o nada, freneticamente tentando limpar a chuva de seu rosto.

Ali?

— Beany!

Não, ali!

Ele ouviu.

Um lamento, um uivo pequeno, inconfundível. Enfraquecendo, mas definitivamente estava lá. A julgar pelo barulho, o cão estaria a uns trezentos ou quatrocentos metros de distância. Angus pegou a lanterna de mão e tentou ligá-la, mas suas mãos escorregadias, úmidas e anestesiadas pelo frio o impediam, perdendo um bom tempo até acendê-la.

Pronto. Angus levantou a lanterna de mão. Combinando a sua luz com a lanterna de cabeça, conseguiu um potente feixe de luz, orientando-o naquele local.

Angus procurou e procurou pelas derivas fantasmagóricas de nevoeiro.

Sim! Era Beany!

Tinha uma aparência horrível, mas estava vivo. E o cachorro ia se afogar, muito em breve. Angus tinha no máximo alguns minutos para chegar ao animal antes que as águas o engolfassem.

— Meu Deus, Beany, Beany!

Um gemido deplorável, um animal moribundo. O que isso causaria a Lydia se o seu Beany se afogasse? Aquilo o enlouqueceria também.

Angus tentou correr, mas era impossível. Cada passo que dava o sugava para dentro da lama ou ele escorregava perigosamente, quase caindo sobre as pedras cobertas de algas, mais escorregadias devido à chuva implacável. Uma queda feia e ele poderia partir o crânio em uma rocha, acabando com tudo. Aquilo seria provavelmente fatal.

Talvez tivesse cometido um erro, arriscando tanto a sua própria vida. Lembrou-se do sorriso falso de Sarah. Teria ela planejado aquilo? Não, não. Ridículo.

Ele precisava diminuir o ritmo, mas, se o fizesse, Beany morreria.

Talvez pudesse ir mais rápido rastejando.

Caindo de joelhos, Angus rastejou em meio à lama. A chuva estava dolorosamente gelada, escorrendo pelo seu pescoço e ombros, encharcando seus ossos. Ele estava tremendo, sentindo talvez os primeiros sintomas de hipotermia, mas ele estava quase lá. Cinquenta metros, quarenta, trinta...

O cão estava morrendo. Via-se só a cabeça de Beany. Seus olhos brilhavam com terror no feixe de luz. Mas Angus estava chegando perto. E havia uma plataforma de madeira ali, talvez de algum barco destroçado, enterrado no lodo por décadas. Era difícil ver no escuro, mas a madeira formava uma espécie de ponte até a lama fria onde Beany estava encalhado.

— Tudo bem, menino, tudo bem, tudo bem, já estou chegando. Aguente firme...

Angus rastejou sobre a madeira. Estava a quatro metros do cão, tentando traçar uma estratégia de resgate. Ele tinha que chegar à lama e puxar o cão pelo corpo, de dentro do lodo.

Mas, então, Beany se mexeu. As águas devem ter fluidificado a lama. O cão estava meio nadando, meio lutando, tentando se salvar. E se afastando de Angus, em direção às pedras.

— Beany!! — gritou Angus desesperado.

Um estalo violento de madeira. Assim que Angus levantou um joelho para se erguer, a madeira debaixo dele estalou e se abriu.

Imediatamente, Angus mergulhou na gelada água do mar, profunda e lodosa, e muito, muito fria. Não havia lama lá embaixo. Ele se debatia no mar congelado, com suas botas pesadas e impermeáveis. Desesperado, lançou-se até outro pedaço de madeira, mas afundou na água arenosa. Já estava até o pescoço, chutando o vazio.

Em todo o lodaçal, o farol de Torran se apagou. Um brilho fraco de prata. E, então, o negrume.

22

Onde está Angus? Por que está demorando tanto? Será que se afogou? Tomara que sim. Não, tomara que não. Eu não sei mais.

Eu estou de pé, junto à janela da cozinha, olhando os sombrios lodaçais até Ornsay, mas é inútil. Naquela névoa e escuridão, eu só vejo um profundo e triste vazio, acinzentado e sem estrelas.

— Mamãe, onde está o papai?

Lydia puxa a manga do meu cardigã. Inocente, banguela, olhos azuis arregalados, seus pequenos ombros tremendo de preocupação. Por mais que eu deteste Angus, ela não pode perder o pai. Não assim. Talvez eu devesse tê-lo contido. Mas ele jamais deixaria de tentar salvar seu cão, não importava o perigo.

O vento chicoteia na janela da cozinha.

Está demorando muito. Mais uma vez, observo os vários tons de cinza que constituem o nevoeiro, a lua densamente coberta, a enevoada costa de Ornsay. Nada. A cada nove segundos o farol lança um flash curioso de prata, mas agora mostra apenas o vazio.

— Mamãe! Cadê o papai?

Seguro a mão de Lydia. Ela está tremendo.

— Papai vai ficar bem, querida. Só foi buscar o Beany. Está escuro, por isso é difícil.

Como eu quero acreditar naquilo. Quero entender tudo aquilo. Quero saber se eu desejo que meu marido morra ou viva.

Eu nem faço ideia de como o cão chegou aos lodaçais. Em um minuto, ele estava na sala de jantar, brincando com Lydia, o que sempre faz atualmente. Eu estava no quarto de Lydia passando roupa quando ela gritou e eu corri até a sala de jantar. O cachorro tinha saído pela porta dos fundos da cozinha que se abriu com o vento das Hébridas.

— Quero o papai...

Talvez Beany tenha visto um dos ratos da cozinha e saído em perseguição. Ou Lydia o afugentou? E, assustado, ele fugiu? Beany sempre parecia ter medo, ou de alguém, ou de alguma coisa, na casa do farol de Torran.

— Mamãe, é o Beany! Acabei de ouvir!

Será? Aquilo foi um latido? Soltando sua mão, vou até a porta da cozinha e a abro. Imediatamente, o tempo terrível tenta me empurrar de volta, a chuva nervosa, o vento uivante.

— Angus! Beany! Angus! Beany! — grito, perdida, desesperada.

Grito para os lodaçais, para as formas sombrias de barcos ancorados e bancos de areia e para a fileira de enfadonhos abetos. Para tudo que está envolto na mais pura névoa.

Eu poderia muito bem estar gritando em uma mina de carvão ou em um porão trancado cheio de goteiras. As palavras são roubadas da minha boca e jogadas ao vento, sendo levadas ao sul de Ardnamurchan e às Ilhas de Verão.

Oh, as Ilhas de Verão! O desespero volta. A tragédia nos perseguia desde Londres.

— Papai está voltando, mamãe? Ele está voltando? Como a Lydia?

— Sim, sim, claro que está.

Parada perto da porta da cozinha, ela está usando uma meia roxa fina e uma minissaia jeans. O top da Hello Kitty é muito fino. Ela irá se resfriar.

— Volte para dentro, Lydia, por favor. Papai vai ficar bem. Ele só foi buscar o Beany. Já, já, ele estará de volta. Por favor, entre e leia algo, ele não vai demorar.

Lydia se vira e corre até a sala de jantar. Corro atrás dela até o decrépito telefone negro salpicado de tinta do peitoril da sala de jantar. O velho receptor é ridiculamente pesado, e o painel de discagem consideravelmente lento. Disco o número de Josh e Molly, mas ninguém atende. Seu telefone apenas chama e chama, perversamente inócuo.

Tento o celular de Josh. Mais uma vez, nada.

— Olá, aqui é Josh Freedland. Se o assunto for comercial, ligue para Strontian Stone...

Desligo o telefone, irritada e indignada com tudo. Quem pode nos ajudar?

Gordon, o barqueiro! Sim. Gordon! Eu tenho o número dele no meu celular. Corro para o quarto, pego meu celular da gaveta desarrumada do criado mudo e espero, pesarosamente, até que ligue. Enquanto isso, Lydia perambula em torno do aposento. De algum modo, ela parece diferente. O cabelo está desarrumado. Ela olha para mim daquele jeito plácido, como se estivesse em transe, assim que balanço meu celular de frustração.

— Vamos, vamos, *vamos, liga, merda*!

Ela segura seu leopardo, escondido debaixo de um braço e me olha com ar de dúvida.

— Mamãe, não faz mal se Beany não voltar. Kirstie não voltou e talvez não seja tão ruim se Beany não voltar...

— O quê? Lydie, querida? Eu estou tentando pegar um número...

— Papai vai voltar, não é? Por favor, mamãe. Lydia não liga. Kirstie se foi e agora não importa mais o que ele fez. Podemos tirá-lo da lama?

O quê? O que ela está falando?

Olho para ela, aturdida, as lágrimas prontas para rolar. Minhas lágrimas por Kirstie, e pelo que ele fez com ela.

Não! Eu tenho que procurar o telefone. A tela brilha na escuridão da casa mal iluminada, avisando que não há nenhum sinal. Claro! Pressiono dois botões até chegar aos CONTATOS. G ou F, G ou F.

Gordon Fraser. Achei!

Correndo com o telefone na mão até a sala de jantar, agarro o antigo e pesado receptor e disco com uma paciência frenética, 3, 9, 4, 6 e o telefone toca — atenda, atenda, atenda — e, então, ouço uma voz entre os ruídos, falhando por causa da tempestade.

— Gordon Fraser.

— Gordon? É Sarah. Sarah Moorcroft, de Torran.

Uma pausa frustrante.

— Ah, sim, Sarah. Como vai?

— Estamos com um problema, grande... enorme — falei, em meio aos estalos da linha —, por favor...

— Não estou — ruídosssss — ouvindo...

— Gor...

— Sarah...

— Precisamos de ajuda, por favor... ajude-nos...

O telefone fixo emudece completamente. Até mesmo os sons estáticos somem, e quase o jogo na parede, de tanta frustração: justo agora ele resolve pifar? Mas, logo em seguida, os assobios estáticos retornam em meu ouvido, tão alto que dói e, então, os ruídos somem repentinamente, e ouço aquela voz novamente.

— Precisa de ajuda, sra. Moorcroft?

— Sim!

— O que precisa, exatamente?

— Meu marido, Angus, está nos lodaçais. Nosso cachorro está perdido e ele saiu para salvá-lo, na maré baixa, no escuro, e agora estou preocupada. Ele já saiu há muito tempo, não sei o que fazer, estou preocupada com ele e...

— A senhora disse nos lodaçais?

— Sim.

— Sozinho, fora de Torran?

— Sim!

Sinto a desaprovação no silêncio ruidoso que segue.

— Ok, agora se acalme, sra. Moorcroft, vou chamar alguns dos meninos do Selkie.

— Oh, obrigada, obrigada!

Desligo o telefone antes que a linha me mate, como se aquilo fosse uma espécie de jogo de computador mortal e o telefone fosse sua força vital que escoava até ouvir o *bzzzz, fim de jogo.*

Quando me viro, lá está ela novamente: Lydia. Quase caio de costas contra a parede, assustada, surpresa.

Ela está lá, simplesmente parada. Sem nenhuma expressão. Em transe. Olhos bem abertos de um triste azul, logo atrás de mim.

Como ela fez isso? As tábuas rangem com a menor pressão. Eu não ouvi nada!

Lydia está a apenas um metro de distância. Sisuda e silenciosa, olhando, seu rosto pálido pela ansiedade. Não ouvi quando se aproximou. Não ouvi nada, não percebi que ela estava lá, de pé, bem atrás de mim.

Como ela faz isso? Quantas Lydias se escondem nesta casa? Isso é loucura. Tenho a insana sensação vertiginosa de que há duas Lydias, idênticas, nesta casa, brincando nas sombras e no frio, entre as teias de aranha e os ratos, assim como Lydia e Kirstie costumavam fazer em Londres, especialmente no último verão: *"essa sou eu, não, sou eu"*, suas risadas ecoavam pelo corredor, enquanto eu corria atrás delas, primeiro uma, depois a outra, que se escondiam e tentavam me confundir.

Mas isso tudo é coisa da minha cabeça. Eu preciso de clareza.

— Papai vai voltar com Beany, não vai?

Ela olha com tristeza, franzindo a testa. Sua dor deve ser insuportável, perdendo a irmã gêmea e, agora, com medo de perder seu cachorro e seu pai. Aquilo completará a sua destruição.

Por mais que eu despreze Angus, ele tem que sobreviver.

— Mamãe?

— Sim!

Eu me ajoelho e a comprimo em meus braços, abraçando-a bem apertado, bem apertado, bem apertado.

— Querida, o papai já volta, eu prometo!

— Promete?

— Prometo! Um milhão de vezes! Vamos lá, vamos lá na cozinha fazer um pouco de chá e esperar o papai e o Beany.

Eu não quis dizer aquilo. Eu só quero uma desculpa para ficar na cozinha e poder olhar pela janela para ver se alguma coisa está acontecendo. E então, assim que coloco um pouco de água salobra na chaleira, meus olhos se fixam furiosamente na escuridão.

Apenas a escuridão. Talvez um borrão da luz, da lua e das nuvens e o nevoeiro parecem se dissipar por alguns instantes. Mais de perto, a patética luz da nossa cozinha revela um espaço verde de grama molhada e fria, um retângulo idiota de uma tonalidade escabrosa. As roupas molhadas no varal, encharcadas. O vento barulhento é imbatível, como se fosse durar por semanas.

É o verdadeiro inverno chegando, a nova estação se anunciando.

— Olhe lá, mamãe!

Pontinhos de luz da escuridão. Feixes enevoados de faróis de automóveis. Lanternas, talvez? Luzes de barcos? Devem ser Gordon e seus amigos. Sim, há sombras de homens no cais e feixes de luz refletindo em meio a eles, como luzes em tempo de guerra, procurando bombardeiros em Londres. Os homens estão claramente indo em direção à água. Os barcos circundam Salmadair, vários deles; agora eu consigo vê-los.

Um poderoso feixe reluz de um barco, balançando sobre as ondas e areias: um holofote portátil, procurando pela lama. Tento acompanhá-lo, mas logo a névoa fica espessa e me derrota.

Todo o Sound se torna um vale de nevoeiro. Como encontrarão Angus assim? Eu me importo?

Sim, eu me importo. Talvez do jeito errado. Eu o quero de volta e vivo, para poder confrontá-lo.

— Vamos para a sala de estar — peço à Lydia.

— Por quê?

— Não há nada para ver.

— O que são aquelas luzes, mamãe?

— Pessoas ajudando o papai, só isso. Todo mundo está ajudando.

Seguro a mão dela e a levo, com firmeza, até a sala, e sentamos em frente à lareira, que quase tinha se apagado durante aquela última hora, negligenciada e sem vigilância. Então, Lydia me passa alguns gravetos e, com cuidado, alimento as chamas que crescem e prosperam.

— Mamãe, o que você gostaria que chovesse se não fosse água?

— Como?

Lydia olha para mim, comprimindo os olhos, pensativa. Seu lindo rostinho está maculado por uma pequena mancha de fuligem em seu queixo. Sorrio e tento não pensar em Angus ou em Kirstie, nos abraços e nos beijos.

— O quê?

— Se a chuva não chovesse água, o que você gostaria que fosse? Eu gostaria que fossem flores, chuva de flores... Seria tão bonito!

— É verdade.

— Ou pessoas — conclui, rindo calmamente —, isso seria engraçado, não seria, mamãe? Uma chuva de pessoas em todo lugar! Oh! Veja! Veja! VEJA, parece um arco-íris!

Ela está apontando para as chamas na lareira. Uma pequena flama, em particular, está soltando faíscas roxas e azuis. Observamos o fogo juntas e, depois, sentamos no sofá, aninhando-nos debaixo de um cobertor que tinha cheiro de Beany, e falamos sobre o cão de uma forma agradável, porque eu quero manter a mente ansiosa de Lydia distraída.

Ela me ouve, concorda e ri, e, então, eu também rio, mas, mesmo rindo, consigo sentir tristeza e raiva.

Isso ainda está demorando muito. Onde está Angus? Será que não conseguem encontrá-lo? Será que o perderam? Eu imagino os rapazes do Selkie vasculhando as areias do barco, cansados, esfregando as mãos frias e soprando calor entre os dedos, sem se entreolharem, sabendo que falharam, sem sinal dele. Teremos que esperar...

Se Angus morrer, sobreviveremos? Talvez. Ao menos, tudo isso acaba.

O fogo aumenta e diminui. Olho para a minha filha enquanto ela fita o fogo, as chamas refletindo em seus brilhantes olhos azuis.

— Sarah?

— O quê?

— Meu Deus!!

— Papai!

É Angus. Na soleira da porta de entrada, coberto de lama, quase um homem-lama, seus olhos como frestas de vida em meio à lama escura. Mas ele está vivo.

Atrás dele estão Gordon e alguns outros homens, todos rindo. Suas vozes enchem a casa e eles cheiram a diesel, algas marinhas e lama grossa. E Angus está vivo.

Lydia se levanta do sofá e corre até ele, mas ele a mantém a distância, beijando-a na testa.

— Eu sei que você quer me abraçar — diz, caminhando penosamente até o sofá —, mas não aconselho. Esta lama fede!

Lydia fica pulando.

— Papiiiii!

— Meu Deus, nós pensamos...

Eu quase falo, mas não o faço. Por causa de Lydia. Por causa de todos nós.

— Pescamos seu marido a uns trezentos metros do píer de Ornsay — interrompe Gordon.

Angus parece envergonhado. Ele se aproxima e toca meu rosto, suavemente. Tento não vacilar. Ele me olha de modo estranho, desconfiado.

— Eu não fazia ideia de onde estava no meio do nevoeiro.

Olho ao redor ele.

Não há nenhum cão. Onde está o cachorro?

— Beany?

Lydia está olhando para o pai, absorta, mas também preocupada.

— Sim, papai, onde...?

Angus sorri, mas seu sorriso é fingido.

— Ele escapou! Ele saiu da lama, mas correu para o outro lado! Nós vamos encontrá-lo amanhã! Mas ele está bem!

Supus que fosse mentira. Talvez Beany tenha escapado, mas não há garantia de que sobreviva ou de que seja encontrado novamente. Mas eu não insistirei nisso agora. Coloco uma das mãos sobre o rosto enlameado e gelado de Angus, acariciando meu marido. Eu quero bater nele com força. Eu quero dar um soco nele e furar seus olhos. Machucá-lo de verdade.

A carícia foi por Lydia, por Gordon, por todos, menos por mim.

— Você deve estar congelando, Angus! Deus do céu, olhe para você, precisa de um banho!

— Um banho quente é a melhor ideia da face da Terra, Sarah. Você pode servir Gordon e Alistair com um copo de Macallan, do bom? Prometi a eles um trago. A título de agradecimento, por... — hesita ele, olhando para Lydia — ...você sabe, por ajudar. Sarah?

— Claro, claro — falo forçando um sorriso de alívio.

Angus segue devagar até o banheiro. Ouço a água quente derramando lentamente.

— Lydia, você pode buscar alguns copos, querida? — pergunto, voltando-me para a minha filha.

Trago uísque e sirvo. Os homens se desculpam por seu estado. Eu os deixo à vontade e sentamos no sofá e nas cadeiras, e reabasteço o fogo. Sentamos e bebemos, e Lydia olha para os homens como se fossem novos animais do zoológico.

— Vocês já modificaram bastante coisa por aqui, está ficando bacana agora. É muito bom ver a casa de Torran recebendo alguma atenção — comenta Gordon, olhando ao redor, observando metade das paredes pintadas.

O que eu posso dizer? A tristeza dilata, até que enche a sala? Murmuro um pequeno agradecimento e nada mais.

Bebemos em silêncio. Eu ouço a água espirrando durante o banho de Angus. Olho para a porta do banheiro. Estamos todos salvos. No entanto, estamos em real perigo.

Quebrando o silêncio, Gordon começa a falar sobre Torran, Sleat e o colégio gaélico.

Converso com ele alegremente. Estou feliz por falar sobre qualquer coisa, não importa o quê.

O que eu vou fazer a respeito de Angus?

— Um lugar delicado, assim o chamam — interrompe Alistair, o homem mais jovem, ruivo e barbeado, bonito por natureza, que já está no terceiro copo de Macallan.

Gordon sinaliza para que se cale.

Lydia, agora, dorme no sofá, enrolada em um cobertor azul, macio.

Tomo um gole de minha bebida. A fogueira estala. Estou tão cansada.

— O quê?

Alistair está claramente um pouco alto. Ele arrota, pede desculpas e então continua.

— Os moradores costumavam chamar Torran de lugar delicado. O que significa um lugar onde há espíritos — ri, dentro do seu copo —, espíritos de verdade, muito próximo ao mundo espiritual.

— Argh, que absurdo — diz Gordon, olhando para mim e, depois, para Lydia, cuidadosamente.

Ele parece querer advertir seu jovem amigo.

— Não — insiste Alistair —, é verdade, Gordon. Às vezes acho que eles têm razão, sabe, sobre a Ilha do Trovão e tudo o mais. É como se houvesse algo no ar. Lembra quando os invasores saíram daqui? Estavam aterrorizados!

Com toda certeza, ele desconhece a história da nossa família ou jamais tocaria naquele assunto.

— É, sim! Um lugar delicado. Onde você pode ver o outro mundo — confirma Alistair, sorrindo e bebendo o resto de seu uísque, olhando para mim —, é o que dizem.

— Tudo bobagem, Sarah — contraria Gordon Fraser, rindo alto —, eu não daria ouvidos.

Dou de ombros.

— Sem problemas. Parece interessante.

Eu estou sendo sincera. Folclore histórico ou superstição antiga não me abalam. Minhas ansiedades atuais já me perturbam o suficiente. Gordon saboreia o uísque com delicadeza.

— Hora de ir — afirma, apontando o copo para a minha filha que dormia.

E logo eles vão embora. Aceno para o barco, assim que ele desaparece na escuridão de Salmadair. O farol pisca em despedida. Observo o bote preso às grades, as compras tinham desaparecido, levadas pela maré.

Retorno à cozinha, abro a gaveta de facas.

E observo o arsenal. As facas cintilam. Eu gosto de mantê-las afiadas.

Rapidamente, fecho a gaveta de facas sem tocar nelas. Eu estou tendo fantasias sobre assassinato?

Passo pela sala de estar e pelo corredor e abro a porta do banheiro. Angus continua no banho, ensaboando seus braços musculosos, o peito preto e peludo, agora branco pela espuma.

Eu odeio a sua presença física.

— Você tem que fazer mais compras amanhã. Você deixou tudo ao lado do barco, e a maré levou!

— O quê? — pergunta, compreensivelmente confuso.

Eu consigo imaginar como o pensamento é processado em sua cabeça. *Quase morri para salvar o cão, e ela está falando de compras?*

Mas eu não consigo mais fingir. Eu só o quero longe da casa enquanto penso no que fazer, em como confrontá-lo corretamente.

— Amanhã. Compras. Obrigada!

23

Procuramos Beany durante toda a manhã.

— Beany! Beany! — grita Lydia, desesperadamente, enquanto circundamos a ilha.

A maré está baixa. Eu não creio que o pobre cão irá emergir das águas.

— BEANY! — continua Lydia, preocupada.

Enquanto procuramos pelas águas, gaivotas de cabeça negra passam perto de nós, emitindo sons felinos. As caçadoras de ostras olham para nós com ceticismo, sobrevoando a praia, e a minha filha corre, gritando e se esgoelando. E, depois, chorando.

— Ei — tento, colocando meu braço sobre os ombros trêmulos —, tenho certeza de que Beany está bem. Ele deve ter fugido para a floresta. Vamos espalhar cartazes.

— Ele não vai voltar — diz ela, afastando a minha mão —, ele está morto. Ele não vai voltar. NÃO!

Diz isso e corre para dentro da casa. Eu não sei como consolá-la. O próprio mundo está inconsolável, desde as focas cinzentas chorosas de Salmadair às sorveiras gotejantes de Camuscross.

E, agora, as horas passam de forma imperceptível. Enquanto Lydia lê em seu quarto, vou pintar as paredes, sem saber o porquê. Talvez, lá no fundo, eu imagine que, de alguma forma, precisamos terminar a reforma e vender a casa. Em breve.

Quando preciso de uma pausa, vou à cozinha lavar a tinta dos meus dedos e, então, vejo Angus andando de bote ao longo das águas cinza-ardósia de Sound sobre as espumas brancas das ondas.

Ele é uma figura solitária em seu barco, em pé, mão no leme, olhando diretamente para mim. Vindo até nós. Trazendo as compras, conforme lhe fora solicitado.

O ódio surge, abruptamente. Desejo que a porra do barco bata em um bloco de basalto escondido lá embaixo, sob a casa do farol. Tomara que ele fure e arrebente! Para que todos os meus desejos sejam lógicos, para que eu me livre dele, sem confrontá-lo com as evidências. Eu poderia facilmente ficar ali, observando ele se afogar naquelas águas geladas das marés, sem mover um dedo sequer. Ficaria ali, parada, enquanto me tornava viúva.

Mas é claro que o barco não afunda. Angus já sabe viver na ilha. E, provavelmente, está ainda mais cauteloso depois do susto de ontem nos lodaçais. Com habilidade, ele diminui a velocidade do bote e chega até à praia naquela coisa idiota de borracha laranja, descendo no cascalho cinza. Ele arrasta o bote para longe da maré, tira duas grandes sacolas de compras e segue rumo à casa. Seu andar é determinado, rápido. Talvez ameaçador? A ansiedade me toma.

Será que ele sabe que eu sei? Como saberia? Obviamente, sentiu minha hostilidade, mas como poderia deduzir o que eu pensava?

Ele está se aproximando. Não dá para ignorar o senso de propósito em seu caminhar.

Abro a gaveta da cozinha e olho atentamente para os talheres reluzentes, de novo, e desta vez pego uma faca. A maior e mais afiada. E a seguro em uma das mãos, atrás das minhas costas. Na mesma hora reconheço que é loucura, mesmo que pareça algo perfeitamente explicável. *É a coisa certa a fazer.*

— Olá — cumprimenta ele, mais rude que o normal, entrando pela porta, soltando as sacolas no chão da cozinha.

Ele não sorri.

A faca está na minha mão suada, mal escondida. Eu conseguiria usá-la? Eu sou capaz de esfaquear meu próprio marido?

Possivelmente.

Sim, definitivamente, se ele atacasse Lydia. Eu não sei se o abuso tinha parado. Talvez ele a chamasse de Kirstie, fingindo que sua favorita ainda está viva.

Será que toda a loucura vinha dele?

— Onde está Lydia?

Agora a sua barba lhe dava um ar de vilão, nada atraente. Parecia mais um criminoso do noticiário da TV: você conhece este homem?

Não, eu não.

O que ele fez com a Kirstie? Como ele pôde fazer isso? E por quanto tempo? Seis meses? Um ano?

— Ela está dormindo — minto.

Lydia está em seu quarto, lendo. Mas eu não o deixaria perto de nossa filha sobrevivente. Se ele tentar, eu usarei a faca.

— Ela está exausta, Gus, acho que deveríamos deixá-la dormir.

— Mas ela está bem? Apesar de... você sabe.

— Sim, considerando tudo isso, sim, sim, ela está bem. Angus, por favor, deixe-a dormir. Ela tem que voltar para a escola, precisa descansar. Por favor.

É tão difícil, para mim, dizer por favor para esse homem, essa coisa. Ele é monstruoso agora, um ser totalmente desumano, e eu quero que ele suma.

— Ok — concorda, olhando-me profundamente nos olhos.

A carga de ódio transita entre nós e ele não faz nenhum esforço para escondê-la. Somos duas pessoas, em nossa própria ilha, com os corvos de Salmadair empoleirados e barulhentos, e nos odiamos e sabemos disso. Mas eu ainda não sei exatamente por que *ele* me *odeia*, talvez porque percebeu que descobri seu segredo?

Talvez por isso ele pareceu tão irritado quando eu disse que Kirstie era Lydia, ele sabia que eu estava chegando perto da verdade.

Ele se vira para ir à sala de jantar.

— Angus, eu acho...

— Sim?

— É que fiquei pensando enquanto você fazia as compras.

Eu devo mencionar minhas suspeitas? Não. Eu não posso simplesmente dizer isso aqui, em um domingo à tarde, naquela cozinha gelada, onde esperávamos ser felizes, onde está o queijo do almoço de Lydia na geladeira, onde as prateleiras estão cheias de sucrilhos. Eu terei que dizer aquelas palavras horríveis, sim. Eu terei que dizer "você a molestou" — mas ainda não, não agora, não com Lydia ainda traumatizada. Primeiro, eu quero que ela vá à escola amanhã, segunda-feira. Ela precisa retomar a rotina ou jamais iremos nos recuperar.

— Sim? E...

Angus espera, impaciente.

Sua calça jeans está suja com óleo de motor. Ele está despenteado, bem desgrenhado. Nada parecido com o que costumava ser. Talvez esteja se transformando em seu verdadeiro eu.

— Angus, você sabe que as coisas não andam bem entre nós. Eu pensei que... talvez... você sabe, pelo bem de Lydia, por todos nós, talvez você pudesse ficar alguns dias no continente.

Eu continuo segurando a faca atrás de mim, com uma das mãos. Ele está olhando para mim como se soubesse o que estou fazendo e não desse a mínima.

— Tudo bem. Por mim, tudo bem. Ok — responde, com seus olhos escuros assumindo uma compleição ainda mais escura —, vou pegar algumas coisas, meu material de trabalho, e consigo um quarto em Selkie. É barato nesta época do ano.

Não foi difícil. Ouço o ranger da porta da sala de jantar, e Angus empurra a papelada em uma bolsa e, então, ouço ruídos vindos do nosso quarto. O guarda-roupa, sua cômoda, passos. Ele realmente sairia assim, tão facilmente? Parece que sim.

Deslizando a faca de cozinha de volta à gaveta de talheres, respiro profundamente com alívio.

Ouço as gaivotas e o vento à porta, a vibração dos destroços, com a maré baixa na praia.

— Por favor, dê um abraço em Lydia por mim — diz Angus, surgindo na cozinha, dez minutos depois, não mais que isso.

Sua raiva tinha passado. Ele parece mais calmo, mais triste, e uma sensação idiota de compaixão surge em mim. Pena do homem que um dia amei, pena do pai perdendo as suas filhas, até que lembro o que ele tinha feito.

— Sim. Pode deixar. Farei isso.

— Obrigado — diz ele, muito calmamente —, vou pegar o barco, mas você pode caminhar na maré baixa e buscá-lo mais tarde? Vocês vão precisar do barco para a escola.

— Sim.

— Ok, então, Sarah.

— Tchau, Angus.

Ele olha para mim. Aquilo é desprezo, culpa ou desespero? Talvez apenas indiferença.

— Tchau.

E, então, balança a cabeça novamente, muito lentamente, de forma sóbria, como se fosse a última vez que nos encontraríamos. Eu o vejo erguendo sua mala e abrindo a porta da cozinha com o pé, caminhando até o bote, ligando o motor e sumindo nas águas. Fico olhando para ter certeza de que ele realmente tinha ido, mas, assim que ele diminui a velocidade, perto do promontório Salmadair, Lydia corre até a cozinha com os pés descalços e suas calças amarelas.

— Era o papai? Onde está o papai? Ele não me disse *oi*.

O que posso dizer? Nada. No meio da minha raiva, esqueço que Lydia ainda ama o pai, apesar de tudo. Então eu a abraço, segurando-a com firmeza e colocando uma mão protetora sobre seu cabelo loiro.— Papai precisou sair para trabalhar — explico e, então, ambas nos viramos e olhamos para fora, em direção à porta e ao mar, mãe e filha.

Lydia se vira e olha diretamente para mim, implorando, suplicante, com seus grandes olhos azuis intrigados e tristes.

— Mas ele nem se despediu? Ele nem veio me *ver*?

— Querida...

— Ele não quis nem dizer tchau?

— Meu amor...

Ela está desesperada.

— Ele nem disse tchau para mim!

De repente, ela corre pela porta da cozinha aberta, em linha reta através do chão molhado e escorregadio, direto para a praia do farol.

— Papai, papai?! Volte, volte!

Mas o bote está muito longe, e Angus está de costas para nós. As ondas e o vento estão sugando as suas palavras, sua amena voz infantil. E ele, obviamente, não consegue ouvir enquanto ela grita e soluça.

— Papai, papai! Volte, volte, volte para mim, papai!

Os corvos grasnam e as gaivotas voam, e a tristeza me sufoca enquanto eu tento manter a calma. Vejo um corvo observando Lydia das sorveiras atrofiadas pelo farol; os corvos que atacam violentamente e arrancam a língua de cordeiros recém-nascidos, de modo que não possam mais mamar e então morrem em apenas um dia.

Minha garotinha ainda está gritando.

Aquilo já é demais. Temo que ela entre na água e corro atrás dela até a praia.

— Querida, papai está ocupado, mas ele voltará logo — falo, agachando-me ao seu lado e segurando a sua mão.

— Ele veio e foi embora, e não disse nem oi nem tchau? Ele não me ama mais!

— *Claro* que ama. Mas está muito ocupado. Já, já, ele volta! Agora vamos, vamos fazer um bolo! Vamos fazer biscoitos de gengibre!

Não consigo processar outro segundo de angústia e minto.

Cozinhar. Aquela é a minha solução. Assar bolos e biscoitos, biscoitos de gengibre. Bicarbonato de sódio e aquelas pequenas bolas prateadas doces, açúcar, manteiga e gengibre.

E é o que fazemos: cozinhamos.

Mas os biscoitos de gengibre não dão certo, ficam deformados. Tento, desesperadamente, fazer piadas, mas Lydia olha para eles com desânimo, na bandeja ainda quente, balança a cabeça e corre para o quarto.

Nada dá certo. Nunca mais alguma coisa daria certo.

Fico pensando sobre o profundo amor de Lydia por seu pai. Se ela tivesse testemunhado o abuso, ainda o amaria *tanto* assim? Mesmo? Talvez ela não tivesse presenciado nada, e Kirstie apenas tenha lhe contado. Ou talvez o abuso não tenha acontecido efetivamente, ou, talvez, nem tenha acontecido, e, talvez, eu esteja presumindo demais, rápido demais. Por um momento, as dúvidas surgem, causando vertigem. Talvez eu esteja enganada? Talvez eu esteja usando um clichê: abuso sexual, pedofilia, porque estou cega pela raiva e pela tristeza?

Não. Não. Foram as próprias palavras de Lydia e as evidências das minhas próprias lembranças e a ciência de Samuels. O mais provável é que eu não quero aceitar que vivi e amei durante dez anos um homem que foi capaz de molestar a própria filha. Afinal, o que isso diz sobre mim?

Saio, jogo os biscoitos no lixo e olho a lama fedorenta em Ornsay.

Nada.

Mais tarde, naquele mesmo dia, Lydia e eu andamos pelos lodaçais, na maré baixa, pisando sobre caranguejos mortos com nossas botas de borracha e pegamos o barco no cais de Selkie. Levamos o bote para casa e lemos livros. À noite, com uma garrafa de vinho ao meu lado, passo seu uniforme escolar enquanto ela dorme.

Deixo metade da janela aberta apesar do frio, pois eu quero aquele ar cortante para me manter firme e lógica. Estou fazendo a coisa certa ao levá-la de volta para Kylerdale?

Quando ainda conversávamos, Angus quase me convenceu de que ela não deveria voltar. Mas a secretária da escola garantiu que as coisas serão melhores e até que nos ajustássemos novamente — casa, escola — Lydia ficaria ainda mais solitária. Ela não sairia mais da ilha.

Por isso, Kylerdale merece uma última chance. E enquanto eu passo a roupa ouço as ondas de Torran indo e vindo sobre os seixos, inspirando e expirando. E eu me preocupo. As ondas parecem com a respiração febril de uma criança em uma enfermaria.

Finalmente, vou para a cama e adormeço. E não sonho.

O céu está cinzento pela manhã. Brigo com Lydia para que vista o uniforme, pois tudo que ela quer fazer é ficar em casa e perguntar onde está o papai.

— Ele voltará logo.

— Sério, mamãe?

— Sério, querida — puxo o suéter da escola sobre sua cabeça, mentindo.

— Mamãe, não quero ir para a escola.

— Vamos lá!

— Porque Emily estará lá e ela me odeia. Todos eles me odeiam. Ela acha que eu sou louca, não é?

— Não, claro que não! Ela só ficou um pouco assustada. Vamos! Vamos! Coloque os sapatos. Você já consegue fazer isso sozinha! Já teve uma semana de folga agora, é hora de voltar para a escola. Será legal!

Quantas mentiras é possível dizer a uma filha?

— Todos eles me odeiam, mamãe. Eles pensam que Kirstie está comigo, e ela está morta; então, sou um fantasma.

— Chega, querida! Chega! Não vamos mais pensar em nada disso, vamos para a escola, todo mundo já esqueceu isso.

Mas quando saímos do barco, e entramos no carro e seguimos ao longo da costa para Kylerdale é evidente que ninguém esqueceu. O olhar constrangido que recebo da secretária da escola, saindo de seu Mazda, denuncia isso. E quando chegamos à animada porta da escola, com as fotos da excursão de verão dos seus alunos e a lista bilíngue de "Nossas Regras durante o Recreio" — Riaghailtean Raon-Cluiche —, a pior notícia possível é imediatamente confirmada. Nós estamos criando uma atmosfera, e aquilo é muito ruim.

— Não quero entrar, mamãe... — pede Lydia, com uma voz suave, virando o rosto para o meu estômago.

— Bobagem. Você ficará bem!

Várias crianças passam por nós.

— Veja, todo mundo está indo! Bateu o sinal! Apresse-se!

— Eles não me querem aqui, mamãe.

Ela está tão obviamente certa! Como eu posso continuar mentindo? O sentimento de hostilidade é palpável, considerando que, antes, as crianças daqui a ignoravam e agora olhavam com medo. Um menino está apontando para ela e sussurrando. Duas meninas loiras da mesma sala de Lydia se afastaram dela quando eu a empurrei em direção ao corredor, mais um dia que ela deveria sobreviver sem mim.

Fechando os olhos, acalmo as minhas emoções e ando, através do frio, até o carro, tentando não pensar em Lydia, sozinha naquela escola. Se ela sofrer mais um dia de tormento, eu a tirarei dali e desistiremos. Mas quero tentar mais uma vez.

Preciso ir a Broadford para trabalhar, planejar as coisas por isso, dirijo rápido, fazendo as curvas como uma moradora, não como uma turista. Foi assim que percebi como já estava adaptada e segui em frente.

— Cappuccino, por favor.

A rotina habitual: um cappuccino duplo e boa conexão wifi, no café diagonalmente oposto ao supermercado, na mesa em frente à janela com vistas ao salão de beleza e à loja de pescadores que vendia oleados, espingardas, potes de iscas e potes de lagosta para traficantes de drogas locais — ao menos, é o que dizem. Eu vi aqueles barcos no Sound, recolhendo os potes de lagosta, que diziam estar cheios de heroína e cocaína. Não acreditei imediatamente nos rumores, mas, quando vi os pescadores dirigindo BMWs em Uig e no Forte William, fiquei me perguntando se não seria verdade.

Tudo ali é mais malévolo e sinistro do que parece à primeira vista. Às vezes, as coisas não são como se imagina. Às vezes o que se julgava realidade não existia.

Mamãe, agora eu sou invisível?

Abro meu *laptop*, bebendo o café, e envio diversos e-mails urgentes. Depois, pesquiso sobre a proteção da criança e abuso parental. É algo deprimente, muitas palavras que eu não queria ver, como: *polícia*. Uma hora depois, faço o primeiro contato com meu advogado, solicitando a separação e o divórcio.

E, então, sinto uma vibração no bolso da minha calça jeans. Pego meu telefone, engolindo o sabor da ansiedade.

Seis chamadas perdidas?

Todas da escola Kylerdale, nos últimos vinte minutos. Eu tinha ajustado o telefone no modo silencioso e não percebi as vibrações, de tão absorta.

Algo afiado se quebra dentro de mim e sinto um grande pavor. Sei que alguma coisa terrível está acontecendo com Lydia em Kylerdale. Eu preciso salvá-la. Largando dinheiro em cima da mesa, saio correndo do café, entrando no carro e voando até a península de Sleat.

Eu estou dirigindo tão rápido, que afugento as ovelhas dos campos cinzentos e úmidos, enquanto acelerava, praguejando, derrapando, direto para a Escola Kylerdale. É hora do recreio. Ouço o sinal.

— Bogan, bogan, bogan, bogan.

Há dezenas de crianças no pátio, apontando e gritando. Mas estão gritando viradas para uma parede, com uma janela. O que está acontecendo?

Abro o portão do pátio — o que é proibido nos horários normais, mas aquele não era nenhuma merda de momento normal — e empurro as crianças para o lado à medida que caminho, enquanto elas gritam diante da janela na parede de tijolos pintados de branco.

— Bogan! Bogan! Bogan!

Há um professor ali, tentando acalmar os alunos, mas as crianças estão em pânico, histéricas, fora de controle, sem obedecer aos professores. Mas por que estão gritando? O que estão gritando? Corro até à janela e olho pela vidraça, e ali, em uma espécie de sala ou escritório, está Lydia, encolhida no canto.

Ela está completamente sozinha naquela sala, com as mãos sobre os ouvidos, tentando bloquear o barulho das crianças que a assediam do lado de fora. E há lágrimas escorrendo pelo seu rosto. Ela chora e soluça, em silêncio. Bato na janela, tentando sinalizar para Lydia: *Estou aqui. Estou aqui, mamãe está aqui* — mas ela não olha e as crianças continuam gritando.

— Bogan! Bogan!

Sinto uma mão sobre o meu ombro e me viro. É Sally, a secretária da escola.

— Tentamos ligar para a senhora, por mais de uma hora! Tentamos... nós...

— O que aconteceu?

— Não sabemos. Alguma coisa, na sala de aula, apavorou as outras crianças. Estou muito chateada. Tivemos que isolar Lydia. Nós a colocamos na papelaria para protegê-la até que a senhora chegasse.

— Isolaram? Para protegê-la?! — grito indignada. — Protegê-la de *quê*? É isso que você chama de protegê-la? Trancando a menina em uma salinha, sozinha?

— Sra. Moorcroft...

— Deixando Lydia totalmente sozinha? Que droga de medo você acha que ela está sentindo agora?

— Mas, mas, mas... a senhora não entendeu... a professora estava com ela. Deve ter acabado de sair de lá. Todo mundo está nervoso! Tentamos falar com seu marido também, mas...

Eu estou muito zangada, quase batendo nessa vaca! Mas a ignoro e corro para dentro da escola.

— Onde está a minha filha? — gritei para um jovem rapaz. — Onde é a papelaria?

Ele não diz nada. Sua boca se abre e se fecha, e, em seguida, aponta, e eu sigo o seu gesto, entrando por uma sala de aula vazia, tropeço nas minúsculas cadeiras de plástico e baldes de papel machê. Em seguida, saio em outro corredor e vejo uma porta que diz "Papelaria" e "Paipearachad Oifig". Naquele instante percebo, em uma torrente de náuseas, o quanto eu detesto essa porcaria de gaélico.

A porta não está trancada e abre assim que giro a maçaneta, e lá dentro está Lydia, encolhida em um canto, com as mãos ainda sobre as orelhas, seu cabelo loiro grudado em seu rosto por causa das lágrimas.

Lydia olha para cima e me vê.

— Mamãeeeeeeeeeeeeee — grita, tirando as mãos das orelhas, soluçando com alívio e terror, com uma voz que penetra através de mim como uma faca, cortando-me de tanta culpa.

— O que aconteceu, meu amor, o que aconteceu?

— Mamãe, eles estão gritando, eles me perseguiram, eles me perseguiram até aqui, eles me colocaram aqui, eu fiquei com muito medo, então...

— Está tudo bem — digo, apertando a pequenina contra o meu peito, apertando o máximo que posso, tentando tirar o terror de dentro dela, levando embora as lembranças.

Tirando o cabelo do seu rosto vermelho, eu a beijo, uma, duas vezes, e a beijo novamente.

— Vou tirar você daqui agora, neste minuto! — afirmo, enquanto ela me olha esperançosa, ainda que incrédula e completamente desolada. — Vamos! — falo e a puxo suavemente pela mão.

Abrimos a porta e refizemos meus passos até o portão da escola. Ninguém nos impede ou sequer fala conosco. Estão todos em silêncio, os professores de pé, junto às portas, observando, envergonhados, sem dizer nada. Abro a última porta de vidro, que dá para o ar fresco do mar, e agora temos que passar pelas intimidadoras crianças, atrás da cerca do pátio, pelo caminho que leva ao estacionamento.

Mas as crianças não estão mais gritando. Estão em silêncio, todas elas, observando a nossa partida. Várias fileiras de rostos pensativos e em silêncio.

Abrindo a porta do carro, coloco Lydia na cadeira de crianças e seguimos, em silêncio, a estrada sinuosa até Ornsay.

— Terei que voltar para a escola amanhã? — pergunta Lydia, apenas quando já estávamos no barco, voltando para Torran.

— Não! — grito mais alto que o som do motor de popa e o ruído das ondas agitadas. — Você nunca mais vai voltar lá! Fique tranquila! Vamos encontrar outra escola para você.

Lydia acena com a cabeça, o rosto encapuzado pela jaqueta. Ela se vira e olha para as águas, para o farol que se aproximava. O que ela está pensando? O que aconteceu? Por que aquelas crianças estavam gritando? Chegamos à praia e arrasto o bote até deixá-lo em segurança. Vamos para a cozinha, onde preparo sopa enlatada de tomate e pão amanteigado cortado em fatias. Comida reconfortante.

Sentamos, em silêncio, à mesa da sala de jantar, naquele aposento cinza, sem enfeites, apenas com a dançarina escocesa pintada na parede. Algo naquela imagem me assusta, mais do que antes, porque ela está reaparecendo. Eu tinha pintado mais da metade daquelas imagens, a dançarina, a sereia, mas elas estavam ressurgindo através das demãos de pintura. Eu devo ter usado pouca tinta.

A dançarina olhava para mim, pálida e inescrutável.

Lydia mal toca em sua sopa. Ela molha um pedaço de pão na sopa e come apenas a metade. Deixando a outra sobre a mesa, vazando sopa vermelha, como se fosse sangue.

— Posso ir para o meu quarto?

Eu quero concordar, deixá-la dormir, deixá-la terminar aquele dia, mas havia coisas a esclarecer.

— O que as crianças da escola estavam gritando? Bogan? O que significa?

Lydia olha para mim como se eu fosse boba. Ela tinha aprendido um pouco de gaélico na escola, eu não havia aprendido nada.

— Significa *fantasma* — explica ela, baixinho —, posso ir para o meu quarto?

Luto contra meus temores. Tomo uma colher de sopa e aponto para a sopa dela.

— Tome mais um pouco de sopa, só mais duas colheradas, pela mamãe.

— Está bem, mamãe.

Obediente, ela toma duas colheres de sopa. Em seguida, larga a colher e sai correndo dali. Eu a ouço em seu quarto, os cliques e os sons do iPad.

Certo. Deixe-a brincar. Deixe-a fazer o de que mais gosta.

Durante a hora seguinte, ou duas, sentada à mesa com meus papéis e meu laptop, desvio meus pensamentos planejando nossa fuga. Não podemos nos dar ao luxo de voltar a Londres. Eu não quero voltar para Londres. Talvez eu possa pegar Lydia e ficar com mamãe e papai, apenas por algumas semanas. Mas Instow também é assombrada pelas lembranças.

Minha mente vagueia de volta àquela tarde. O grito das crianças.

"Bogan, bogan, bogan, bogan". Fantasma, fantasma, fantasma, fantasma.

Por que gritariam aquilo?

Eu não consigo pensar nisso. Eu não devo pensar nisso. Então, o que eu faço? Planejar o futuro.

Quero muito ficar em Skye, mesmo que não seja em Torran. Fiquei mais próxima de Molly, e então talvez pudesse alugar uma casa de campo próxima de Ornsay, para ficar perto dela. Mas, novamente, aquilo é loucura. Talvez seja ridículo considerar ficar ali.

O fato é que eu não tenho nenhuma ideia do que fazer, como sair daquela situação. E o pior: eu terei que falar com Angus. Venderemos Torran, alugaremos, ou o quê? O que Lydia e eu poderíamos fazer com o dinheiro da restauração de Torran? Mas será que ficaríamos com o dinheiro? Porque ele não deveria ficar com nada depois do que fez.

Ele deveria estar na prisão.

Largando a caneta, esfrego meus olhos cansados. Eu preciso me deitar. Fecho o *laptop* e ando rumo ao quarto que já compartilhei com Angus. Há um espelho aqui, o único grande espelho da casa. Tínhamos escondido todos os outros, porque deixam Lydia nervosa.

Olho a minha imagem no espelho. A luz da tarde é fria e fraca. Eu pareço fria e fraca. Magra, até mesmo esquelética. Preciso cuidar mais de mim.

Olho novamente meu reflexo. Lydia está lá, no espelho, segurando o leopardo. Ela deve ter resolvido vir ao meu quarto e está sorrindo. Parece estar animada. Seu sorriso é vívido, sereno, alegre.

Viro para olhar para a minha filha, de verdade, parada lá no meu quarto, tranquila e em paz.

— Oi. Está melhor?

Mas ela não está mais sorrindo. Que mudança rápida. Sua expressão tinha mudado muito depressa.

Então, percebo que ela não está segurando o leopardo.

24

Olho para a minha filha. Ela olha para mim, calada, pensativa e mais jovem do que nunca, como se tivesse voltado no tempo, quando as gêmeas estavam vivas, com 6 anos, 5, 4 e cada vez menos, menos. Lembro quando elas brincavam de dar solavancos na praia, em Devon, batendo seus quadris. As lembranças se diluem. Fico assustada e zonza, olhando para o passado.

As duas estão aqui. As duas não podem estar aqui.

— Lydia...

— Sim, mamãe?

— Você está brincando com a mamãe?

— Como assim, mamãe?

— Com o leopardo, querida, com o leopardo, você está brincando?

Viro e olho no espelho mais uma vez. Lá estamos: mãe e filha, Sarah Moorcroft e sua filha sobrevivente, Lydia Moorcroft. Uma menininha usando meias amarelas brilhantes e uma saia jeans com um pássaro vermelho cereja bordado na parte da frente.

Ela não segura nenhum leopardo.

No entanto, ela estava com o leopardo no espelho. Tenho certeza de que o vi. Não vi? E parecia Kirstie, com um sorriso mais feliz. Foi Kirstie que vi no reflexo. As duas amavam o leopardo, elas brigariam por causa dele. Talvez estivessem brigando agora, como brigaram no meu ventre, como brigaram pelo meu leite.

As *duas* estão aqui, no gelado quarto branco, com o céu cinza e frio lá fora, brigando para ver qual delas viveria e qual morreria, tudo de novo.

Eu me inclino sobre a cama, trêmula.

— O que foi, mamãe?

— Nada, querida, nada. Mamãe só está um pouco cansada.

— Você está estranha.

Por que o quarto está tão frio? A casa, a casa do farol é sempre gelada, como se o mar gelado penetrasse pelos ossos do lugar. Mas esse era um frio novo e diferente. A respiração fazia a névoa sair da minha boca.

— Está congelando aqui — observa Kirstie.

— Sim. Sim, vamos até à sala acender a lareira.

Pego sua mãozinha que também estava muito fria, como a mão de um cadáver. Lembro-me de segurar a mão de Kirstie ainda quente, desesperadamente à procura de seu pulso, logo que desci as escadas em Devon, para ver se ela estava morta.

Kirstie está realmente nesta sala agora? As dúvidas me dominam. Olho pela sala, para as paredes brancas, para o crucifixo ao lado do chefe do clã escocês, para a velha vidraça da janela que mostrava a urze verde e úmida e o mar azul escuro; um vento realmente cortante. As poucas árvores raquíticas em Torran estão se curvando.

— Vamos, mamãe.

Minha voz soa irregular. Tento não demonstrar a Lydia o quanto eu estou assustada, com medo daquela casa, com medo da ilha. Medo do que está acontecendo conosco. E com medo da minha filha.

Lydia parece inquieta e, quando chegamos à sala de estar, ela senta no sofá, mais calma, apesar do trauma na escola.

Mas quando me ajoelho para pegar mais lenha para a lareira que nunca tem lenha o suficiente, eu não estou calma. Um vento poderoso sacode as esquadrias de baixa qualidade das janelas da casa de Torran, e todos aqueles momentos estranhos começam a se aglutinar. Fico observando as chamas enquanto alimento o fogo. O que eu acabei de ver? O mesmo que aconteceu com Emily Durrant? Ela disse algo sobre um espelho?

E o incidente de hoje na escola. Bogan, bogan, bogan. *Fantasma, fantasma, fantasma.*

Será que assombrações existiam? Eu não acredito em fantasmas, mas era Kirstie naquele espelho. Só que Kirstie era e é idêntica à Lydia. Por isso, era Lydia também. Elas são fantasmas uma da outra. Lydia é o fantasma vivo de Kirstie. Então, eu moro com um fantasma. Por que, então, não consigo crer neles?

Porque eles não existem.

Mas era Kirstie naquele espelho. Voltando para dizer olá. Voltando para falar com a mamãe.

Você me deixou pular, mamãe. Foi culpa sua.

E a culpa foi minha. Por que eu não estava lá? Por que eu não estava cuidando das minhas filhas? Eu era a responsável. Angus estava em Londres. Eu deveria estar lá. Eu deveria estar lá muito antes para impedi-la de fazer o que fez. Eu deveria ter visto os sinais. *Níveis Elevados de Abuso Paternal.*

Por que não a impediu, mamãe?

— Não é culpa sua — diz Lydia, em voz alta, e eu fico tão assustada que quase deixo cair um pedaço de madeira suja sobre o tapete.

Olho para a minha filha.

— O quê?

— Essa coisa da escola. Aquilo não foi culpa sua. Foi culpa da Kirstie. Ela fica voltando, não fica? Ela me assusta.

— Não seja boba, Lydie.

Pego a tora e a coloco sobre as chamas. Logo o calor aumenta e provoca estalos, mas não altera o frio. Mesmo se eu corresse quatro quilômetros, minha respiração continuaria formando névoas. Essa maldita casa!

— De qualquer forma, Lydia, vamos embora logo; por isso, não há necessidade de se preocupar com mais nada.

— O quê?

— Vamos embora. Vamos nos mudar, querida...

— Vamos sair da ilha?

— Vamos.

A expressão de seu rosto se contorce em uma careta, talvez uma ocasionada pelo medo.

— Mas você queria que viéssemos para cá, mamãe, e você disse que seria melhor do que antes.

— Eu sei. Mas...

— E a Kirstie? Kirstie está aqui. E Beany está aqui. Não podemos deixá-los, podemos? E quanto ao papai?

— Mas...

— Eu não quero ir a nenhum lugar! Só se papai for junto!

Sua ansiedade aumenta de novo, muito mais rapidamente. Agora qualquer coisa a incomoda. Ela está muito frágil. O que eu digo?

— Ah, vamos ver o papai também querida, eu prometo. Só precisamos encontrar uma casa nova, com calçadas e uma televisão, não será legal? Nossa próxima casa terá uma televisão, aquecimento e tudo a que temos direito!

Lydia não diz nada. Fica olhando para o fogo. Vejo o brilho fraco das chamas refletido em seu pequeno rosto ansioso, enquanto a escuridão aumenta. De repente, uma gigantesca asa de corvo varre o mundo. As janelas são balançadas pelo vento. Isto está além das brisas brutais normais de Torran. Ouço o lamento dos pinheiros de Salmadair enquanto o vento corre em nossa direção, de Eisort e Tokavaig, de Ord e Sgurr Alasdair.

— Ela está aqui agora, não é? — pergunta Lydia, baixinho.

— O quê?

— Kirstie. Aqui.

— O quê?

Meu sangue está frio e minhas mãos formigam.

Lydia olha para mim, sua expressão é uma estranha mistura de resignação e medo.

— Ela está aqui, agora, mamãe. Aqui. Nesta sala. Veja!

Olho ao redor do aposento, sentindo algo próximo ao terror, esperando minha filha morta emergir da escuridão frígida do corredor. Mas não há nada, apenas as sombras dos móveis dançando nas paredes, enfurecidas pelas chamas da lareira.

— Que bobagem, Lydia, só precisamos sair daqui. Vou preparar...

Um barulho terrível me interrompe.

Eu estou tão assustada que rio, nervosamente, quando me dou conta de que é o telefone. Só o telefone. Estou tão alarmada e nervosa que até a campainha antiquada do antigo telefone me assusta.

Recobrando meus sentidos, abraço e beijo Lydia; então corro até a sala de jantar, ansiosa por ouvir uma voz humana, a voz de um adulto, alguém lá de fora, do lugar normal, da sanidade, onde as pessoas vivem e trabalham e assistem televisão. Tomara que seja Molly. Talvez Josh ou meus pais. Não me importaria nem se fosse Imogen.

É Angus.

A única pessoa no mundo com a qual eu não quero falar é a única que me liga.

Sua voz sombria me enche de amarga tristeza. Eu mal consigo me conter em desligar o telefone em sua cara. E ele fala alguma coisa sobre o tempo.

A droga do tempo?

— Estou falando sério, Sarah. Avisaram que será uma tempestade terrível. Muito, muito grande. Acho que vocês devem sair da ilha. Posso ir buscá-las com o barco de Josh...

— O quê? E ficar junto com você Gus? Seria *ótimo*.

— É sério! Veja como está o vento, Sarah, dê uma olhada! E está só começando! Só começando. Lembra quando eu te disse que estas tempestades podem durar dias?

— Sim. Lembro.

— E que Torran é famosa por causa disso? Torran. Eilean Torran. A ilha do Trovão. Lembra? Sarah? Lembra?!

Olho pela janela para a escuridão invernal enquanto ele fala. Os últimos sinais de luz fugiram para oeste. Eu consigo ver uma leve mácula branca acima de Tokavaig, mas o céu está clareando e há uma lua cheia lá fora. E o mar parece mais calmo do que antes. As árvores haviam parado com aquele gemido horrível. A única coisa estranha são aquelas altas nuvens fragmentadas, correndo pelo céu azul-enegrecido, silenciosamente e muito rápido.

— Parece tudo bem por aqui. O vento já parou. Gus, por favor, pare de ligar! Pare de nos incomodar! Você sabe... eu... eu... você sabe por quê — insinuo, eu tinha que falar, eu precisava, eu ia dizer —, você sabe o que você fez. Chega de mentiras! Você sabe o que aconteceu! Eu sei o que aconteceu! Vamos parar de mentir! Imediatamente!

A linha fica muda. Como se tivesse finalmente estragado.

— De que porra você está falando? — pergunta Angus, finalmente.

— De vocês, Angus! *De vocês*. Você e Kirstie...

— O quê??

— Você sabe o que você fez. Eu descobri! Lydia me contou. Sobre você molestar Kirstie. Beijá-la, assustá-la. E o dr. Kellaway basicamente confirmou tudo.

— O quê?! Sarah? Isso é loucura! Mas que merda é essa que você está falando?!

— Você abusou dela! Você estava abusando dela! Abusando de Kirstie sexualmente, molestando a coitada! Foi isso que você fez, seu desgraçado! Era isso que você vinha fazendo, há meses, anos, há quanto tempo? O jeito que ela estava sentada no seu colo, o maldito jeito que você a *abraçou*!! Você estava molestando Kirstie, não estava? Não ouse negar! Foi por isso que ela pulou. Ela estava com medo de você, daí ela pulou, não é? Que merda! Ela se matou e foi por sua causa! O próprio *pai*. Você a estuprou? Até onde chegou? E agora Lydia está ficando maluca também! Ela não sabe o que fazer! Você estilhaçou essa família! Você acabou com a nossa família, foi você... e... e...

Coloco toda a raiva para fora. As palavras falham em minha boca. Estou tremendo enquanto seguro o telefone. Angus não diz nada. Não sei como eu espero que ele reaja. Com raiva? Com uma negação flamejante?

— Isto não é verdade, Sarah! Tudo isso é mentira.

Sua voz foi calma ao responder. Havia raiva lá, mas ele estava calmo.

— Ah, é? Então...

— Eu nunca molestei Kirstie. Nunca toquei nela! Não DESSE jeito! Como pode pensar isso?!

— Lydia me contou.

— Sempre fui próximo de Kirstie. Eu a abraçava, beijava, só isso. Fui afetuoso. Tentei recompensá-la. E por quê? Porque você não era! Foi por isso!

— Você a assustou.

— Eu gritei com ela, uma única vez! Sarah, isso é loucura. Você está louca?

— Não ouse dizer isso de mim, não...

— Cale a boca! Cale... a... merda... dessa... sua... boca!!

Como uma criança comandada, eu me calo. Ele ainda consegue fazer isso por alguma razão. Porque, quando ele faz isso, eu volto aos 7 anos, e meu pai está gritando. Mas Angus não está gritando.

— Se você quer a verdade, pergunte à sua filha o que realmente aconteceu. Peça que lhe conte o que ela me contou, há seis meses — continua ele, muito lenta e precisamente.

— O quê?

— Pergunte a ela, se for preciso. E dê uma olhada na cômoda! Você chegou a olhar na última gaveta? Hum? Não? — cospe as palavras com raiva. — E tranque as portas e as janelas, Sarah! A tempestade está vindo com força total. Se você quer ficar aí em Torran esperando, então não há nada que eu possa fazer. Foda-se! Mas mantenha a nossa filha dentro de casa! Deixe-a em segurança!

Ele me confunde. Mas talvez esteja mesmo tentando me confundir. A raiva cresce novamente dentro de mim.

— Não chegue perto de nós, Angus. Não se atreva a chegar perto da gente, não fale conosco, é isso!

Deixo cair o telefone.

— Mamãe?

É Lydia. Ela está na sala de jantar. Não a ouvi entrar, pois eu estava gritando com Angus.

— Mamãe? O que está acontecendo?

A percepção é revoltante. O quanto dessa conversa ela ouviu? Eu me exaltei, não estava pensando. Será que ela me ouviu acusar o pai de estuprar Kirstie? O que eu tinha feito? Eu estava tornando tudo ainda pior?

Minha única opção é fingir que eu não tinha dito nada e agir normalmente. Não posso me abaixar e perguntar se ela me ouviu acusar o pai de estupro.

— Não está acontecendo nada, meu amor. Mamãe e papai estavam só conversando.

— Não, não estavam. Vocês estavam gritando.

O que ela ouviu? Forço um sorriso. Ela não está sorrindo.

— O que aconteceu, mamãe? Por que você estava gritando com o papai? É por causa da Kirstie? Porque ela continua voltando? Porque ele a quer de volta?

Eu quero dizer que sim.

Mas me controlo, e coloco um braço protetor sobre o ombro de Lydia e a guio para longe de tudo isso: para a cozinha. Para mim, a cozinha é como um lugar seguro de um programa de TV. Um palco montado, um simulacro de normalidade. A diferença é que lá as paredes são falsas, o brilho irreal e há uma estranha escuridão logo além, e há pessoas assistindo. Uma multidão em silêncio, observando-nos em cena, sob as luzes.

— Vamos tomar um chá? O que você quer comer?

Lydia olha para mim e depois para a geladeira.

— Não sei. Qualquer coisa. O que você quiser, mamãe. Qualquer coisa da geladeira. Hum... queijo-quente?

— Boa ideia! Vou fazer queijo-quente, não vai demorar. O que acha de, enquanto isso, brincar um pouco lá na sala e ver como está o fogo na lareira?

Lydia me olha com certa suspeita ou desconfiança, mas, para meu alívio, obedece. Agora eu posso fingir que ela não ouviu nada da minha *conversa* com Angus.

Cuidadosamente, pego o pão dos cestos pendurados no varal acima da minha cabeça, o cheddar da geladeira e olho pela janela. As estranhas nuvens acinzentadas se movimentam de novo, rapidamente, diante da face pálida da lua. As árvores começam a gemer mais uma vez, enquanto o vento sopra com força. Angus estava certo em relação à tempestade?

Eu preciso alimentar a minha filha.

Quando o queijo-quente está derretendo e estalando, eu o tiro do *grill* e o coloco em um prato, cortando-o em pequenas porções, e levo-o até à sala de jantar, onde Lydia espera pacientemente, sentada à mesa. Agora ela usava meias azuis. Devia tê-las colocado naquele momento. O leopardo tinha reaparecido e está na mesa ao lado dela. O inerte bicho de pelúcia está virado diretamente para mim.

Lydia pega seu pequeno talher infantil com cabo plástico laranja, dá uma garfada e come o queijo-quente tranquila. Há um livro perto do seu prato. Normalmente, eu não gosto de que ela leia nas refeições, mas hoje não a impediria. Ela parece notável e estranhamente satisfeita, considerando os terrores por que passou.

Olho pela janela. A lua desapareceu atrás de nuvens maiores e as árvores gemem muito mais alto. A chuva atinge a janela. Com raiva e desdém.

— Brilha, brilha estrelinha, quero ver você brilhar — cantarola Lydia, enquanto come e lê.

A música preferida de Kirstie! Ela está cantarolando a musiquinha aqui.

— Faz de conta que é só minha, só pra ti irei cantar.

Tento manter a calma, mas tenho a intensa, abrupta e avassaladora sensação de que é *Kirstie*, sentada bem ali à minha frente. Sentada à meia escuridão da sala de jantar, com a ilha se encolhendo diante de uma tempestade que se aproxima, com o rápido piscar do farol, desesperada e urgentemente sinalizando a cada nove segundos através das águas escuras de Sound: *Socorro, Socorro, Socorro*!

— Lydia.

Ela não se vira.

— Lydia.

Ela não se vira. Ela come e canta. O leopardo sorri para mim em cima da mesa. Tenho que lutar para voltar à lógica. Essa é Lydia, sentada aqui. Eu estou deixando o estresse me iludir.

Recostando-me, respiro profundamente, acalmando-me. Em relação à minha filha, tento ser objetiva. Lembro-me do que Angus tinha dito: *pergunte a ela sobre o que realmente aconteceu, pergunte a ela o que ela me contou há seis meses*. Algo nessas palavras é muito aterrorizante, algo profundo, e sua negação de abuso infantil parece meio convincente. Eu não acredito nele: ainda assim havia certas dúvidas preocupantes. Será que cheguei a uma terrível conclusão falsa?

O que deveria fazer?

A tempestade realmente aumenta. Ouço portas, em algum lugar, batendo repetidamente. Portas exteriores, talvez do galpão. O barulho é forte, como se pudessem quebrar. Eu preciso nos proteger: *fechar as portas.*

Não tenho muita escolha sobre o que fazer a seguir. O tempo está no comando. Inclinando-me sobre a mesa, toco a mão de Lydia para chamar a sua atenção. Ela para de ler o livro e de cantarolar aquela canção assustadora.

— Querida, por favor, espere aqui. A tempestade está ficando muito feia e tenho que trancar todas as portas e janelas da casa, do lado de fora.

Ela olha para mim com indiferença. Parece distraída.

— Ok, mamãe.

Entro no quarto e me recuso a olhar no espelho. Visto um suéter e meu casaco mais grosso e resistente. De volta à cozinha, calço minhas botas de borracha e me incentivo mentalmente, abrindo a porta da cozinha.

O vento está feroz. Folhas, algas e nós de samambaia voam pelo ar frio e escuro. O farol parece menor por causa da expansão do ruído do vento. Sua luz oscilante não traz mais nenhum conforto.

Eu tenho que fechar as portas e janelas externas, mas o vento está tão forte, que quase me derruba para o lado, sobre a grama escorregadia, enquanto eu me arrasto em torno das paredes da casa. Nunca presenciei vendavais como aquele, não no brando sul da Inglaterra. De quando em quando, o vento arremessa a chuva diretamente em meu rosto, parecendo uma areia fria, como se alguém estivesse raspando o meu rosto. Estou sendo ameaçada.

As dobradiças enferrujadas da porta do galpão rangem, provocando um ruído como se estivessem prestes a quebrar. Minhas mãos ficam dormentes com a chuva e com o frio, enquanto eu fecho a porta e a travo com a barra de madeira.

Certa vez, eu me perguntei por que todas as portas externas tinham essas travas de madeira. Agora eu sei: para as tempestades da Ilha do Trovão, Eilean Torran.

Minha tarefa leva cerca de vinte minutos. A parte mais difícil é arrastar o bote encharcado o mais alto possível, no escuro, sob o vendaval gritante e a umidade horrível. Ao arrastá-lo, quase caio, batendo um dos joelhos sobre os seixos, mas me endireito.

— Meu Deus! Vamos lá, Sarah! — grito as palavras em voz alta para mim mesma, mas elas são roubadas pelo vendaval e lançadas ao mar. — Vamos!

Até onde é preciso arrastar o barco para que fique em segurança? Eu o levo até os degraus do farol; então, solto a âncora e o amarro às grades do farol. Meus dedos estão desajeitados na escuridão congelante.

Mas consigo. Pronto! Eu consigo dar nós, assim como Angus me ensinou.

Corro de volta em direção à porta da cozinha, inclinando-me, puxando um lado do meu capuz contra a chuva implacável. Com uma exultação de alívio, entro na cozinha, fechando a porta atrás de mim. A porta tinha uma trava de madeira na parte interna e eu a tranquei também. Os gemidos e uivos horríveis são abafados, mas ainda audíveis.

— Mamãe, estou com medo — diz Lydia, em pé na cozinha —, o vento está tão barulhento, mamãe...

— Ei, é só uma tempestade. Só precisamos esperar que passe. Vamos ficar bem. Temos bastante comida e lenha. Será uma aventura! — explico, abraçando-a.

— Papai está vindo aqui para nos ajudar?

— Não esta noite, querida, mas talvez amanhã. Vamos ver.

Eu estou mentindo, mas não importa. A menção de Angus traz de volta as suas palavras, sua negação do abuso. E, então, aquela outra frase: pergunte à Lydia o que ela me disse há seis meses. Eu tenho que averiguar aquilo. Certamente eu chatearia Lydia, mas, se eu não fizer isso, a mãe dela ficará maluca, o que é pior.

— Vamos até a sala, querida? Quero perguntar uma coisa.

— Perguntar o quê? — preocupa-se Lydia, olhando para mim em pânico.

Eu a levo até a sala e puxo as cortinas contra a chuva e contra o vento, e os ruídos do impacto do vento sobre o teto, que parece querer arrancar as telhas. Em seguida, sentamos diante da lareira, aconchegamo-nos no sofá, debaixo de um cobertor que ainda tinha um fraco cheiro de Beany.

— Você lembra que me contou que papai tocou e beijou Kirstie?

Seus olhos cintilam. Vergonha?

— Sim, mamãe.

— O que você quis dizer com isso?

— O quê?

— Quando você me contou isso, o que você quis dizer? — procurei as palavras. — Você quis dizer que ele a tocou e a beijou da mesma forma que mamãe e papai se tocam e se beijam? Foi isso que você quis dizer?

Sua atenção se voltou inteiramente a mim. Seu rosto parecia chocado.

— Não. Não, mamãe! Não! Não assim!

— Então...

A escuridão escancara o meu peito. Eu poderia ter cometido um erro atroz. Mais uma vez.

— O que você quis dizer, Lydie?

— Ele só abraçava a Kirstie, mamãe, porque você não a abraçava. Mas um dia ele gritou com ela. Aquilo a assustou. Não sei por que ele gritou.

— Você tem certeza?

— Sim, mamãe! Certeza. Tenho certeza. Ele nunca a beijou como mamãe e papai. Não, não! Não assim!

A escuridão se transforma em trevas.

Inspiro longamente, com os olhos fechados. Em seguida, tento novamente.

— Ok, só mais uma pergunta, querida. O que você disse ao papai seis meses atrás?

Lydia fica lá, sentada, desajeitada, inflexível, sem olhar diretamente para mim. Seus olhos estão irritados e úmidos, e ela parece assustada.

Repito a pergunta. Nenhuma reação.

Exatamente igual à sua mãe e à sua avó. Nenhuma resposta.

Mas eu estou determinada a continuar. Já fui longe demais, e agora preciso ir até o fim, mesmo que isso lhe cause um evidente transtorno. Meu lado racional me diz que, se eu fizer tudo no mesmo dia, talvez se dissipe em sua memória apenas como um dia terrível, o dia da tempestade.

Pergunto novamente. Nada.

— Papai perguntou alguma coisa sobre Kirstie? Ou você contou a ele algo sobre Kirstie, quando ele perguntou? — tento mais uma vez.

Ela balança a cabeça. Afasta-se de mim, desvencilhando-se do meu abraço, saindo do sofá. O vento entoa nas árvores lá fora. Isso é aterrorizante.

— Você disse alguma coisa ao papai há seis meses?

Sem resposta.

— Lydia?

Silêncio.

— Foi isso que papai fez! Foi bem isso que o papai fez, você está fazendo a mesma coisa que papai fez! PARE! — desabafa ela.

— O quê?

Estendo a mão para acalmar a minha filha agitada.

— O que você disse, querida? O que quis dizer com "foi bem isso que papai fez"?

— Como você! Como ISTO que você está fazendo *agora*!

— Lydia, fale...

— Não sou Lydia. Sou Kirstie.

Eu tenho que ignorar aquilo.

— Lydia, o que papai disse, o que foi que você disse? Fale!

O vento acerta em cheio as paredes e as portas. Parece que a casa irá rachar ao meio.

— Ele fez ISSO! Ficou fazendo PERGUNTAS sobre isso, sobre o acidente, então eu contei a ele, mamãe, eu contei a ele...

— O que você contou, querida? — pergunto, com o sangue pulsando, fazendo em meus ouvidos um barulho ainda mais alto do que o vento lá fora. — Apenas me diga, o que você contou?

Lydia olha para mim, muito séria. De repente, ela parece mais velha. Como um vislumbre do adulto que ela se tornará.

— Eu contei ao papai que eu fiz... e eu fiz, eu fiz, eu fiz, eu fiz uma coisa muito ruim!

— O quê? Como assim? O que você fez?

— Contei ao papai que eu fiz uma coisa ruim. E eu FIZ. Papai não fez nada. Mas eu nunca contei a ele sobre você, nunca, nada sobre você! Falei sobre mim, não sobre você; então, ele não estava com raiva de VOCÊ...

— Lydia?

— O quê??

— Lydia. Fale! Agora! Conte-me tudo!

— Contar tudo?! Mas você *sabe*! Você já *sabe* de tudo!

O vento forma um dueto com a minha filha, gritando e repetindo.

— Mamãe, você sabe o que aconteceu. Você já *sabe*!

— Não, eu não sei.

— Sabe, sim, você sabe, sim, você sabe!

— Não, eu não sei!

— Sim, você sabe! SABE SIM! — grita minha filha, tremendo. — Não fui só eu, nunca fui só eu!

Um silêncio repentino. Lydia olha diretamente para mim.

— MAMÃE, ELA MORREU POR SUA CAUSA!

25

Angus estava no Selkie bebendo sozinho uma dose tripla de Ardbeg. O bar estava praticamente deserto. O único ruído vinha de poucos moradores, inclusive Gordon, terminando suas cervejas antes de irem para casa esperar o fim da tempestade. Angus tinha alugado um quarto no andar de cima: o Selkie era caro no verão, mas uma pechincha nas profundezas do inverno.

Ele teria continuado com Josh e Molly — eles eram muito generosos —, mas não pareceu correto. Ele estava muito irritado com a acusação ultrajante de Sarah e deixaria seus amigos desconfortáveis.

Abuso infantil.

Aquilo era loucura. Só a ideia — a simples ideia daquela ideia — já o deixava completamente enfurecido. Talvez fosse uma coisa boa estar ali, em Sleat, longe de sua família, porque se visse Sarah, depois de todos aqueles uísques, provavelmente a mataria. De verdade. Ele a mataria. Ele poderia. Bastava quebrar seu pescoço.

Agora ele conseguia ver seu pai em si mesmo, acabando com a merda da mulherzinha. A diferença era que ele, Angus, tinha motivos.

Abuso infantil.

Você estuprou Kirstie?

Ele ficou zonzo de raiva, mas se firmou com outro gole de uísque. E mais outro. O que mais ele podia fazer? De qualquer forma, tinha sido tudo culpa dela.

Levantando-se e andando até a janela, Angus olhou, bêbado, através do vidro grosso para a ilha, agora embaçado pela chuva e pela escuridão.

Como estaria sua filha, presa naquela ilha, na tempestade? Será que Sarah teria o bom senso de se proteger corretamente? Ela iria fechar todas as portas e janelas, colocando as trancas? Será que amarraria o barco nas grades do farol? Ela não era uma idiota. Talvez fizesse tudo isso.

Mas ela também era instável, e tinha sido assim desde a morte da filha. Ela tinha recuperado seus sentidos nos últimos meses, mas agora estava, aparentemente, de volta ao vórtice. O turbilhão de sua insanidade privada.

Abuso infantil.

Angus queria cuspir as palavras no chão. Cadela! Vaca maldita! Abuso infantil?

Que mentiras ela estaria instilando em sua filha agora?

Ele precisava ir até lá e assumir o controle, mas a maré e o clima não estavam propícios, e ele não tinha um barco para atravessar em segurança. O barco de Josh não era projetado para vendavais como aquele, e a tempestade poderia levar vários dias para acabar.

Aquilo significava que, se tivesse que chegar a Torran de barco, seria obrigado a chamar as autoridades e procurar ajuda oficial. Ele precisaria da polícia, da Guarda Costeira, da Lei, mas, se os trouxesse em meio a essa confusão, tudo poderia ser desvendado. Ele poderia — e provavelmente seria — preso por abuso infantil. E, mesmo que ele conseguisse provar o absurdo daquela alegação, a polícia poderia, então, fazer perguntas sobre o acidente, e descobrir que a irmã empurrou a irmã, que houve um assassinato.

E, então, tudo aquilo que ele tinha feito — para manter a família unida, apesar de tudo — iria por água abaixo. Suas vidas seriam destroçadas pela segunda vez. Um pesadelo terrível de polícia, médicos e psicólogos infantis. Sarah iria desmoronar quando sua culpa fosse revelada, quando sua negação fosse arrancada.

E, mesmo assim, ela ainda poderia desmoronar, por causa de sua revelação idiota.

Ele não deveria ter dito nada sobre a cômoda. Deixou escapar em um momento de fúria, pois tinha sido atacado, sem pensar. Mas agora, se ela se lembrasse dessa observação e realmente olhasse na última gaveta, descobriria a verdade e não havia como saber a forma que reagiria. Lá fora. Quando deveria estar cuidando de sua filhinha.

Talvez ele devesse ter destruído o conteúdo da gaveta, meses atrás. No entanto, sempre manteve tudo escondido: cartas na manga. Uma vez que sua filha crescesse em segurança, ele poderia mostrar para Sarah: *Olhe só, sua puta, foi isso que VOCÊ fez! Foi isso que REALMENTE aconteceu.*

Tarde demais.

Angus se sentou, derrotado, bêbado, irritado, tremendo, na cadeira desconfortável. Ele estava paralisado. Não poderia fazer nada até que a tempestade passasse, poderia? Mas estava desesperado.

— Tudo bem aí, Angus? — perguntou Gordon, saindo do bar. — As meninas estão em Torran?

Angus assentiu. Gordon franziu a testa.

— Péssima noite para elas ficarem sozinhas lá. Naquela casa faz um frio infernal nestas tempestades!

— Eu sei.

Gordon acenou negativamente com a cabeça.

— E aqueles trovões! Poderiam levar um homem a beber! — falou olhando para o copo de uísque de Angus e franziu a testa novamente. — Pois bem, se precisar de alguma ajuda, sabe onde me encontrar, a qualquer hora.

— Obrigado, Gordon.

Gordon suspirou, descaradamente consternado pela atitude de Angus. Em seguida, abriu a porta para a terrível tempestade e desapareceu.

Angus olhou pela janela novamente. O vento era tão forte que arrancava pequenos ramos das árvores pelo caminho. O estacionamento do Selkie estava uma bagunça de folhas, galhos e samambaias.

O que Sarah estava fazendo em Torran? O que ela estava fazendo com a filha dele?

Ele tinha que ir até lá assim que a maré permitisse. Não importava o quão perigoso fosse, não fazer nada seria pior. Ele tinha que chegar lá e fazer Sarah ter bom senso. Ou acalmá-la. Ou, talvez, silenciá-la.

Aquele, então, era o seu plano. Atravessar antes do amanhecer, na próxima maré baixa, às seis da manhã. E, antes disso, ele iria beber para afastar a dor e conter a raiva até que precisasse de tal raiva.

26

Pergunto pela terceira vez, talvez pela quarta. Isso é demais.

— O que você quer dizer com *minha* culpa?

Eu não consigo disfarçar o medo que faz minha voz tremular. Lydia tinha parado de gritar, parado de chorar, mas não olhava para mim. O leopardo está ao seu lado. Ela o pega e o abraça firme, como se fosse um amigo melhor do que eu. Melhor do que sua própria mãe.

— Lydia, o que foi que eu fiz? O que você quer dizer com minha culpa?

— Não vou dizer.

— Querida, por favor. Pode falar! Não vou ficar brava!

— Vai sim! Do mesmo jeito que estava antes na cozinha da vovó!

O vento sacode as janelas como um assaltante sondando a casa, buscando pontos fracos.

— *Lydia. Lydia, por favor!*

— Nada. Ninguém. Nenhuma pessoa.

— Lydie-lo, por favor, conte para a mamãe. Por favor!

Ela se vira, com os olhos cerrados. Ouço a porta da cozinha chacoalhando com a ventania; a trava de madeira rangendo.

— Você tomou os comprimidos, lembra, mamãe?

— O quê?

Ela balança a cabeça e parece muito triste, mas não está chorando.

— Como assim, tomei os comprimidos?

— Todo mundo falou que você estava doente, mamãe. E fiquei com medo de que você fosse morrer, como a Kirstie.

— Que comprimidos?

— Aqueles comprimidos especiais. Ah, mamãe, você sabe! Aqueles que papai guardou.

— Ele...

Comprimidos? Tenho uma ligeira lembrança. Eu *realmente* tomei alguns comprimidos depois do acidente. Foi aquela terapeuta que me mandou um e-mail que recomendou a medicação. Sim, eu me lembro vagamente.

Mas por quê? Havia algum motivo especial?

— Precisa tomá-los de novo, mamãe. Você ficava melhor quando tomava.

— Eu realmente não sei sobre o que você está falando, Lydia! Só temos que esperar a tempestade passar.

Lydia olha para mim, implorando, parecendo muito jovem novamente, querendo sua mãe de volta.

— Mamãe, estou com medo da tempestade. Por favor, apenas tome os remédios. Eu sei onde papai os guarda na cômoda do quarto. Eu vi quando ele colocou os comprimidos lá para você.

A cômoda. A cômoda de Angus. Eu nunca cheguei a ver tudo que continha. E no telefonema ele mencionou a última gaveta. Eu ainda não tinha me dado conta disso. Há mais alguma coisa lá?

— Ok. Está ficando tarde. Quer dormir?

— Não.

— Tem certeza?

— Não.

— Você pode dormir na cama da mamãe, se quiser.

— Não!

Lydia está segurando o leopardo bem firme, como se temesse que o vento fosse arrancá-lo de seus braços. E por que não? O gemido do vento contra as árvores parece mais uma matilha de lobos. Estamos sendo perseguidas pelo tempo: uma enorme besta à espreita, esmurrando as janelas, em busca de suas presas. A tempestade já estava caindo há seis horas e poderia durar três dias.

— Quero dormir com o leopardo.

Graças a Deus! Graças a Deus!

— Muito bem! Faremos isso!

Assim é melhor: posso levar Lydia para a cama e depois olhar na cômoda. Acabar com este mistério venenoso de uma vez por todas, e então talvez nós duas possamos dormir em meio à pior tempestade. Quem sabe acordaremos com um céu azul e límpido, e Knoydart brilhará com a neve através do Loch Hourn. Terei de pedir desculpas para Angus. O que eu disse foi horrível, mas ele ainda me traiu com Imogen.

O que tem naquela cômoda?

É surpreendentemente fácil colocar Lydia na cama. Corremos até seu quarto, ela tira as roupas, veste seu pijama e desliza rapidamente sob dois edredons. Eu a arrumo confortavelmente e ela fecha os olhos com o leopardo preso entre seus pulsos. Eu a beijo. Ela tem um cheiro adocicado, de uma forma triste. Nostálgica.

A chuva se debate em sua janela. Fecho as cortinas para que Lydia não veja reflexos da irmã morta.

— Mamãe, eu estou virando a Kirstie? — pergunta, abrindo os olhos, quando eu estou prestes a apagar a luz.

— Não. Você é a Lydia — afirmo, sentando na cama, pegando sua mão e a segurando com força.

Ela olha para mim com seus olhos azuis confiantes e esperançosos, mas desesperados.

— Mas, mamãe... eu já não sei mais. Acho que sou Lydia, mas às vezes Kirstie está dentro de mim e ela quer sair, e às vezes Kirstie está nas janelas e às vezes ela só está aqui, bem aqui, conosco.

Afago o cabelo loiro e macio da minha filha. Eu não vou chorar. Deixe que o vento faça todo o lamento, já é alto o suficiente para todos nós. Ouço estrondos terríveis lá fora, talvez uma das portas esteja sendo arrancada. Talvez eu não tenha amarrado o barco direito, não tive o cuidado apropriado. Mas, afinal, nem podemos usar o barco com aquele tempo, pois nos afogaríamos.

— Lydia, vamos dormir. Amanhã a tempestade já vai ter acabado, eu prometo, e depois tudo parecerá melhor. Amanhã poderemos passear...

— Está bem, mamãe — concorda Lydia acenando com a cabeça e olhando para mim, como se não acreditasse em minhas palavras.

— Boa noite.

Eu a beijo mais uma vez e sinto seu cheiro, como uma recordação. Então, apago a luz, fecho a porta e corro para o meu quarto. Pego a pequena chave e abro a última gaveta da cômoda de Angus.

O vento bate nas paredes e nas telhas, como se alguém estivesse arrastando algo ao longo do telhado. Ou talvez como um louco tentando entrar.

Lá está! Vários frascos de comprimidos.

Antidepressivos tricíclicos.

Eles tilintam quando os tiro da gaveta e os seguro em minhas mãos. Há meu nome neles: Sarah Moorcroft. O último frasco está datado de oito meses atrás. Eu os reconheço. Lembro-me vagamente de tomá-los. Eu me via segurando um comprimido, tomando-o na cozinha, em Camden.

Então é verdade. Tomei antidepressivos depois que Kirstie morreu? E eu tinha esquecido. Mas aquilo não era nenhuma revelação. Minha filha tinha morrido. Eu me encontrava em um estado deplorável.

Mas há uma carta na gaveta, embaixo dos frascos. Pelo timbre do papel, percebo que é do dr. Malone, meu clínico geral. Meu médico tem cerca de 60 anos e, provavelmente, é o último médico a escrever cartas de verdade na Inglaterra. Mas essa carta foi endereçada a Angus. Por que o meu médico escreveria ao meu marido?

Pego a carta e a leio.

O vento diminui, em um triste lamento, como se estivesse se esgotando, por ora.

A carta é sobre mim. Ela diz que estou com Transtorno de Luto Complicado e menciona que eu carrego uma profunda e permanente culpa em relação à morte de minha filha.

A carta treme, ligeiramente, em minha mão. Continuo a ler.

Evidentemente, ela se sente ou se sentiu responsável por alguns aspectos do acidente como resultado de sua relação adúltera daquela noite. Desse modo, a culpa é muito grande para suportar, causando a perda da memória de situações específicas, que podem muito bem ser permanentes. Isso é raro, mas não impossível, uma forma distinta de Amnésia Global Transitória. Ela se lembrará de certos fragmentos menores com lucidez e a partir dali constrói um falso cenário, mas os elementos mais cruciais, particularmente dolorosos, estarão ausentes.

Pais de luto sofrem mais deste tipo de amnésia se estiverem implicados na morte da criança, e quando o sofrimento dá uma guinada mórbida, como ocorreu com a sua esposa, não há outro remédio além do tempo. No entanto, os comprimidos receitados irão aliviar os piores sintomas: o mutismo, a insônia, etc. Como lhe disse, se e quando ela recuperar a memória dos acontecimentos mais importantes que envolveram o acidente, eles se tornarão, muito provavelmente, completamente desnecessários.

Meu conselho é tratar isso como uma bênção; assim, você pode seguir em frente e começar uma vida nova, o que é necessário se quer reconstruir sua família, como você mesmo mencionou. E não faça qualquer referência ao distúrbio psicológico dela, pois isso pode causar regressão e aprofundar a depressão. É muito importante restringir tudo isso ao círculo familiar, como você está fazendo agora. Tendência suicida é uma preocupação se ela souber a verdade a partir de outra fonte.

A carta continua, desejando sorte a Angus e a mim. E, então, ele assina.

Relação adúltera?

Os primeiros esboços de velhas lembranças surgem em minha mente, como a nebulização da respiração no vidro frio. Lembro-me daquele sonho estranho que tive: nua, sem cabelos, na cozinha. E depois o sexo.

E, quando acordei, aquela sensação de culpa intensa e dolorosa.

Um chicotear de chuva me faz virar para a janela. A escuridão ainda está lá fora tentando entrar.

O ruído se repete, como se alguém digitasse bem rápido. Então ouço um estrondo medonho, metálico e alto. Seria a porta do galpão sendo puxada pelas dobradiças? Tudo parecia estar sendo arrancado.

Barulhos de trovão na Ilha do Trovão. Olho para baixo, para todos os atraentes frascos de comprimidos no chão. Há alguns comprimidos restantes. Eu podia tomar um. Mas quero ficar sã e lúcida, e quero me lembrar da verdade, por mais dolorosa que possa ser.

E não creio que precisarei de ajuda para dormir. Estou exausta: quero deitar agora mesmo. Faço uma oração: por favor, por favor, por favor, que a tempestade acabe durante a noite.

Relação adúltera?

Tiro minhas roupas, escorregando-as lentamente até o chão, até ficar sem calcinha, e encho a cama de cobertores. Apago a luz, deito na cama e fecho os olhos. Por aproximadamente meia hora, minha mente fica agitada como o chicotear do vento nas janelas. E, depois, o sono me domina, tragando-me ao mundo onírico.

Lydia me acorda. Um pequeno vulto no meu quarto diante da minha cama.

— Estou com medo, mamãe. O vento continua tentando entrar no quarto.

Eu estou grogue, mal tinha acordado. Está tudo muito escuro e eu não faço ideia da hora. Talvez duas da manhã? Três?

O vento está ocupado lá fora, dilacerando coisas. A chuva ainda acerta corajosamente as janelas. Essa merda de tempestade! Estou tão cansada...

Estendo a mão para alcançar o vulto da minha filha, sua mãozinha quente. Não consigo ver seu rosto; então, não tenho certeza se ela está chorando. Sua voz vacila. Bocejo amplamente.

— Venha cá, então, venha dormir na cama com a mamãe.

Lydia entra rapidamente sob os lençóis e se aconchega perto de mim e eu a aperto, com força, e inalo o doce cheiro do seu cabelo, e ficamos ali, abraçadas na cama. Seu calor é um grande conforto e adormeço de novo com uma sensação muito próxima à tranquilidade.

Quando acordo, ainda estava escuro lá fora e o vento continua uivando, invicto, inabalável, desdenhando das minhas orações. Sinto vontade de gritar *Cale a boca!*, gritar como meu pai, como Angus.

E então percebo que Lydia não está na minha cama.

Mas há o formato dela nos lençóis, e a cavidade feita por sua cabeça no travesseiro. Aonde ela foi?

Pulando da cama, visto meu roupão e pego uma lanterna. Corro descalça pela casa do farol, atravessando a fria e escura sala de estar e seguindo até o final do corredor, chegando à porta do quarto de Lydia. Abro a porta e direciono o feixe de luz à sua cama e lá está ela, dormindo em sua cama. Seu pequeno abajur aceso.

Exatamente do jeito que eu a deixei horas atrás, segurando o leopardo.

Parece nem ter se mexido a noite toda. Certamente não se mexeu a noite toda. Se Lydia tivesse vindo ao meu quarto, teria sido obrigada a caminhar através da escuridão quase total. E ela jamais faria isso.

O medo me domina profundamente, cortando-me em pequenos pedaços de pânico. Se Lydia não deixou sua cama desde que a coloquei lá, quem dormiu em minha cama na noite passada? Quem era aquela garota? Eu estava abraçando Kirstie? Eu estava abraçando um fantasma? Um verdadeiro fantasma vivo de sangue quente?

Aquilo era demais. Eu era a mulher louca que tomou as pílulas. Não conseguia mais suportar aquilo. Olho para o relógio pequeno e quadrado na mesa de cabeceira de Lydia. Não são nem seis da manhã. Ainda ficaria escuro por mais duas horas.

Isso tem que acabar. Eu estou no meu limite. Volto, guiada pela luz da lanterna passando pela sala e pela sala de jantar, onde tudo está tão frio. Ainda mais gelado do que o normal. Por quê?

Porque há água no chão, dando agulhadas em meus pés descalços de tanto frio. A água deve ter vindo de algum lugar. Sinto pingos em meu ombro. Timidamente ergo o feixe de luz para cima.

Um enorme rombo foi aberto no teto: as telhas foram arrancadas e uma viga quebrou, caindo através do reboco, abrindo um buraco que nos expõe ao céu escuro, tempestuoso. As rajadas de vento passam pela abertura, e a chuva desce, entrando na casa.

É uma calamidade. Precisamos de ajuda.

Passando pelo parapeito da janela, pego o telefone. Ele não funciona. Claro! Nada funciona. A linha finalmente pifou. Uma possível esperança, suponho, é o barco, mas logo vejo, pela janela da sala de jantar, que tal opção também está descartada. O farol ainda pisca e, ao piscar, mostra a verdade.

Eu estava certa sobre o ruído: a grade do farol foi arrancada e o barco desapareceu. Arrancado de suas amarras, mergulhando na escuridão em poucos segundos.

Mesmo se quiséssemos correr o terrível risco de usar o barco — naquela escuridão, e naquele tempo — agora não é mais possível.

Não temos barco. Não temos telefone. Não temos nenhum meio de comunicação com qualquer pessoa no continente. Não temos como chegar a Ornsay até que a maré baixe. Estamos presas e silenciadas. Eu e Lydia.

E quem mais está aqui.

Ouço um canto.

— Brilha, brilha estrelinha... Brilha, brilha lá no céu... Vou ficar aqui dormindo pra esperar Papai Noel.

O canto vem da sala de estar. Eu estou descalça na água fria, mas estou tremendo de medo, não de frio.

O fantasma da minha filha está cantando na escuridão.

— Brilha, brilha estrelinha... Brilha, brilha lá no céu... Vou ficar aqui dormindo pra esperar Papai Noel.

Ela está na sala. Eu me inclino contra o parapeito da janela para não desabar e, então, direciono o feixe de luz da lanterna ao sofá e lá está ela, sozinha no escuro, descalça, em seu pijama macio. É Lydia. Eu acho.

Minha filha olha em minha direção, piscando com a luz da lanterna. Como ela foi parar ali? Está muito pálida e parece exausta. A chuva bate nas janelas. Não irá parar. Chego mais perto do sofá.

— Kirstie está aqui de novo, mamãe, no meu quarto. Não quero mais vê-la. Mamãe, faça com que ela vá embora...

Tudo que eu mais desejo, naquele instante, é que Kirstie vá embora. E, talvez, Lydia também. Estou com medo das minhas filhas, dos dois fantasmas daquela casa, dos dois fantasmas em minha cabeça. As gêmeas do gelo, derretendo uma dentro da outra.

— Vamos ao meu quarto ficar debaixo dos cobertores. Podemos esperar a tempestade passar. Vai acabar logo e teremos luz.

— Está bem, mamãe.

Obedientemente, ela estende uma das mãos, mas eu a pego no colo e a levo para o quarto, acomodando-a na Cama do Almirante e, então, fecho a porta. E a travo. Independentemente do que está lá fora, não quero que entre aqui.

Então, deito na cama com a minha menina e ela se aconchega junto a mim.

— Eu não acredito no que Lydia fala, mamãe. Ela diz coisas horríveis.

Eu mal escuto a minha filha. Ouço uma voz do lado de fora da porta.

Quem é?

Deve ser ela. Kirstie. Ou Lydia.

Não dá para distinguir. Parece dizer *Mamãe, mamãe, mamãe.*

Agora, algo bate à porta, e não é o vento. É a porta do quarto.

Em seguida, a voz fala novamente.

É ela. Tenho certeza. Ela está do outro lado da porta.

Estou tremendo.

Abraço minha filha bem perto de mim e fecho os olhos, tentando bloquear tudo naquele momento: o vento, a chuva, os ruídos, as vozes.

Tudo precisa acabar. Mas não acaba, aquela tempestade, aquela noite jamais terminará; vai continuar e continuar, e não tenho escolha.

Minha filha me abraça debaixo dos lençóis e, em seguida, levanta o rosto bem perto do meu. Sinto seu hálito na escuridão, doce, infantil, imaculado, como se ela tivesse acabado de chupar uma bala.

— Kirstie diz que foi tudo culpa sua. Você estava com aquele homem. Foi por isso que ela voltou; foi para castigar você.

Os pedaços de gelo estão dentro de mim, frios e cortantes, em meu coração.

— O quê? Que homem, meu amor?

— O homem que estava com você naquela noite na cozinha. Eu vi quando você o beijou. Por isso foi culpa sua também. Acho que vovó também sabia, mas ela disse que eu nunca deveria contar nada a ninguém.

— Sim — falo, agora me lembrando. De tudo.

É o que eu venho enterrando em minha mente. A razão da minha negação. A memória que perdi porque a culpa era intensa demais para suportar. A autoaversão, turvada pelas drogas.

O sonho me avisou, semanas atrás. Eu estava sem cabelos por causa da vergonha. Eu estava nua na cozinha. Havia pessoas olhando para mim. Havia um homem olhando para a minha nudez.

Acordei me masturbando porque tinha relação com sexo. Mas não o sexo com meu ex, quando as gêmeas eram pequenas.

Algo muito, muito pior.

Angus chegaria mais tarde. Mamãe e papai estavam fora. Então, liguei para um cara que conheci lá no bar do estaleiro, em Instow, alguns meses antes. Perguntei o que ele tinha planejado naquela noite: porque eu queria dormir com ele. Eu estava entediada do sexo com Angus. Eu sempre queria mais sexo do que ele.

E eu queria a emoção do novo.

— Mamãe?

— Está tudo bem, querida. Tudo bem, meu amor. Tudo certo.

Eu o beijei apaixonadamente na cozinha. Aquela foi a razão da minha distração: eu estava bebendo vinho com um homem que eu gostava e com quem queria transar — então o beijei, longa e profundamente, sobre a mesa da cozinha. Foi quando as gêmeas me viram. Eu fiquei envergonhada e estava meio bêbada, então gritei para elas saírem dali. Depois, transei com o homem no quarto de hóspedes, no primeiro andar.

O nome dele era Simon. Agora eu me lembrava de tudo. Um jovem bonitão, da tripulação de um iate, mais novo que Angus. Um homem que lembrava Angus quando nos conhecemos.

As memórias fluem em minha mente, a verdade desaba. A tempestade tinha feito um rombo.

Depois de transar com Simon, ele foi embora e, então, adormeci na cama por causa do vinho e do sexo, e a casa estava vazia, exceto por mim e pelas crianças. Foi quando as gêmeas bateram suavemente na porta do quarto de hóspedes e novamente eu gritei com elas, mandando-as sair dali *de novo*, e adormeci mais uma vez.

E então acordei ouvindo o grito. O grito que denunciava o que eu tinha feito.

Corri para cima e lá estava a minha filha, gritando, falando sobre a irmã. E aquele grito me trouxe uma verdade que eu não podia suportar: eu tinha sido infiel, pela segunda vez, e agora aquilo tinha matado a minha garotinha. Foi por isso que eu menti, imediatamente, a todos — à polícia, ao hospital, a Angus, a todos — sobre o homem, sobre a infidelidade, sobre a minha negligência. Até disse a eles que minha gêmea caiu da varanda do primeiro andar, tentando distraí-los com uma mentira tola, de modo a esconder a minha culpa. Porque a verdade era demais e, assim, minhas mentiras se tornaram a verdade até mesmo para mim. Principalmente para mim.

Mas eles sabiam o que eu tinha feito, o meu terrível crime de abandono e vergonha. Angus sabia, minha mãe sabia, meu médico sabia. Mas guardaram segredo, até mesmo da polícia, para me proteger?

Mas como é que a minha mãe soube? Como Angus descobriu?

Talvez minha mãe tivesse visto alguma coisa, talvez minha filha tivesse contado ou talvez aquele cara acabou falando algo em um bar: *"Eu estava com a mãe dela, naquela noite em que a criança morreu."* Não importa como eles tinham descoberto. E a culpa era toda minha. Eu fiz aquilo. Eu estava com outro homem, de novo, e por isso a minha filha morreu. E, desde então, eles vem me protegendo da esmagadora realidade.

— Desculpe, querida, sinto muito, querida.

— Ela está voltando, mamãe. Ela está do outro lado da porta.

— Kirstie?

— Não, Lydia. Ela está voltando. Escute.

O vento está gemendo e a chuva continua caindo, mas, sim, tenho certeza de que eu consigo ouvir a minha filha morta, do lado de fora do quarto.

Deixe-me entrar. Deixe-me entrar. Você fez isso. Você tem que me deixar entrar.

Estou chorando. Minha filha me abraça na cama enquanto eu choro e minha outra filha está lá fora.

Mamãe, eu voltei. Deixe-me entrar. Eu voltei.

— Ela pulou, não foi? — pergunto, beijando minha filha na testa.

Minha filha olha para mim com aqueles olhos azuis, iguais ao de sua avó.

— Não, mamãe. Queríamos descer, mamãe, pelo lado de fora da varanda e chegar até a outra varanda, do quarto em que você estava, mamãe, porque queríamos ver por que papai não estava lá. Estávamos com medo de abrir a porta do quarto porque você gritou com a gente, mas, mesmo assim, Lydie queria ver, pela janela, se você estava com o homem que não era o papai. E... e... ela começou a descer e, logo depois, eu estava descendo, e foi quando ela me agarrou, mamãe, ela me agarrou porque ela estava caindo e me puxou com tanta força que iria me levar junto... — explica com os olhos cheios de lágrimas, enormes lágrimas de pavor. — Foi então que eu a empurrei, mamãe! E ela caiu! A culpa foi minha! Você sempre gostou dela mais do que de mim, mas eu só a empurrei porque eu ia cair também!

As lágrimas rolam em seu rosto enquanto ela fala.

— Então ela caiu, mamãe, ela caiu. E fui eu que fiz isso, eu a empurrei porque ela estava me puxando...

Fico muda. Minha culpa é total. Não resta mais nada a saber.

Minha filha morta está lá fora, inocente e acusadora. Eu preciso me desculpar uma última vez da melhor forma que eu posso. É isso. O momento é impecável. Levanto da cama vestindo as roupas.

Lydia me observa à meia-luz. As lágrimas secando em sua bochecha. Agacho-me ao lado da cama e afasto o suave cabelo loiro do rosto preocupado da minha filha.

— Meu amor, não se sinta culpada. Foi tudo culpa minha. Só minha.

— Mas não está tudo bem, não é, mamãe?

— Não, meu amor. Está sim! Eu lamento tanto, querida! E quero que saiba, de verdade, que não foi sua culpa. Vocês só estavam brincando. Fui eu, foi minha culpa, só minha. Foi tudo culpa minha, o tempo todo. Por causa do que eu fiz, naquela noite, você ficou assim, confusa, por tanto tempo. Por minha causa — respiro fundo e beijo a sua testa —, e é por isso que precisamos sair daqui, agora!

— No escuro? Está muito escuro, mamãe.

— Não faz mal, querida, tenho uma lanterna.

— Mas e o vento? E a escuridão e todo o resto?

— Está tudo bem. Pode vir comigo. A maré fica baixa às seis horas Podemos atravessar agora, mesmo no escuro. Não vai demorar!

Lydia me olha da cama. Ela franze a testa de novo, profundamente confusa, e esfrega as lágrimas restantes de seus olhos com o punho. Eu sei que, se ela começar a chorar novamente, não conseguirei fazer essa coisa terrível. Então, tenho que agir rápido.

— Quero que se lembre de que eu sempre te amei. Sempre! Vocês duas!

— Por favor, desculpe-me, mamãe, eu caí, mamãe. Eu sinto muito. Eu tentei descer pela varanda para olhar o homem. Desculpe, eu puxei a Kirstie... — diz ela, após um breve silêncio.

— O quê?

— Sinto muito, sinto muito, mamãe. Sinto muito por ter morrido.

Eu a beijo mais uma vez.

— Agora não importa mais, Lydie, foi tudo minha culpa! De ninguém mais. Mas eu ainda te amo. E agora é hora de irmos. Vamos encontrar sua irmã para que possamos ficar todas juntas!

Ela balança a cabeça lenta e silenciosamente.

De mãos dadas, viramo-nos, vamos até a porta e a abrimos, girando a maçaneta. Sua jaqueta e suas botas de borracha estão na sala de estar. Deslizo seus pés para dentro de suas botas e enfio seus braços nas mangas de sua jaqueta rosa, fechando-a bem firme. Em seguida, visto a minha própria jaqueta e calço as minhas botas.

Andamos através da escuridão e da umidade da sala de jantar, e da escuridão da cozinha. A chuva está gotejando pelo teto. O lugar inteiro está desmoronando com a tempestade. É hora de sairmos dali.

Com as mãos dadas firmemente, Lydia e eu abrimos a porta da cozinha e saímos na violenta chuva, direto para o vento escuro e uivante.

Tudo aqui é frio como o gelo.

27

Angus fechou o zíper de sua capa de chuva e também a abotoou. Então, percebeu que precisaria de mais roupas para lutar contra o vento e a chuva, para atravessar os lodaçais às seis horas da manhã, no escuro.

Ele estava tão bêbado que seu julgamento estava falhando. Desabotoou o casaco e se sentou na cama, ouvindo a lamúria do vento do lado de fora do Selkie. Parecia um grupo de crianças tentando imitar fantasmas.

O som era bem convincente.

Mais uma bebida.

Ele estendeu a mão para pegar a garrafa e quase a derrubou, servindo-se do último copo de Ardbeg. O turfoso e picante uísque queimou sua garganta, extraindo-lhe uma careta ao se levantar, mais uma vez.

Mais uma jaqueta e mais um pulôver. Em seguida, a capa de chuva.

Pegou as botas, cambaleando levemente, e as amarrou bem justas. Eram botas de caminhada impermeáveis, mas não protegeriam do frio ao mergulhar nas águas dos lodaçais de Torran. Ele ia ficar bastante ensopado, o que era de esperar, já que sairia naquela tempestade. Mas faria o que fosse preciso para salvar sua filha.

Angus era a única pessoa nas proximidades quando abriu a porta dianteira do hotel contra a resistente tormenta, rumo à escuridão. O Selkie foi silenciado pela força do vento.

Luzes penduradas em um fio balançavam loucamente no vendaval. O farol de Torran piscou através da escuridão.

Angus começou a caminhada cais abaixo, ao longo do cascalho e da lama em direção a Salmadair. O frio penetrava pelo seu pescoço. A névoa e a chuva ficavam cada vez mais densas, à medida que ele avançava pelos escancarados e infindáveis lodaçais.

Estava seguindo pelo caminho certo? A lanterna pesava em suas mãos dormentes. Devia ter trazido o capacete com lanterna. Isso foi um erro tolo, estúpido. Ele estava muito bêbado e cometendo erros elementares. E erros básicos andando nesses lodaçais seriam muito ruins.

Olhou para a esquerda e viu formas sombrias na escuridão. Algo negro em meio ao cinza. Certamente eram barcos. Mas, então, um uivo nos abetos de Camuscross fez parecer que Beany, ainda vivo, continuava perdido na lama.

— Beany?

Ele não conseguia evitar, pois adorava aquele cão.

— Beany? Beano!

Agora gritava ao vazio e seu tornozelo afundava na lama. Ele estava perdido, bêbado e em apuros.

Angus ergueu sua bota da lama sedenta e seguiu adiante, desesperado, inclinando-se para se proteger da amargura do vento e da chuva. Não. Ele estava perdido. Não via o farol. Será que tinha seguido pelo caminho errado em torno da baía? Será que estava indo para o mesmo lugar onde quase se afogou, tentando salvar Beany?

Ele avistou algo.

Uma pessoa? Sim. Tinha certeza de que era uma pessoa. Talvez duas, um adulto e uma criança. Ambas curvadas contra o vento feroz. Mas por que um adulto e uma criança estariam lá fora, caminhando através dos terríveis lodaçais, na tempestade, na escuridão da madrugada?

Só poderiam ser Sarah e Kirstie! E ele até ouvia sua filha chamando por ele. Ele conhecia tão bem aquela voz. *Papai, papai, papai.* Ouvia-se através do vento.

Papai.

Ela o chamava, pedindo ajuda. Mas ele não conseguia vê-la.

Ele podia atravessar as pedras frias de Salmadair, distinguindo o cinza mais claro na escuridão total. Kirstie e Sarah deviam estar em Salmadair, ele só tinha que encontrá-las e levá-las de volta ao continente.

— Querida, estou chegando. Aguente firme!

Papai.

Angus se ergueu um pouco, olhando por entre a chuva torrencial. As pessoas tinham desaparecido completamente. A névoa foi se fechando em alguns lugares, como falhas no gelo. Talvez tivesse imaginado, talvez não houvesse ninguém atravessando ali. Com certeza, não fazia sentido elas estarem ali fora. Por que Sarah e Kirstie sairiam da casa para entrar naquela tempestade terrível? Um risco inútil.

E o som? A voz?

Talvez fosse só o vento. Ele ouviu uivos. Poderiam ser cães ou crianças, mas poderia ser apenas o vento. Ele havia sido enganado pelo próprio medo e desespero.

Inclinando-se abaixo da ventania, Angus se arrastou adiante. Deslizando para a esquerda, apoiou a mão na lama grossa que parecia cimento molhado, deixando sua marca. E, então, seu pé direito mergulhou repentinamente em uma água profunda, cortante e gelada.

Angus se encolheu e ergueu sua pesada bota imersa na água do mar. A maré estaria subindo? Já? Não. Isso não! Mas há quanto tempo ele já estava ali? Sua noção de tempo se desvaneceu, ele estava cansado e ainda estava bêbado, ensurdecido pelos vendavais desorientadores. A chuva e a neblina eram tão intensas que o feixe do farol estava totalmente obscurecido.

Ou talvez fosse logo ali, um pálido latejar em meio ao cinza, como algo ameaçador debaixo d'água, como algo ruim em uma radiografia.

Por um segundo, o nevoeiro se abre.

Lá estava! Era o farol. E não estava tão longe. Ele estava quase em Salmadair. Uma vez na trilha, seria mais fácil.

Mas, novamente, viu algo em movimento, apenas uma figura pequena, movendo-se no anonimato. No entanto, a mancha se movia estranhamente. À esquerda e depois à direita. Com esforço e rápido, não como uma criança. Mas como um cão? Seria Beany? Em seguida, o movimento parou. E sumiu.

Ele subiu com dificuldade até o topo da rocha, onde a neblina estava ainda mais espessa.

Fosse o que fosse, tinha sumido. Mas agora, um brilho verdadeiro de luz lhe mostrou o caminho. O farol estava realmente perto. Ele já corria sobre a calçada, a lama deu vez às pedras e seixos. O vento ainda estava enérgico e a chuva ainda era intensa, mas o feixe de luz do farol mostrava o caminho, a cada nove segundos.

Já estava quase chegando, quase chegando, só mais um pouco.

Pronto! Ele estava na ilha. Havia luzes acesas na casa. No quarto? Seu quarto e de Sarah?

Angus se inclinou contra a umidade e correu. A porta da cozinha estava aberta, agitando-se histericamente sob o vento brutal.

Por que Sarah tinha deixado a porta aberta naquela tempestade?

Passou pela soleira e entrou na cozinha. O chão estava molhado, havia água por toda parte. Sua lanterna mostrou o porquê: um buraco enorme no teto da sala de jantar, uma grande viga de madeira saliente.

— Kirstie? Kirstie! Sarah! Lydia! Sou eu! — gritava ele, contra o vento lá fora.

Nada. Nenhuma resposta. A casa estava vazia. Elas tinham saído? Será que isso explicava as duas pessoas que ele tinha visto nos lodaçais? Será que ele tinha acabado de ver sua esposa e sua filha?

— Lydia! — tentou uma última vez. — Sarah!

Mais uma vez, nada. E o quarto onde tinha visto a luz? Correndo pela sala de jantar ele abre a porta do quarto com um chute, olhando de um lado a outro, de parede a parede, onde o chefe do clã escocês erguia sua mão para o crucifixo.

O quarto estava vazio. A luz estava acesa e a cama, desarrumada. Quem esteve ali, tinha saído recentemente.

A casa estava vazia. Ele as tinha perdido. Elas poderiam morrer nos lodaçais.

— Eu ainda estou aqui. Ainda estou aqui! — ouviu, então, a voz que vinha do outro extremo da casa de Torran.

Seis Meses Depois

28

É o primeiro dia bonito de verão. A primavera tinha sido extremamente úmida com intermináveis dias de garoa e o céu cinza. Mas agora o ar cintilava, e as colinas de Knoydart brilhavam através do Sound.

Sgurr an Fhuarain, Sgurr Mor, Fraoch Bheinn.

Logo que nos aproximamos de Torran, olho para o farol. Exatamente como Molly tinha dito: as grades tinham sido recentemente consertadas. E há evidências de mais obras: grandes pilhas de tijolos e tábuas, carrinhos de mão pela praia. Como é final de semana, nossos pedreiros não trabalham.

A nova baleeira abarca suavemente sobre o cascalho. Ofereço-lhe a mão.

— Não precisa, agora eu consigo sozinha — diz Kirstie.

Ela sai do barco. Andamos pelo caminho de urze e empurro a porta da cozinha.

Uma brisa me cumprimenta. Como se a casa estivesse expirando. Como se estivesse prendendo a respiração enquanto esperava por mim.

Mas é uma ilusão. A brisa vem do buraco no telhado, que forma um túnel de vento. O pequeno lugar está mais horrível ainda, a selvageria o domina.

— Está muito frio aqui — reclama Kirstie.

Ela tem razão. O dia está quente, mas a casa de Torran continua gelada.

Entramos, lado a lado, na sala de jantar. A maior parte das reformas, até agora, foi feita na parte externa. O interior continua muito semelhante àquela noite. A sala de jantar está totalmente destruída, a viga que caiu atravessando o teto ainda estava exposta, como o osso de uma horrível fratura.

— Que bagunça! — exclama Kirstie, olhando ao redor.

É a minha terceira ou quarta relutante visita desde a tempestade. Eu estou deixando os traumas para trás, mas vir à ilha traz as lembranças à tona mais uma vez. Agora, a casa de Torran me irrita. Eu não consigo ficar ali por mais de uma hora.

Porque as memórias daquela noite e da última caminhada através daquela tempestade cruel jamais se apagarão.

— O que estamos esperando? — pergunta Kirstie, puxando a minha manga, impaciente.

Sorrio para disfarçar minha ansiedade.

— Nada, querida, absolutamente nada. Vá e pegue todos os seus brinquedos, pois esta será, provavelmente, sua última visita.

Ela segue rapidamente pelo corredor.

Empurro a porta que dá para a sala, tentando afastar a tristeza e o medo. Tentando ser um pai responsável. Um pai sozinho. Agora, essa é a minha função.

Vamos vender a ilha depois da reforma.

Josh e Molly haviam vendido o terreno deles em Tokavaig e investido o dinheiro em Torran, o que nos permitiu reformar a casa do farol. Metade da construção será demolida. Ironicamente, os danos causados pela tempestade nos autorizaram a realizar alterações na obra, que deverá ser concluída no próximo ano. Esperamos vendê-la por dois milhões, pelo menos, e dividir os lucros ao meio.

Kirstie e eu ficaremos bem financeiramente. Qualquer problema financeiro desaparecerá. Todo problema *financeiro.*

A casa range enquanto o vento penetra através do buraco no teto. Passo rapidamente pelo quarto principal com a Cama do Almirante. Olho no espelho, que continua ali por uma boa razão: eu não o quero. O espelho representa muitas lembranças perturbadoras daquelas trágicas semanas.

Quantos falsos reflexos vimos durante aquele mês em que moramos em Torran? O abuso, o assassinato, mentiras refletidas por todos os lados. Ou talvez a transparência nos tivesse confundido e víamos uma criança através da outra, porém de forma distorcida, como vemos as coisas através do gelo.

A pobre Lydia caiu. Minha filha caiu porque desceu pela varanda do último andar para ver a mãe. Kirstie a empurrou para se salvar, mas não foi assassinato.

Contenho os tremores de culpa e arrependimento.

O quarto de Torran está ainda mais frio do que a sala de jantar. O chefe do clã escocês levanta a mão para mim como quem dizia "vá embora, vá embora!" Eu quero obedecer. Saio no corredor e Kirstie, com suas meias amarelas e uma saia jeans azul, suas roupas favoritas, vem correndo, juntando-se a mim.

— Pegou os brinquedos que você queria?

— Só tinha um. Debaixo da cama.

— Qual?

— Desmond, o Dragão.

O pequeno dragão.

— Mas nem sei se quero levá-lo.

Ela tira o dragão de sua mochila do One Direction. Eu o ponho em meu bolso, desejando jogá-lo fora, como se fosse algo venenoso.

Além disso, ela já está crescida para brinquedinhos: Kirstie está com 8 anos. Faltam apenas alguns anos de infância e eu quero aproveitá-los ao máximo. Estamos morando em uma casa boa, sólida, em Ornsay, e agora Kirstie frequenta uma excelente escola em Broadford. Levo vinte minutos dirigindo todos os dias, mas não faz mal. A ideia dela voltar para Kylerdale era ridícula.

Embora, estranhamente, ela agora tenha amigos no vilarejo: crianças que a conheceram em Kylerdale. Ela é popular. A menina e sua história. Kirstie sempre foi mais animada do que Lydia.

— Eu também encontrei uma coisa para Beany.

— Sério?

Ela olha dentro da mochila de novo e pega um osso de plástico. Um dos brinquedos de Beany.

— Que bom! — falo, pegando o brinquedo. — Beano vai adorar!

Beany está nos esperando no bar. Gordon e alguns moradores locais estão cuidando dele. Sua sobrevivência é um milagre. No dia seguinte após a tempestade, ele ressurgiu no Selkie, andando até o píer, enlameado, congelando, tremendo como um fantasma encharcado de um cão. Mas ele não ficou sem marcas. Ele não vem mais à ilha, e choraminga sempre que tento atraí-lo para o barco ou tento levá-lo para passear através dos lodaçais.

Coloco o brinquedo de Beany no bolso da minha jaqueta.

Saímos da casa, Kirstie e eu, fechando a porta da deprimente cozinha. Creio que um dia, em breve, esta mesma porta será fechada com alegria quando vendermos a ilha.

Aquele pensamento me alegra.

É claro que eu sempre reverenciaria Torran. Sempre olharei com absurda admiração para a assombrosa beleza que vinha desde os arvoredos de Selkie. Mas, por ora, estou contente em manter distância.

Torran nos derrotou, com seus ventos e desventuras, com seus trovões caindo pelo Sound de Ardvasar.

Seguro a mão de Kirstie com firmeza, e caminhamos até a praia do farol, como se a ilha pudesse tentar impedi-la de ir embora.

— Muito bem, Kirsti-ul! Vamos para casa!

— Não gosto que me chame assim! Pode me chamar apenas de Kirstie!?

Solto as cordas e entramos no barco. Ligo o motor de popa.

Kirstie está sentada na parte traseira do barco, cantarolando sua canção favorita. Uma canção pop, eu acho. Suspiro de alívio sem disfarçar a alegria por estarmos nos dirigindo para longe da ilha. O silêncio nos absorve. Em seguida, uma foca cinza surge a alguns metros.

Minha filha fica olhando para a foca e sorri. Definitivamente é o sorriso de Kirstie: alegre, espontâneo, inconfundível. Ela está melhorando cada vez mais. A terapia tem ajudado na recuperação. Ela já não se sente mais culpada pela queda de Lydia; nós a convencemos disso. Mas meu erro ainda continua pavoroso. Eu confundi sua identidade, eu cometi esse erro. E um dia terei que *me* perdoar.

A foca sumiu. Kirstie se vira e agora seu rosto expressa uma emoção maior.

— O que foi, querida?

— Lydia voltou, não é? — diz ela, lentamente, olhando para Torran, atrás de mim.

— Sim, voltou. Mas foi por pouco tempo.

— Mas agora ela se foi, e eu sou Kirstie novamente, não é?

— Sim! Isso mesmo! Você é Kirstie e sempre foi!

Kirstie está calma. O motor de popa se agita na água límpida.

— Sinto falta da mamãe. E de Lydia.

— Eu sei — concordo —, eu sei, querida. Eu também.

E é verdade. Eu sinto. Eu sinto falta delas todos os dias. Mas temos o que temos e só tínhamos um ao outro.

E ainda temos pequenos segredos que jamais poderão ser revelados.

O segredo de Kirstie é sobre a noite da tempestade. Ela nunca me contou exatamente o que aconteceu, e o que foi dito na casa naquela última noite. Há muito tempo deixei de perguntar por medo de aborrecê-la. Por que ficar remoendo? Por que desenterrar tudo aquilo de novo?

Da mesma forma, jamais contei a Kirstie toda a verdade sobre a sua mãe.

Quando encontrei Kirstie, encolhida em um canto da casa, ela aparentemente não fazia ideia de onde sua mãe estava. Então, procurei pela casa, atrás de pistas. E, finalmente, quando a manhã clareou os céus do continente, Josh e Gordon vieram nos resgatar de Torran, com o barco a remos de Gordon, transportando-nos de volta ao calor e à segurança da casa de Josh.

E então tivemos notícias de Sarah antes que os grupos de busca tivessem efetivamente começado.

Um pescador havia encontrado seu corpo flutuando perto da praia em Camuscross. Imediatamente depois disso, a polícia começou a investigação em Torran. Não me intrometi; ao contrário, eu e Kirstie nos escondemos na casa de Josh, fugindo dos jornalistas e dos detetives, olhando para as sorveiras que tremulavam além das grandes janelas.

Em uma semana a polícia chegou à sua conclusão: Sarah havia deixado a casa por algum motivo, talvez uma tentativa de obter ajuda, mas tinha caído na lama e na escuridão e se afogara. Simples assim. Simplesmente isso, um acidente.

Mas aquilo era verdade? Eu continuo assombrado por aquela frase que ouvi no jantar dos Freedland: *Todo amor é uma forma de suicídio.* Talvez Sarah quisesse se juntar à filha morta. Ou talvez estivesse perturbada com a culpa, pelo que lera na carta que estava na última gaveta da minha cômoda. Achei a carta do médico e os frascos espalhados pelo chão do quarto naquela mesma noite em que encontrei Kirstie. E destruí tudo.

As perguntas irão me atormentar para sempre: ela realmente deixaria a filha para trás na casa? Eu realmente tinha visto uma ou duas pessoas, em meio à névoa, quando fui sozinho até Torran?

Nunca haveria resposta. Embora houvesse indícios, e esses eram os indícios que eu não revelaria para Kirstie. Não enquanto eu vivesse.

Quando encontraram o corpo solitário de Sarah, flutuando na maré, ela estava segurando o casaco rosa de Lydia pela manga.

E quando os médicos legistas forenses realizaram o exame *post mortem* descobriram fios de cabelo loiro nos dedos de Sarah, como se ela tivesse agarrado desesperadamente alguém naqueles minutos finais, tentando impedir sua filha de se afogar.

Kirstie está olhando para o sul, para Mallaig. Eu estava de costas para Torran.

É um dia bonito e calmo do início do mês de junho. O céu está espelhado no mar tranquilo, e um vento frio ainda chicoteia por entre aquelas belas montanhas.

Sgurr an Fhuarain, Sgurr Mor, Fraoch Bheinn.

Este livro foi composto na tipologia Palatino
LT Std, em corpo 11,5/16, e impresso em
papel off-white na Prol Gráfica.